Pasticcio cinese

Max Alexander

Traduzione di Matteo Camporesi

Pasticcio cinese

Max Alexander

"Oh Dei del Cathay! Di che morte devono morire questi miserabili, che hanno tentato di limitare il vostro Impero, il quale non ha confini!"

—The Insidious Dr. Fu-Manchu

Preoccupazioni

Prima parte

Capitolo 1

Yun Jian sentiva che sarebbe stata una buona giornata per arrestare qualcuno. Quella mattina nel parcheggio della centrale di polizia il vicecomandante Fang Dazhu, suo superiore al Ministero della Sicurezza, aveva riposizionato una papaia in vaso di cui si prendeva cura la moglie in modo tale che fosse perfettamente allineata con l'ingresso principale della centrale e con il cancello pubblico che conduceva al laboratorio di intaglio dell'avorio, dall'altra parte della strada. A dire il vero, il vicecomandante riteneva che il *fēngshuǐ* fosse inutile, quando non sovversivo; stava solo tentando di fare spazio nel cortile per la sua nuova Buick. Tuttavia, Jian attribuiva un significato al riallineamento della papaia in quella giornata, se non nell'intero nuovo anno cinese, iniziato la settimana prima con un frastuono di petardi tale che le orecchie gli fischiavano ancora. Jian odiava i petardi sin dall'infanzia, quando era stato spaventato, e segnato, da una stringa con la miccia corta che gli era esplosa accidentalmente tra le mani, procurandogli uno svenimento e una bella ripassata (per questioni di principio) da parte del padre. Anche dopo tanto tempo, i rumori improvvisi lo rendevano irritabile e di fatto avevano avuto un ruolo nei guai della sera prima, che sospettava non fossero ancora conclusi, e che incombevano sul suo futuro come un cane bagnato.

Jian abbassò il finestrino della sua volante Ford, che era praticamente nuova ma puzzava già di tabacco e sudore, si premette un dito contro la narice e sparò sul ciglio della strada una scarica di moccio giallo, che atterrò dritto sul dorso di un piccolo geco verde, il quale (con grande sorpresa di Jian) ignorò l'aggressione, come se non fosse altro che una goccia di pioggia, e continuò a rosolarsi sull'asfalto. Jian detestava prendere ordini da Fang Dazhu, un uomo di etnia Zhuang dalla pelle scura, che beveva troppo e non parlava bene il mandarino, e aveva la sensazione che un giorno sarebbe potuto diventare lui stesso vicecomandante della polizia locale, se solo si fosse rassegnato a un lavoro d'ufficio. I capi della polizia provenivano sempre da ruoli simili, perché interagivano maggiormente con i leader di partito locali. Ma Jian odiava il lavoro d'ufficio ancor più di quanto odiasse il vicecomandante, perché era davvero inutile. In Cina, la polizia ricopriva due funzioni principali: garantire la pubblica sicurezza – e in questo era molto simile alla polizia occidentale – e gestire i permessi di soggiorno chiamati *hùkǒu*, che stabilivano chi poteva vivere in città e chi doveva restare nelle campagne. Dato che praticamente tutti i cinesi in età lavorativa volevano trasferirsi in città, dove avrebbero potuto guadagnare di più lavorando nelle fabbriche e sposare persone con una maggiore mobilità sociale, in tutta la Cina, nessuno faceva richiesta di un *hùkǒu* per accedere alla remota regione autonoma del Guangxi, dove i settori produttivi principali erano ancora la coltivazione del riso e del tè, oltre ad alcune attività artigianali che Jian considerava vagamente illegali ma accettabili, come l'intaglio dell'avorio e la produzione di copie anticate del Libretto Rosso ingiallite con il tè, da vendere ai turisti come reliquie della Rivoluzione Culturale. In realtà era vero il contrario: chiunque potesse permetterselo, se ne era già andato dal Guangxi oppure stava per farlo. Di certo nessuno vi si introduceva di nascosto, nemmeno i vietnamiti attraverso il lungo confine montuoso, se non per contrabbandare zanne di elefante e poi tornarsene indietro. Per quanto riguardava l'applicazione della legge, nel Guangxi non c'era nulla da applicare in materia di *hùkǒu*.

Se solo Jian avesse potuto arrestare i contrabbandieri d'avorio. Sarebbe stato emozionante, pensava, oltre che remunerativo, essendo praticamente certo che parte della merce di contrabbando sarebbe andata "perduta" e avrebbe potuto essere rivenduta dalla polizia. Ma i contrabbandieri erano intoccabili. Le uniche altre persone che si recavano nella regione del Guangxi erano i turisti, sia stranieri che cinesi ricchi provenienti dalle città, e anche loro erano intoccabili nella maggior parte dei casi, a meno che non si ubriacassero troppo. Venivano per ammirare il panorama delle montagne carsiche, che (Jian se lo era sentito ripetere sin da quando era bambino) era unico al mondo. Il carsismo deriva dall'erosione del calcare, tenero e cedevole all'acqua, che è stato modellato e scavato nel corso di milioni di anni dai fiumi in piena del Guangxi, creando settantamila vertiginosi picchi boscosi simili a giganteschi pollici di giada attraversati da grotte profonde centinaia di metri. Jian non era mai stato da nessun'altra parte e quindi non aveva nessuna esperienza diretta di un mondo privo di montagne carsiche, ma sapeva che dovevano essere speciali, perché erano sul retro della banconota da venti yuan. I turisti di Pechino si recavano nel punto esatto sul Lijiang con la vista stampata sui soldi e, senza eccezioni, si scattavano una foto con in mano un biglietto da venti yuan. Se si reggeva la banconota in controluce, l'immagine di Mao sul fronte del biglietto traspariva sull'incisione del paesaggio; due delle vette più alte si allineavano perfettamente con gli occhi di Mao, facendolo somigliare a un panda gigante. Il trucchetto visivo aveva sempre divertito Jian e i suoi amici ai tempi della scuola, anche se non capitava spesso che avessero banconote da venti yuan. In assenza di ricordi personali della Grande Carestia o della Rivoluzione Culturale, l'agiografia di Mao, per la loro generazione, era diventata una forma di kitsch oppure, per chi produceva copie del Libretto Rosso come souvenir (in inglese, russo, francese, spagnolo, giapponese e tedesco) con Mao che strizzava gli occhi sulla copertina, un lavoro.

Il sole, basso nel cielo invernale, scivolò dietro una vetta, gettando grigi frammenti di crepuscolo sulle risaie spoglie. Un coltivatore di riso con un cappello a cono di paglia era chino nel fango, intento a trapiantare dei germogli, ignorando le mosche che si posavano ai margini del suo campo visivo. La semina era il lavoro più faticoso del ciclo del riso e richiedeva una grande quantità di manodopera. Da bambino, nel periodo della semina, Jian prendeva una lanterna e si nascondeva dal padre nelle grotte, schivando pipistrelli della frutta giganti e strisciando sotto stalattiti umide da cui stillavano gocce che la fiamma della lampada a olio colorava di un blu luminoso. Da fuori, le montagne sembravano eterne e immobili come il Buddha di pietra nel tempio del villaggio, ma dentro alle grotte si poteva osservare il loro continuo cambiamento: gocciolamenti, infiltrazioni, colate, rigonfiamenti. Immaginava le vette carsiche come bolle purulente sulla schiena di un gigante e sperava che un giorno sarebbero suppurate ed esplose, riversando fiumi di lava putrida sopra alla risaia di suo padre, e anche a suo padre. Da adulto, aveva la sensazione che le montagne fossero semplicemente un intralcio: intralciavano le strade, intralciavano le risaie, intralciavano le case, intralciavano gli occhi di Mao, intralciavano l'applicazione della legge.

Tuttavia, di tanto in tanto le montagne regalavano emozioni. Senza dubbio l'esperienza più edificante che aveva vissuto nei suoi ventinove anni di vita era stata l'estate in cui un piccolo esercito di americani era sbarcato da quelle parti per girare un film di *Star Trek*. Gli avevano detto che la troupe cinematografica stava filmando le montagne carsiche come un pianeta alieno, quindi non c'era lavoro come comparse per gli abitanti del posto; com'era comprensibile, quel pianeta lontano non ospitava contadini cinesi con cappelli a cono di paglia anche se, a quanto pare, era abitato da donne bionde dal seno prosperoso. Tutti gli americani alloggiavano in un costosissimo hotel fuori città, sul Lijiang, un complesso della dinastia Qing di quelli in cui vivevano di solito gli anziani del Guangxi, e che le giovani generazioni avevano demolito per costruire moderni blocchi residenziali di cemento. Quello, invece, era stato ristrutturato per i turisti, con un sito web che lo pubblicizzava come "eco-friendly", anche se gli scarichi dei gabinetti andavano a finire nelle risaie, cosa di cui gli ospiti non erano informati. Jian supponeva che gli americani bevessero molto, ma non si poteva arrestare nessuno.

Sentì lo scooter molto prima di vederlo; le onde sonore rimbalzavano come un volano sulle ripide pareti montuose, echeggiando tra le risaie, e lo scooter gemeva a tutta velocità. Quando finalmente emerse da una curva della strada, proprio mentre Jian accendeva la sua auto, stimò che stesse facendo qualcosa come cento chilometri all'ora. Era un vecchio modello, bicolore crema e verde inglese, con una sella in pelle di cavallo marrone e una ruota di scorta su un supporto cromato che luccicava al sole. Il conducente era alto, e mentre lo superava a tutta velocità Jian tentò di capire se si trattasse di qualcuno di importante, ma il suo viso era nascosto sotto il casco e la visiera fumé. La volante di Jian partì sgommando dietro allo scooter, con i lampeggianti accesi. Un centinaio di metri dopo, entrambi i veicoli erano parcheggiati lungo la strada. Jian scese dalla Ford, si sistemò il cappello, sputò a terra e si avvicinò.

"Posso vedere la sua patente di guida?" chiese in mandarino, terminando la frase con un *ma?* interrogativo, per indicare che si trattava di una domanda educata, cosa di cui si pentì immediatamente; meglio essere più decisi. Jian sperava che il conducente non parlasse soltanto lo zhuang, caso in cui avrebbe dovuto comunicare per iscritto, usando i grezzi caratteri *sawndip* dell'alfabeto zhuang che era stato obbligato a imparare alla scuola elementare. Gli Zhuang erano la più grande minoranza etnica della Cina e godevano di alcuni diritti, tra cui (nel Guangxi, dove viveva la maggior parte di loro) il diritto di studiare sia in lingua zhuang che in mandarino. Nella pratica questo significava che anche la maggioranza Han dei bambini del Guangxi doveva sopportare noiose lezioni di calligrafia *sawndip*.

"Dato che me lo chiede così educatamente, la risposta è sì" disse il conducente, togliendosi il casco dalla testa. Jian fu sollevato dal fatto che l'uomo parlasse perfettamente il mandarino, anche se la sua insolenza lasciava presagire guai. Ma quando il conducente si voltò verso di lui, rimase senza fiato. L'uomo aveva occhi verde scuro e capelli castani piuttosto lunghi, lisci come quelli dei cinesi ma, a parte la lingua che parlava, non c'era nient'altro di asiatico in lui. Portava un piccolo anello d'argento all'orecchio sinistro, che Jian pensò potesse essere un segno della sua omosessualità, anche se aveva il viso corrugato e segnato dal sole come i duri nei film di cowboy hollywoodiani. Duro ma in un certo senso in salute, asettico persino, nel modo in cui potevano sembrarlo gli occidentali sicuri di sé e persino gli odiosi turisti giapponesi. Istintivamente, Jian ebbe la sensazione che non sputasse a terra, né tantomeno si svuotasse il naso, in pubblico. Quell'uomo alto era effettivamente un americano. Jian sapeva che lo stava fissando, sentiva di avere la mascella spalancata come quella di un bambino che ha visto un fantasma, ma una forza malefica gli si era conficcata in gola, impedendogli di proferire parola.

L'americano sorrise e disse in uno zhuang con un accento forte, ma comunque comprensibile: "Oppure possiamo parlare la lingua del posto, se preferisce."

Capitolo 2

Nong Ning cambiò posizione sulla sedia di legno, spostando il suo considerevole peso da una grossa natica all'altra e scostandosi con discrezione le mutande dal sedere. Il caldo e l'umidità erano già insopportabili, un brutto presagio per il nuovo anno. Ning conviveva da sempre con l'afa opprimente del clima del Guangxi, in un costante stato di disagio fisico. Come molti uomini robusti con il cuore che batte a tutto gas, sembrava essere geneticamente predisposto a una sudorazione abbondante, che faceva sì che la biancheria intima gli si appiccicasse in modo fastidioso alle pieghe della pelle che drappeggiavano il suo corpo. Per questo motivo (diceva a se stesso) e non per pigrizia, odiava la coltivazione del riso ed era felice di avere lasciato le risaie per arrivare a ricoprire la carica di segretario del comitato della contea del Partito. Fece un grande sorriso all'ospite dall'altro lato del tavolo, con la certezza che lo stimato visitatore, che si stava versando un tè al crisantemo, non avesse notato l'indelicata sistemazione della biancheria.

Il visitatore, Hu Tianhua, aveva dal canto proprio la certezza che il suo stimato ospite non avesse notato che lui aveva notato l'indelicata sistemazione della biancheria. Nel corso degli studi universitari alla Southern Cal, Tianhua aveva assorbito una serie di triti e ritriti aforismi occidentali su come avere successo negli affari. *Negoziare da un punto di forza. Assumere lentamente, licenziare in fretta. Prima stabilire priorità, poi delegare. Essere autentici.* Bla bla bla. Gli americani erano sempre così seri, nascondevano la loro egoistica cupidigia e il loro darwinismo sociale dietro a una moralità affettata, come se raggiungere la vetta nel campo degli affari fosse qualcosa di cui vergognarsi. I commercianti di tappeti nei *souk* provano imbarazzo? La vita non è forse una continua trattativa? Dopo aver frequentato l'università in California, di ritorno alla realtà della Cina Tianhua aveva capito che convertire un negozio di attrezzi in un vicolo di Canton in un impero manifatturiero miliardario non aveva nulla a che vedere con "obiettivi SMART", "trovare la propria stella polare" o "essere autentici", ma piuttosto con un'abilità estremamente utile: la visione periferica. Nel corso degli anni, innumerevoli cene di lavoro a base di stufato di pene di cervo (che secondo la tradizione rafforza la virilità) gli avevano insegnato a concentrarsi sul cibo pur continuando a guardare di sbieco l'uomo seduto dall'altra parte del tavolo, perché è proprio quando gli uomini pensano di non essere osservati che emerge il loro vero io. *Un uomo non può confondersi,* diceva Confucio. Quel giorno aveva notato che il signor Nong era fisicamente a disagio e forse anche mentalmente turbato. Questa informazione non aveva nessuna utilità pratica specifica in quel momento, ma Tianhua sapeva di trovarsi in una posizione di vantaggio in un rapporto per il semplice fatto di essere a conoscenza di qualcosa che non avrebbe dovuto sapere. Poteva anche trattarsi di una banalità come le mutande nel sedere, ma il punto era che lo sapeva, il che rafforzava il suo vantaggio ancora più del pene di cervo. Era un modo di esercitare una forma di prepotenza senza effettivamente darlo a vedere. *Molto americano,* pensò. L'ironia lo divertiva, così come le buone maniere a tavola.

Un'opera di Pechino usciva balbettando dagli altoparlanti montati discretamente su delle colonne dietro al legno intagliato delle mensole *dǒugǒng,* che sostenevano un soffitto di steli di sorgo intrecciati, come un labirinto sospeso sopra ai due uomini. Gigantesche lanterne di carta rosse pendevano dagli architravi, in attesa di essere accese pochi minuti dopo il tramonto. Lungo la parete interna, in una teca di vetro più lunga di una bara, era poggiata un'intera zanna d'avorio di dimensioni enormi, con incisi i personaggi de *Il sogno della camera rossa,* un classico della letteratura della dinastia Qing, opera di Cao Xueqin. Al centro della zanna, circondato dalle dodici bellezze della città di Jinling, c'era il personaggio principale della storia, Jia Baoyu, nato con una pietra di giada magica nella bocca.

"Un'opera incantevole" disse Tianhua. "Da queste parti avete intagliatori particolarmente abili."

"È un pezzo d'antiquariato" si affrettò ad aggiungere Ning, nell'improbabile eventualità che il suo ospite disapprovasse il contrabbando di avorio. Era una bugia che ripeteva spesso, così spesso che ogni tanto ci credeva anche lui.

Tianhua decise di non dare importanza a quell'assurda affermazione con ulteriori domande di cortesia riguardo all'epoca e alla provenienza della zanna; sapeva bene che gli intagliatori di avorio cinesi erano in grado di far sembrare antica anche una zanna appena estratta. Disse invece: "Ricordo che, nel racconto, quel Jia Baoyu era proprio un donnaiolo. Lo sapeva che le sue prodezze sono commemorate anche nello spazio? C'è un enorme asteroide chiamato Eros, in onore del dio greco dell'amore; uno dei suoi crateri porta il nome di Baoyu."

"Non lo sapevo" disse Ning.

"Tra le caratteristiche che lo rendevano affascinante, c'era il disprezzo che Baoyu nutriva per gli ossequiosi funzionari pubblici di Jinling. Ho sempre pensato che sarebbe stato un ottimo soggetto per un'incisione."

"Senza dubbio" disse Ning, fingendo di non cogliere l'insulto "ma in cui mancherebbero le morbide curve delle forme femminili, perfette per essere scolpite nell'avorio."

In un angolo buio, la moglie di Ning, Sun Ju, restava in silenzio, con le mani giunte davanti al vitino sottile. "La sua casa è davvero perfetta, signor Nong" disse Tianhua, guardando di sbieco in direzione di Ju, come per riflettere verso di lei il complimento. Grazie alla visione periferica, notò un leggero inchino e un sorriso da parte della donna. "Che sollievo allontanarsi dal caldo della metropoli dopo il Capodanno. Non ha idea di quanto mi senta più fresco, da queste parti."

Al solo nominare la temperatura, l'ampia fronte di Ning si imperlò di sudore e l'uomo se la tamponò rapidamente con il tovagliolo di seta, cosa che Hu Tianhua notò con soddisfazione. "Vivere in campagna ha i suoi vantaggi, signor Hu" rispose Ning con un lieve sorriso. Sulla tavola erano disposti vassoi di carpa cucinata in nove modi diversi, una specialità della regione. Tutte le parti del pesce erano state utilizzate; anche le spine erano state fritte, salate e macinate come patatine.

"L'aria fresca non è una cosa scontata, di questi tempi" proseguì Tianhua. "A Canton si fa fatica a respirare." Effettivamente, la qualità dell'aria di quella trafficatissima città con 15 milioni di abitanti era al di sopra della soglia di pericolo un giorno sì e uno no, una condizione che i residenti tentavano di attenuare fumando una sigaretta dietro l'altra. "Per non parlare dell'acqua! Lo sapeva che i sampan tirano fuori dal fiume delle Perle certa merda... be', sa cosa intendo, che merda proprio *non* è. Se solo lo fosse, sapremmo come gestirla. Ma nessuno sa cosa diavolo sia! Quella roba brilla." Non era necessario che aggiungesse che le sue stesse fabbriche erano in parte responsabili del cielo fucsia e dell'acqua fluorescente di Canton. Era ovvio, e non rilevante ai fini di quella conversazione.

"Immagino che i funzionari stiano prendendo provvedimenti riguardo all'inquinamento" disse Ning, assaporando l'occasione di affondare una lama nel punto debole di Tianhua. "La gente è arrabbiata."

"È inevitabile" disse Tianhua, con una vena di tristezza nella voce. "Ma il mio problema principale sono i dipendenti che non hanno voglia di lavorare." Si pentì immediatamente di avere parlato in prima persona; cercava sempre di tenere le distanze dalle questioni di lavoro. "La gente si trasferisce a Canton e si rammollisce. Di notte vanno in discoteca. I bar sono pieni di signorine. Scopano e si beccano l'AIDS. Poi esigono cure mediche gratuite e più soldi per lavorare meno. E come se non bastasse, il prezzo del carburante è alle stelle. Fare affari in Cina è sempre più complicato."

"È tutto vero" disse Ning. "Ogni giorno vedo i camion carichi di legno di loto diretti alla sua fabbrica di appendiabiti sulla costa. Non avrebbe più senso fabbricarli qui nel Guangxi, dove cresce il loto?"

"Questo sì che è un pensiero da uomo d'affari, signor Nong! Secondo lei, se trasferissi qui la mia fabbrica, risparmierei sul costo del carburante *e* della manodopera, vero?"

"Io sono solo un funzionario pubblico, ma ho pensato che..." Ning passò un piatto di stomaco di carpa saltato in padella, i cui lembi rosa e arricciati galleggiavano in una pozza di salsa di soia e aceto. "La manodopera è molto economica nel Guangxi" proseguì "anche gli uccelli lavorano gratis. Questa carpa è stata pescata dai cormorani nel Lijiang stamattina. La gente che vive sul fiume insegna agli uccelli a catturare i pesci, per poi strapparli dalle loro gole e cucinarli. Sono pesci selvatici, non come quelli allevati nelle vasche di cemento che si trovano nei vostri ristoranti di Canton. E può stare certo che il nostro fiume non brilla."

"È davvero ottima, la ringrazio. Se solo potessi insegnare agli uccelli a fabbricare gli appendiabiti! In Cina i contadini stanno scomparendo."

"Non nel Guangxi. E la nostra gente impara molto in fretta. Nella cultura degli Zhuang, commettere un errore è una vergogna per i propri antenati."

"Sono davvero molto colpito dalla vostra gente, senza dubbio si tratta di grandi lavoratori" disse Tianhua. "Ma trasferire una fabbrica è un'operazione molto complessa. Per prima cosa, gli appendiabiti non sono fatti esclusivamente di legno di loto; contengono anche parti in acciaio, che dovrebbe essere trasportato fino a qui. E, naturalmente, gli articoli finiti devono raggiungere un porto, forse quello di Beihai." Tianhua sapeva esattamente di quale porto si trattava ed era *sicuramente*, non *forse*, quello di Beihai sul golfo del Tonchino. Sapeva anche esattamente quanto avrebbe dovuto pagare per la consegna dell'acciaio, il costo della manodopera e le tangenti alle autorità portuali, ma non voleva dare l'impressione di aver effettuato ricerche approfondite per il suo piano, per non indebolire la propria posizione nella trattativa; era importante fingere che trasferire una fabbrica nel Guangxi gli fosse appena passato per la mente. "In effetti, la mia concorrenza vietnamita spedisce dalla vicina Haiphong" proseguì. "So che pagano meno per la manodopera, ma spendono di più per fare il giro intorno all'isola di Hainan. Tutto ha il suo equilibrio, vede? La maggior parte dei clienti che acquistano gli appendiabiti sono catene di hotel occidentali. Gli ospiti ne rubano la metà, quindi gli hotel sono molto attenti al prezzo e, come le dicevo, possono acquistarli dal Vietnam."

Ning afferrò un'arachide con le bacchette, riflettendo sull'idea di rubare gli appendiabiti dagli hotel. *In Cina non succederebbe mai,* pensò. Non perché i cinesi avessero un'etica più forte rispetto agli americani, ma perché in Cina tutti gli ospiti degli hotel venivano segnalati alla polizia; sarebbe stato impossibile non farsi scoprire. "Gli americani non hanno abbastanza soldi per comprarsi degli appendiabiti?" domandò.

"È uno sport" disse Tianhua. "Rubare è parte integrante della cultura americana. Prendiamo il baseball. In Cina gira tutto intorno al lanciatore, ma in America le partite di baseball vengono spesso vinte rubando le basi."

"A quanto pare, lei ha una profonda conoscenza della cultura americana" disse Ning, sperando che Tianhua cogliesse l'allusione al fatto che lui non si limitasse ad assistere a quello sport. Ma prima ancora che Tianhua potesse rispondere, l'opera di Pechino venne interrotta nel bel mezzo di un aria improvvisata del *wénchŏu*, il pagliaccio mercante, dal suono di dieci o più segnali acustici elettronici in tutta la casa.

"*Ju!*"

La moglie di Ning scattò sull'attenti.

"Il generatore!"

Ju si allontanò zampettando come un insetto acquatico. Ben presto, giunse il ronzio di un motore a diesel seguito dal ritorno del lamento comico del *wénchŏu*.

Tianhua si rallegrò di quel colpo di fortuna. Nemmeno la geomanzia avrebbe potuto prevedere un tempismo così perfetto. "Ah, le interruzioni di corrente!" disse. "Un altro pittoresco dettaglio della vita di campagna!" Era ben consapevole del fatto che le infrastrutture scadenti fossero il principale ostacolo allo sviluppo industriale del Guangxi. Finché la regione non avesse avuto una rete elettrica affidabile, poche fabbriche avrebbero corso il rischio di spostarsi dalla costa, a meno di ottenere enormi concessioni sul costo della manodopera.

Ning provò ancora più fastidio per le mutande nel sedere. "Per fortuna abbiamo i generatori" disse debolmente.

"Generatori!" tirò su col naso Tianhua. "Se solo potessi alimentare uno stabilimento di ventimila metri quadrati con dei generatori!" Non ricordava un pranzo di lavoro più piacevole di quello, da molti anni.

"Ho considerato attentamente la questione" disse Ning. "Ho un piano per dotare il Guangxi di una rete elettrica affidabile."

"Ma il governo ha posto delle limitazioni alle centrali a carbone nelle zone rurali. Intende sfruttare la potenza delle ali dei cormorani?"

"Costruirò una diga sul Lijiang."

Le bacchette di Tianhua si afflosciarono, e una guancia di carpa gli cadde in grembo. *Una diga sul Lijiang?*

"Proprio così."

"Ma è impossibile! Mio caro amico, io non sono altro che un *wénchŏu*..." fece una pausa per consentire all'interlocutore di percepire la falsa modestia del definirsi come un buffone dell'opera "e non oserei mai sottovalutare l'influenza di uno stimato funzionario del Partito. Tuttavia, temo che i tempi in cui il nostro governo poteva ricollocare decine di migliaia di persone per decreto, per poi allagare i loro villaggi, appartengano al passato, come la sua opera. La gente non lo accetterebbe. Ci sarebbe una rivolta. Quando è stata l'ultima volta che si è recato a Pechino?"

"A Pechino fa troppo freddo per me" mentì. Quella città, con i suoi laghi ghiacciati durante l'inverno, in realtà rappresentava il suo clima ideale. "In passato, i nostri leader venivano nel Guangxi. Mao lavorò per oltre un'ora in un campo di riso da queste parti. Deng visitò una piantagione di tè. Naturalmente, all'epoca non indossavano completi occidentali e non si tingevano i capelli di nero."

Quest'ultimo commento era vagamente sovversivo, ma si sentiva al sicuro con il suo ospite del sud, che effettivamente ridacchiò al pensiero dei leader settuagenari del Paese con le loro uniformi composte di completi blu, cravatte rosse e capelli impomatati neri come il catrame. Nel vasto corridoio industriale del delta del fiume delle Perle, abitato da 120 milioni di persone da Hong Kong e Macao fino a Shenzhen e Canton, la purezza ideologica era come Dio per gli episcopali: qualcosa di cui occuparsi per un'ora la domenica mattina. In realtà, il delta del fiume era completamente governato dal dio denaro.

"Anche qui, lontano dalle grandi città" proseguì Ning "sono consapevole delle mutevoli priorità del nostro governo. Ma come le dicevo, signor Hu, ho un piano." Schiacciò una spina di carpa tra i molari. "*Ju!* Scende il crepuscolo: accendi le lanterne!"

Capitolo 3

Theodore Kincaid Dean, meglio noto con lo pseudonimo di T.K. Dean, era *preoccupato*. Nella sua mente, il termine era in corsivo per rispecchiare un livello di preoccupazione al di là della condizione di base di vigilanza compulsiva che lo aveva tenuto più o meno lontano dai guai in molti Paesi del mondo. Aveva conosciuto giornalisti che erano morti per aver abbassato la guardia e commesso degli errori. Non erano sufficientemente *preoccupati*. A Fallujah, lui e un fotografo di Agence France Presse avevano accompagnato una squadra di Marine che era rimasta intrappolata in una casa durante l'operazione Phantom Fury, in attesa di rinforzi. Il sergente, un ventiduenne messicano-americano di seconda generazione originario di Battle Creek, nel Michigan, con lo sguardo intenso e infossato di chi aveva visto cose che non avrebbe potuto raccontare alla moglie, aveva illustrato come lo scopo del campo di addestramento fosse insegnare alle reclute a non farsi ammazzare dalla propria stupidità. Dopo l'addestramento, aveva detto, l'unico modo per farsi ammazzare è trovarsi nel posto sbagliato al momento sbagliato.

"In quel modo, se ti fai ammazzare non è colpa del corpo dei Marine degli Stati Uniti." I suoi uomini avevano riso. "Dico sul serio" aveva continuato "se qualcuno di voi muore in questo merdaio, voglio poter andare sulla sua tomba e dire: 'Non era un coglione, ha avuto solo una gran sfiga'. "

Il sergente era stato ucciso una settimana più tardi, proprio una gran sfiga. I resti del suo cadavere spappolato erano tornati a casa dentro a dei sacchetti di plastica. La moglie non aveva mai saputo tutta la storia. Il fotografo aveva resistito solo due giorni. Scattava in medio formato su pellicola per *Paris Match* con una Hasselblad H4D-40 (edizione limitata rosso Ferrari, pagata ventuno mila euro) e un mirino all'altezza della vita che gli dava la sensazione di avere un contatto visivo migliore con i soggetti. *"Il faut regarder dans les yeux!"* Ma il caschetto rendeva troppo difficile regolare l'inquadratura con quel mirino e se lo era tolto. Un cecchino aveva stabilito un contatto visivo con lui e gli aveva fatto saltare le cervella. Coglione.

Anche sotto il fuoco (amico o nemico, le probabilità erano all'incirca le stesse) T.K. non era mai davvero spaventato. Soltanto *preoccupato*. E in quel momento aveva una piccola lista di cose di cui preoccuparsi, a partire dall'agente di polizia che lo aveva appena fatto accostare. I poliziotti cinesi erano tutti corrotti, ma non come, per esempio, quelli africani, che ai posti di blocco ti estorcevano solo qualche franco per una Fanta o una birra. I poliziotti cinesi, solitamente, non si potevano comprare con i soldi per la birra, anche se in Cina l'alcol allentava praticamente qualsiasi tensione. Un'usanza molto gradita a T.K., che ne aveva fatto uso per stemperare la propria iper-vigilanza sin dall'adolescenza. Per lui bere era una forma di meditazione, senza tutti i fastidi del pensiero. Scoprire un intero Paese abitato da persone per cui gli alcolici scorrevano in maniera così naturale era stato come trovare un approdo nell'alta marea. Sin dal primo giorno del suo anno di studio all'Università di Pechino si era sentito a casa in Cina e sapeva che vi avrebbe sempre fatto ritorno. Aveva imparato il mandarino classico a partire dai termini che descrivevano le bevande, per poi apprendere i dialetti locali wu (parlato a Shanghai) e xiang (detto anche hunanese, la lingua di Mao), sviluppando infine le abilità necessarie per conversare nelle lingue etniche gan e zhuang.

Aveva scoperto di poter aggirare la legge che vieta la guida agli stranieri sul territorio cinese muovendosi sugli scooter, purché avessero un telaio piccolo e un motore sotto ai cinquanta cc. Sapeva che un meccanico poteva praticare un foro nel cilindro di uno scooter di piccola cilindrata, ricalibrare la trasmissione e sostituire il carburatore con un iniettore per consentire di andare più veloce, e più lontano, senza che nessuno se ne accorgesse. Nessun controllore, conducente, impiegato o autista con la faccia da Buddha avrebbe scansionato il tuo passaporto per poi gettarlo nel wok sfrigolante del sistema informatico della sicurezza dello Stato. Solo un acceleratore e la strada e nessuno sguardo indiscreto, soprattutto con un casco integrale. In Africa, aveva guidato delle motociclette per evitare che poliziotti, banditi e terroristi si accorgessero che era bianco, ma lì aveva naturalmente bisogno di una copertura completa, guanti inclusi. In Cina non doveva fare altro che nascondere gli occhi. *Ne faites pas de contact avec les yeux !*

Era abbastanza sicuro che la sera prima almeno uno degli agenti avesse visto i suoi occhi, ma non c'era la luna e i poliziotti erano tanti. Quel giorno, diceva a se stesso, era soltanto un normalissimo uomo d'affari occidentale in Cina. A dire il vero la sua professione era il giornalismo, e tecnicamente avrebbe dovuto avere un visto da giornalista. Tuttavia, uno dei vantaggi di essere un freelance era la possibilità di entrare nel Paese con un visto commerciale e restarsene fuori dal grande wok. Non che gli uomini d'affari non fossero tenuti d'occhio, specialmente se commerciavano in uno dei settori che la Cina voleva controllare. Ma a tutt'altro livello. I reporter del *Times*, del *Guardian* e dell'*Australian* in Cina venivano seguiti, tracciati, intercettati, registrati, spiati, hackerati e infastiditi ventiquattr'ore su ventiquattro. T.K. li evitava, ed evitava anche i luoghi dove si trovavano a bere, come il Bookworm di Pechino l'Estaminet di Shanghai e l'Harp di Chongqing: se lo avessero sorpreso a occuparsi di giornalismo con un visto commerciale lo avrebbero cacciato dal Paese. Preferiva farsi i fatti suoi, per così dire.

T.K. premette l'interruttore di spegnimento dello scooter, si slacciò il casco e passò in rassegna le sue preoccupazioni: c'era la preoccupazione per la storia della guida illegale in Cina, quella per la mancanza di un visto da giornalista e, soprattutto, quella per gli eventi della sera prima. Un bell'ammasso senza dubbio, ma non c'era bisogno di farsi prendere dal panico.

"Posso vedere la sua patente di guida?"

"Dato che me lo chiede così educatamente, la risposta è sì." Si tolse il casco, si voltò e vide un uomo minuto e dalla pelle chiara, con un viso triangolare da Han e occhietti che sbattevano come un proiettore per film muti. Chiaramente il poliziotto non era abbastanza scuro di pelle per essere Zhuang, ma T.K. non resistette all'istinto di confondere ulteriormente le acque: "Oppure possiamo parlare la lingua del posto, se preferisce."

"Il mandarino va benissimo" disse Yun Jian, riprendendosi per poi ripetere: "Patente, prego."

T.K. aprì la cerniera del taschino del suo bomber ed estrasse una patente di guida internazionale grigia e malconcia, emessa dall'ufficio dell'American Automobile Association vicino al Lincoln Center, a Manhattan. Era esattamente quello che Jian si aspettava; ne aveva viste altre, in precedenza. "Questo documento non vale nulla qui" disse, con le mani sui fianchi. "Devo vedere la sua patente cinese" pur sapendo bene che era praticamente impossibile che un occidentale ne avesse una.

"Non ce l'ho" disse T.K. "Sono su uno scooter. Telaio piccolo. Cinquanta cc."

"Cinquanta cc?" ripeté Jian. "Stava facendo i cento all'ora. Usa del carburante per jet?"

T.K. rise. "Vuole farsi un giro? Possiamo fare a cambio" disse indicando la volante Ford.

"Passaporto, prego."

"Il capo è lei." Dalla tasca posteriore estrasse il passaporto da cinquanta pagine, che costa di più e consente di applicare molti più visti. Era pieno di orecchie e umidiccio. Jian lo prese e sfogliò delicatamente i visti, esaminandoli lentamente come una collezione di francobolli rari. Per i cinesi non era facile ottenere un passaporto e anche i poliziotti li trattavano come se fossero miniature di manoscritti medievali. T.K. posò lo sguardo sulle risaie. Il contadino non era più chino sul terreno e girava la ruota arrugginita di una valvola per l'irrigazione. Su un sentiero che costeggiava la risaia una vecchia ricurva camminava dietro a un bue emaciato, colpendogli il sedere con un bastone di tanto in tanto.

Jian tornò alla pagina della foto e finse di saper leggere i caratteri occidentali. "Qual è il suo cognome?"

"Dean."

"E il suo nome."

"Signor." Lo disse nella sua lingua madre.

"Signor Dean" ripeté Jian seriamente.

"Bingo. Ma può chiamarmi T.K. oppure Teddy. Il capo è lei."

"La prego, mi segua alla stazione di polizia, Signor Dean."

T.K. rise. Gli piacevano molto tutti quei "mi segua" dei poliziotti nei Paesi in via di sviluppo. A volte, in Africa, dove era raro che gli agenti avessero un'auto, dovevi accompagnare tu stesso il poliziotto alla stazione di polizia, dopo essere stato arrestato. E comprargli una Fanta. "Spero che ci sarà qualcosa da bere" disse.

"È probabile che il vicecomandante abbia della birra" disse Jian.

"La birra non conta."

"Forse del *báijiŭ*."

"Allora ci sto. Andiamo" disse T.K., indossando il casco. Il *báijiŭ*, "liquore bianco", era la versione cinese dell'acquavite: un alcolico forte e grezzo al 60%, distillato dal riso glutinoso. Lo divertiva il fatto che i cinesi lo chiamassero "vino" ma lo bevessero come i russi fanno con la vodka: bicchierini sollevati e scolati uno dopo l'altro con un brindisi, fino a friggersi del tutto il cervello. Al solo pensiero, il sangue gli salì alla testa, riscaldandola. In quel momento il sole era sceso dietro le montagne e la sottile striscia di asfalto era diventata nera e informe come l'acqua delle risaie. Accese i fanali e si mise in strada. Era l'ora dell'aperitivo!

Capitolo 4

Ju versò il tè al marito e si sedette sulla sedia ancora calda per la recente presenza del signor Hu. Nel bagliore delle lanterne rosse, l'ombra imponente di Nong Ning tremolava con un'improbabile delicatezza sulle pareti color ocra del cortile. "È andata bene" annunciò lui. "Hai visto la faccia di Hu Tianhua quando gli ho detto che avrei fatto costruire una diga sul Lijiang?"

"Aveva ragione a mostrarsi scioccato" disse Ju. "Con tutto il rispetto, onorevole marito, che razza di folle piano è mai questo? Moltissime persone vivono lungo il fiume. Immagina le proteste."

"Non si lamenteranno quando avranno un buon lavoro nelle nuove fabbriche. E parenti che si prenderanno cura di loro quando saranno vecchi. Ora i figli se ne vanno in città non appena sono in grado di lavorare."

"Quindi trasformerai il villaggio in una città? Dove prenderemo il riso quando le risaie saranno asfaltate?"

"Il riso! Solo a quello riesci a pensare? Al riso?"

"Con tutto il riso che mangi, forse stai liquidando la questione un po' troppo in fretta" disse Ju. Dopo trentun anni di matrimonio, poteva dire tutto quello che pensava a Ning – e lui in effetti vi faceva affidamento – nonostante, secondo le usanze, dovesse mostrarsi sottomessa in pubblico. "Ning, siamo abbastanza vecchi per ricordare gli anni della carestia" disse "ma non abbastanza da essere senili. Quando i miei genitori hanno finito la corteccia degli alberi che mi davano da mangiare…"

"… Hanno bollito le scarpe! Conosco queste storie a memoria! Sì! Nel nostro villaggio dissotterravano i cadaveri per cena. I miei genitori si sono mangiati la casa, mattone dopo mattone; poi si sono infilati a vicenda dei bastoni nel sedere per sbloccare i tappi di fango! Ho giurato che non avrei mai vissuto con un bastone nel didietro." A dire il vero, il fatto di avere quasi sempre le mutande nel sedere gli rammentava costantemente il destino dei suoi genitori, come se indossasse un cilicio.

"E poi" disse Ning "in California coltiveranno il riso per noi, e noi produrremo i loro appendiabiti." Soddisfatto dall'ironia di quella osservazione, mise fine alla discussione ruttando in modo esagerato, come un ragazzino.

"E tu cosa ci guadagnerai da queste nuove fabbriche?" lo incalzò Ju.

"Come minimo, mi aspetterei un incarico a livello distrettuale. Un commissario distrettuale può fare un sacco di soldi, se ha i giusti alleati commerciali."

"Abbiamo già una bella casa e una nuova Audi ogni tre anni" disse Ju.

"Mia cara moglie, la prossima volta che vai al tempio, potresti trovare istruttivo meditare sulla storia recente della Russia. Quando arriverà la vera rivoluzione cinese, la nostra vita agiata finirà in fumo più in fretta dei bastoncini d'incenso che accendi ai piedi del Buddha. Il Partito cadrà come le tessere di un domino, da Pechino a Canton, e quando i contadini penseranno di avere preso il sopravvento, il vero potere finirà naturalmente nelle mani di uomini d'affari come il nostro amico, il signor Hu, come è successo in Russia e in America. Solo coloro tra noi che avranno dei contatti commerciali, per non parlare degli appartamenti a Hong Kong, sopravviveranno alla purga."

Ju versò altro tè al marito e poi riempì la propria tazza. Non avrebbe mai potuto eguagliare l'abilità strategica di Ning; lei non era "astuta". Ma aveva intuito, ed era capace di vedere le implicazioni dei nuovi piani escogitati dal marito. La sua era un'intelligenza arcaica, come la conoscenza ormai perduta che diceva ai suoi antenati quando piantare il riso seguendo le fasi lunari. Ning non era in grado di elaborare consapevolmente la conoscenza di Ju; la sua mente era come l'interno di una grotta carsica, indifferente al transito della luna. Tuttavia, ne comprendeva istintivamente il valore all'interno della loro relazione e di solito la stava a sentire.

"E che ne sarà degli allevatori di maiali sulla riva del fiume? chiese Ju.

"Ottima domanda. Ho pensato molto ai porcai e alle loro case sull'acqua. Naturalmente, dovranno essere sgomberati per costruire una diga, ma in che modo? All'inizio vedevo il problema esclusivamente dalla prospettiva del Partito centrale. Da anni, quegli allevatori cristiani sfidano la politica di pianificazione familiare. Le sanzioni e persino i provvedimenti più severi non sono serviti a nulla; ho il sospetto che siano anche incoraggiati da associazioni di beneficenza occidentali. Oserei dire che quei contadini allevano più figli che maiali, anche se bisogna ammettere che non c'è molta differenza."

Ju fece una smorfia, come se il suo tè fosse troppo forte.

"Pechino sarebbe felice di spostarli dalle loro barche in una comunità in cui possano essere monitorati più da vicino" proseguì Ning. "Quindi ho deciso che un'applicazione più attenta della politica del figlio unico richiamerebbe l'attenzione sul problema della popolazione lungo il fiume, supportando la mia causa per la creazione di una diga."

"Me lo hai detto tu stesso che il raid di ieri sera non è andato bene. Un poliziotto è rimasto ferito."

Ning emise una macabra risata. "I poliziotti sono degli inetti, ma non importa. Il punto è che Pechino non potrà ignorare il nostro impegno. Anzi, potremmo dire che un poliziotto ferito non faccia che rafforzare la mia posizione."

Come la maggior parte dei cinesi, Ju non era particolarmente addolorata dal ferimento di un agente di sicurezza dello Stato, ma il commento privo di sensibilità del marito la fece rabbrividire. "Non funzionerà" disse la donna. "Ci sono migliaia di persone che vivono sul Lijiang, tra qui e Guilin. Si ribelleranno."

"Ho preso in considerazione anche questo" disse Ning. "Assicurarci il sostegno di Pechino è soltanto la prima cosa da fare. La vita di decine di migliaia di persone dipende dal fiume; se si riuscisse a convincerli che è nel loro interesse sgomberare gli allevatori di maiali..."

"La virtù certamente ha dei vicini" disse Ju.

"Un'altra citazione di Confucio?"

"È scritto nei Dialoghi. Gli allevatori non danno fastidio a nessuno."

"Ah, ma i loro maiali danno fastidio al mio naso! Hai per caso fatto una passeggiata lungo il fiume ultimamente? La merda di cane profuma di gelsomino a confronto degli escrementi di maiale."

"È sempre stato così. Entra da una parte ed esce dall'altra. Non interessa a nessuno."

"Per ora no, è vero." Ning sollevò la teiera verso la tazza di Ju. "Ma immagina se ci fosse qualche problema con i maiali. Lo sai che le malattie suine sono molto diffuse, oggigiorno."

Ju coprì la sua tazza con la mano. "Questo piano non promette niente di buono, Ning. Il fiume è sacro e non deve essere contaminato."

"Cara moglie, ti prego di andare ad accendere un po' di incenso al tempio e lasciare che io mi occupi delle questioni materiali."

"Il semplice fatto di prendere in considerazione questo piano richiede un'espiazione" disse lei. "Devi liberare una creatura nella natura."

Ning rise. "Molto bene. Domani porterò un pesce rosso al fiume. Speriamo solo che i cormorani non lo acchiappino!"

Capitolo 5

F ang Dazhu si versò un bicchiere di *báijiŭ*, mentre la nuova segretaria della centrale di polizia si inchinava e lasciava cadere un plico di cartelle sulla sua scrivania. La guardò camminare verso la porta, osservando il suo piccolo sedere che ondeggiava, poi la richiamò: *"Mei!"*

La donna si girò e fece un altro inchino. "Ti chiedo per favore di non indossare più i blue jeans in ufficio. Le gonne sono più appropriate. Oppure un abito attillato."

"Molto bene, onorevole Fang." Se Dazhu avesse prestato attenzione, avrebbe notato la sua smorfia imbronciata mentre si girava verso la porta, ma era assorto nei propri pensieri. Schiacciò un mozzicone di sigaretta sotto la punta dello stivale nero e si chiese quanti giorni avrebbe dovuto aspettare prima di potersela scopare. Si chiese anche se fosse sposata, ma poco importava. L'unica cosa importante era l'immenso piacere del primo bicchierino della giornata: il suo momento preferito, sempre a stomaco vuoto per consentire all'alcol di scorrere direttamente al cervello come un'iniezione. Sollevò il bicchiere e lo posò, assaporando una calda beatitudine. Chiuse gli occhi, sorrise e picchiettò le lunghe unghie lucide sulla scrivania. Avere le unghie appuntite denotava un certo status per un uomo Zhuang, perché indicava che non faceva lavori manuali. Anche se il padre era un coltivatore di riso e il suo nome proveniva decisamente dalla campagna (letteralmente significava "grande palo"), il vicecomandante Fang ci teneva ad avere artigli impeccabilmente curati. A dire il vero, il suo appuntamento settimanale per la manicure solitamente si concludeva almeno con un lavoretto di mano e, a seconda del programma della giornata (il suo, naturalmente, non quello dell'estetista), un rapporto sessuale completo. Essere sempre in ordine aveva i suoi vantaggi, ma a parte le unghie Dazhu non era certo un modello di igiene. Si faceva tagliare i capelli dalla moglie per risparmiare e anche perché i barbieri erano tutti uomini, quindi non c'era la possibilità di ottenere favori sessuali. La donna esprimeva il proprio disprezzo nei suoi confronti svolgendo intenzionalmente un lavoro approssimativo e facendolo somigliare a un punk inglese, ma senza le spille da balia nelle orecchie. Aveva il viso giallastro e butterato, la pelle cadente come la resina di un albero, come se l'alcol stesso, nel corso dei decenni, si fosse coagulato sotto al terreno scosceso dei suoi zigomi.

Il lamento penetrante di uno scooter che scalava le marce infranse la fantasticheria di Dazhu. Si girò sulla sedia e guardò fuori dal vetro sporco della finestra oltre la sua scrivania. Lo scooter entrò nel parcheggio vuoto accanto alla sua Buick, seguito dalla Ford di Yun Jian e, quando il conducente si tolse il casco, Dazhu sorrise. Si voltò nuovamente verso la scrivania, versò un altro bicchierino, accese una sigaretta e fece finta di esaminare dei documenti finché Mei non accompagnò nella stanza il poliziotto e l'uomo che aveva in custodia.

"Yun Jian, sei molto gentile a farmi l'onore di portarmi un *wàiguórén*" disse Dazhu, usando il termine gergale mandarino per indicare uno straniero. "Stavo per andare a casa. Forse dovrebbe venire con me e assaggiare le zampe di gallina della mia cara moglie." Dazhu sapeva che gli occidentali trovavano disgustoso il piatto nazionale e ci teneva sempre a offrirlo a tutti.

"Deve scusarmi, onorevole Fang" disse Jian, con un inchino rigido e poco convincente. "Quest'uomo era alla guida di una motocicletta senza patente. Potrebbe provenire da qualunque posto."

"Ho visto" rispose Dazhu, accennando alla finestra.

"È uno scooter" disse T.K. "Non una motocicletta."

"Uno scooter per modo di dire" disse Jian. "Faceva i cento all'ora."

T.K. sorrise. "Una Lambretta TV-200 del 1965. Fabbricata a Milano per il mercato delle corse britannico. Ho visto un sacco di copie indiane da queste parti, ma quella è originale." Il vicecomandante non sembrò apprezzare. "Potrebbe fare i centoventi con il vento in poppa" aggiunse T.K., come se si trattasse di una barca.

Dazhu fissò T.K. e indicò una sedia di metallo con lo schienale dritto di fronte alla sua scrivania. "La prego di sedersi, onorevole..."

"...Dean" disse T.K., accomodandosi. "T.K. Dean. Quello è *báijiŭ*?"

"Proprio così. Distillato il mese scorso. Ne gradisce un po'?"

"Molto gentile da parte sua."

"Mei! Un bicchiere per l'onorevole signor Dean!"

Mei entrò ancheggiando con in mano un bicchierino rotondo. Ancora una volta, Dazhu la seguì con gli occhi mentre usciva. Stappò la bottiglia e versò tre dita all'interno del bicchiere. T.K. sorrise e si allungò per prenderlo, ma Dazhu lo fermò. "Prima devo vedere il suo passaporto."

T.K. si afflosciò. "Eccolo" disse Jian, passando il documento. T.K. si guardò intorno. L'ufficio odorava di disinfettante per pavimenti, ma emanava comunque un'idea di squallore. Le pareti erano costellate di macchie marroni simili a piccole isole, gli interruttori circondati da un alone di impronte digitali unte. Gli schedari di metallo erano ammaccati e arrugginiti. Sulla sua testa, un tafano schivava pigramente le pale rotanti del ventilatore a soffitto; negli angoli della stanza si annidavano i ragni. Con un occhio T.K. guardò il bicchierino pieno e con l'altro il vicecomandante, che esaminava il suo passaporto con molta meno attenzione di quella mostrata in precedenza da Jian, voltando in fretta le pagine con unghie che ricordavano a T.K. le zampe di gallina.

"Quindi è qui per affari."

T.K. annuì.

"Di cosa si occupa?"

"Scooter. Importo scooter restaurati negli Stati Uniti. Principalmente dalla Cina e dal Vietnam, ma anche dalla Thailandia e dall'India. Vorrei espandere il mercato al Myanmar..."

"Scooter! Come quello che stava guidando?" Dazhu accennò nuovamente alla finestra.

"Sì. A dire il vero, lo stavo proprio testando. La vostra gente qui ci sa davvero fare."

"E gli americani vogliono comprare questi... scooter?" Dazhu formulò la domanda con disprezzo, alzandosi dalla scrivania e girandoci intorno per piazzarsi di fronte a T.K. In Asia gli scooter erano uno stile di vita, non una scelta stilistica, un gradino più in alto rispetto alla bicicletta e uno più in basso rispetto all'automobile. "Non possono permettersi le auto in America?"

"Sono principalmente un divertimento. Una moda."

"Capisco" disse Dazhu, appoggiandosi alla parte anteriore della scrivania, incombendo su T.K., ma senza sollevare lo sguardo dalle pagine del passaporto. Sfogliò avanti e indietro diverse pagine, tenendo il conto tra sé e sé.

"Lei ha effettuato l'ingresso in Libia quattordici volte."

"Aeroporto di Tripoli. Ho fatto scalo con Afriqiyah Airways. Che tra l'altro fa schifo... non ti danno nemmeno un drink su quei voli musulmani..."

Dazhu allungò il braccio e schiaffeggiò T.K. con il suo stesso passaporto. "Conosco la differenza tra uno scalo e l'ingresso, questi sono timbri d'ingresso! Non mi tratti come un idiota!" T.K. rimase immobile. Jian, che aveva assistito impassibilmente dalla porta, inarcò le sopracciglia.

"Oh, ma sono un ospite terribile" proseguì Dazhu, con un sorriso. "Il suo drink." Indicò il bicchiere, versandosene un altro. "Agli scooter!" disse Dazhu, alzando il bicchiere.

"Agli scooter!" Il cristallo dozzinale tintinnò debolmente. Vuotarono i bicchieri insieme, sbattendoli sulla scrivania sporca di Dazhu. Il vicecomandante vide un lampo di estasi attraversare il viso di T.K. Lo conosceva molto bene, e sapeva che era il momento giusto per riprendere l'interrogatorio.

"Restaurano gli scooter anche in Libia?" domandò. Ma T.K. rimase in silenzio, percependo che qualsiasi conversazione riguardo alla Libia avrebbe portato a un altro schiaffo. "Be', non importa. Posso vedere il suo telefono?" Non utilizzò il *ma* interrogativo di cortesia.

"Può vederlo, ma non usarlo" disse T.K. estraendo il telefono dalla tasca laterale del suo bomber. "Ha smesso di funzionare."

"Davvero?" disse Dazhu, afferrando il cellulare. "Mi chiedo come mai..."

"Merda taiwanese da quattro soldi" disse T.K.

Dazhu staccò la parte posteriore e notò l'indicatore rosso dell'umidità. "Ah, ecco il problema. Il suo telefono deve essersi bagnato."

"Ho una sudorazione abbondante."

"Oh no, il telefono deve essere stato completamente immerso in un liquido, perché il puntino è diventato rosso."

"Potrebbe essermi caduto in un secchiello di birre."

"Potrebbe essere. Mi chiedo spesso perché i telefoni non si attaccano a delle catene, come i vecchi orologi da taschino." Accennò all'orologio da polso di T.K. "Vedo che è un estimatore del nostro caro Presidente." Era uno di quegli orologi kitsch dell'epoca della Rivoluzione Culturale, con Mao che muove il braccio e una stella rossa che indica i secondi.

T.K. guardò l'orologio. Erano le sei e cinque. Mao sorrideva, agitando il braccio. "Li colleziono" disse. "Ne avrò un centinaio. A dire il vero, hanno un movimento di alta qualità, diciassette rubini. Naturalmente la cassa è una merda, acciaio placcato e senza lucidatura. Il problema principale è che ai tempi non si usava ancora l'olio sintetico, quindi dopo cinquant'anni la molla si inceppa. Se li tieni puliti, cambi l'olio e li regoli di tanto in tanto perdono al massimo tre minuti al giorno."

"E questi orologi della Rivoluzione Culturale sarebbero un'altra delle sue importazioni?"

"Mi piace sapere che ore sono."

Dazhu sorrise. "Parliamo delle dieci di ieri sera."

Jian spostò nervosamente il peso da un piede all'altro.

"È a conoscenza di quanto è accaduto sul fiume la scorsa notte?"

T.K. scrollò le spalle: "*Bùrán.* No. Ero in città."

"Dove?"

"Al Demo Bar su Gua Hua Lu. Può andare a chiedere." T.K. era certo che il barista avrebbe dato per scontato che si trovasse in quell'affollato locale notturno in stile occidentale, come quasi tutte le sere.

Dazhu fissò T.K. "Signor Dean, ha per caso un'irritazione?"

"Eh?"

"Il suo viso, è tutto rosso."

"Troppo sole."

"Capisco. Conosce un uomo del posto di nome Chen Yong?"

"Be', è un nome piuttosto comune."

"Lasci che le spieghi meglio. Il Chen Yong a cui mi riferisco vive su una barca sul fiume insieme alla moglie Zeng Ming, un bel fiorellino, mi lasci dire..." T.K. si irrigidì "e al figlio Jintao."

"Non li conosco."

"Ne è proprio sicuro?"

"Sicurissimo."

"Chen Yong è un allevatore di maiali che si guadagna da vivere anche riparando scooter. O meglio, guadagnava. È stato ucciso dalla polizia la scorsa notte, nel corso di un raid sulla sua casa galleggiante. Prima di essere colpito è riuscito ad afferrare l'arma di un agente" fece una breve pausa per lanciare un'occhiata a Jian, ancora fermo accanto alla porta "e ferirne un secondo."

Jian ascoltava senza battere ciglio. Aveva la gola secca, e ogni volta che deglutiva il suo pomo d'Adamo vibrava. Dazhu tamburellò con le unghie sulla scrivania, poi distese le dita della mano sinistra per esaminarle.

T.K. ruppe il silenzio. "Senta, c'è un'officina che ripara gli scooter a ogni angolo della strada, in questa città. Le sto dicendo che non conosco quell'uomo. Non lo conoscevo. Non lo conosco."

"Inoltre, un uomo è stato visto allontanarsi dalla riva del fiume su uno scooter, ieri notte. Era alto, probabilmente occidentale."

"Questo posto è pieno zeppo di turisti che guidano degli scooter. Molti di loro sono alti, soprattutto rispetto a..." si morse la lingua. T.K. si sentì sollevato dal fatto che la polizia non avesse identificato l'uomo della sera prima, e la sua preoccupazione fu mitigata di conseguenza. Al tempo stesso venne assalito da una nuova e sconosciuta inquietudine. Proveniva dall'esterno, da un mondo di cui aveva scritto per una vita intera, senza nessun coinvolgimento reale. Per la prima volta in decenni, si preoccupava per qualcun altro, anche se era una sensazione debole, come le gambe di un bambino che impara a camminare.

"Un altro bicchierino, signor Dean?"

"Mi ha letto nel pensiero" disse, interrompendo le sue riflessioni abbastanza a lungo da ringraziare che Fang Dazhu non potesse davvero leggergli nel pensiero. Mandò giù quel liquido pungente, che riaccese il pensiero della nuova preoccupazione che pesava su di lui. Nella sua mente vide Chen Yong che sanguinava in un porcile, la moglie Ming che gemeva nella stiva della casa galleggiante e il piccolo Jintao addormentato, che si dibatteva in preda agli incubi sul tappetino logoro che gli faceva da letto. E quello stupido vicecomandante, che scrutava lascivamente la sua segretaria, probabilmente aveva interrogato Ming. Voleva forse dire che... Era stata arrestata? O persino peggio. Chissà cosa avrebbe potuto farle quel verme, anche se probabilmente sarebbe stato nulla rispetto a tutto quello che aveva già passato. Interessarsi davvero alle altre persone era un'idea talmente estranea a T.K. da risultare preoccupante in se stessa, se non addirittura spaventosa. Tuttavia, man mano che l'alcol faceva effetto, si scrollò di dosso quella strana riflessione, rendendosi conto che la sua inquietudine aveva radici più intime e familiari. Comprese che la sua preoccupazione principale era l'insopportabile, ma ormai concreta, possibilità di non rivedere mai più Ming.

Dazhu versò a T.K. un altro bicchierino, poi tornò dall'altra parte della scrivania. Sollevò il naso e fiutò l'aria. "Sento odore di merda di maiale" disse, mettendosi a sedere e girandosi verso la finestra. "Jian, senti anche tu odore di merda di maiale?"

"Forse, signore."

"No, no, è inconfondibile. Disgustoso." T.K. mandò giù il bicchiere mentre Dazhu si girava nuovamente verso di lui. "Signor Dean, non sarà mica merda di maiale quella sui suoi stivali?"

Progetti

Seconda parte

Capitolo 6

E ra l'inizio dell'autunno dell'anno precedente, la stagione dei tifoni nel sud della Cina, e i baccelli degli alchechengi davano un colore infuocato ai cespugli lungo le strade sterrate che portavano fuori città. T.K. trovava che somigliassero a delle piccole zucche di Halloween di carta, l'equivalente botanico più simile al fogliame autunnale della sua infanzia nel New England che si potesse trovare nel Guangxi. Nel Vermont l'autunno era la sua stagione preferita. Per lui non rappresentava la fine dell'estate, ma l'inizio di una nuova vita. L'odore muschiato delle foglie cadute, i rami di melo incurvati sotto il peso dei frutti scarlatti e il fumo delle stufe a legna che turbinava levandosi dai camini delle fattorie: tutto gli dava la sensazione che qualcosa stesse iniziando, qualcosa di vagamente pericoloso e più serio rispetto all'estate. Poi arrivava l'inverno, la stagione degli sport a tutta velocità sulla neve e sul ghiaccio; cosa fa sentire più vivi di sfidare la morte scendendo da una montagna con gli sci ai piedi?

Suo padre, un uomo alto e scuro di carnagione con occhi simili a caffè freddo e nero, non condivideva la fascinazione di Teddy per le tonalità ocra dell'autunno. Le giornate sempre più corte incombevano come una pesante cortina su di lui. Un pomeriggio di ottobre, quando Teddy non aveva ancora compiuto tredici anni, mentre camminavano nell'aceraia alla ricerca di coleotteri dell'ambrosia sugli alberi, il padre era sprofondato nella malinconia. "Stiamo per entrare nel tunnel" aveva borbottato con tono solenne. "Manca poco."

"A cosa manca poco?" aveva chiesto Teddy con l'inconsapevole pedanteria dei bambini.

"All'inverno" aveva risposto il padre. "Le giornate si accorceranno."

Teddy avrebbe voluto elencare i tantissimi modi in cui si poteva godere dell'inverno, ma si era morso la lingua, sapendo che il padre era irremovibile a riguardo. Invece, percependo la sua disperazione per il rapido avvicinarsi del crepuscolo e volendo provare a migliorare le cose, aveva detto con grande ottimismo: "Ogni punto della Terra riceve esattamente lo stesso numero di ore di notte e di giorno. Sono solo distribuite in modo diverso. Per esempio, all'equatore il sole sorge e tramonta ogni giorno alle sei. Laggiù le giornate non si allungano in estate, quindi è tutto pari."

"Lo hai letto in uno dei tuoi libri?"

"*Popular Astronomy* di Simon Newcomb, pubblicato per la prima volta nel 1878. Prima di Einstein, ma comunque un classico."

"Stai cercando di dirmi che non sei un piccolo Einstein?"

"La signora Blanchard dice che sono troppo piccolo per la teoria della relatività. Ma io lo so che cos'è."

"E lo sai come sono fatti i coleotteri dell'ambrosia?"

"Sissignore. Marrone scuro, con il dorso peloso e senza tenaglie. Indicano che gli alberi stanno soffrendo."

"Allora guardati bene intorno."

"Sissignore."

Il padre era sempre più malinconico con l'accorciarsi delle giornate, e verso Natale si era distaccato completamente dalla moglie e dal figlio e, a quanto pareva, persino da se stesso. I suoi pensieri si erano fatti cinerei e circolari come il fumo del camino, si levavano dissipandosi, ma lasciavano un alone scuro come la fuliggine intorno al suo cervello. Cominciava a bere non appena faceva buio, cioè intorno alle quattro del pomeriggio. All'inizio Teddy ci era rimasto male, chiedendosi cosa avesse fatto per causare tanto dolore al padre. Poi un giorno si era infilzato una mano con un paio di cesoie e il padre gli aveva dato un goccio di whisky in un bicchierino che teneva nella capanna tra gli aceri. "Ci vorranno dei punti" aveva detto il padre, fasciandogli la ferita con uno straccio. "Vado a prendere il furgone. Tu bevi questo." Teddy aveva bevuto un sorso titubante, rischiando di soffocare.

Ogni cosa gli era parsa improvvisamente più chiara. La rivelazione che quel liquido ambrato potesse far dimenticare le preoccupazioni e creare una nuova forma di presenza a partire dall'assenza aveva affascinato quel ragazzo curioso come una conoscenza occulta, come un'alchimia. Era stato come provare un orgasmo per la prima volta e voleva gridare al mondo *Perché nessuno me lo ha detto prima?* Aveva smesso di preoccuparsi per il padre.

Teddy era felice dell'arrivo di quelle sere d'autunno, che gli fornivano l'occasione per le sue scorribande in incognito. Raggiungeva il centro in sella alla sua bicicletta, superando le case e i cimiteri con gli stessi cognomi su tutte le tombe e le cassette delle lettere, la abbandonava nel parco e si aggirava per le vie della cittadina fingendo di essere una spia internazionale. Nelle notti senza luna si esercitava a saltare le staccionate senza rincorsa, come un cervo, e spiava le signore che alimentavano le roventi stufe a legna di ghisa nelle loro cucine in stile coloniale. Questo entusiasmo segreto culminava con l'arrivo di Halloween, la sua festività preferita. Ogni anno la madre, la cui sola occupazione era sempre stata crescere l'unico figlio, lo aiutava a realizzare, partendo da zero, elaborati travestimenti basati sulle sue sagaci interpretazioni dei libri e delle biografie che leggeva. Per due anni di fila si era aggiudicato il premio per il miglior costume della scuola: una volta travestendosi da "McMummia" avvolto dalla testa ai piedi in tessuto scozzese e l'altra nei panni di "Muhammad Mobutu Ali" indossando un copricapo in pelliccia di leopardo e uno scettro di "avorio" insieme ai pantaloncini da boxe Everlast e ai guantoni. Il fatto che si fosse dipinto il viso di nero per quel travestimento aveva suscitato qualche controversia e il quotidiano locale, per non correre rischi, aveva rifiutato di pubblicare la sua foto, nonostante Teddy avesse raccolto oltre 200 dollari in monete per l'Unicef facendo dolcetto o scherzetto. Un record in tutto lo stato, per un solo bambino: Teddy lavorava sempre da solo.

T.K. pensò che fosse strano che ricordi così lontani potessero riaffiorare alla sola vista di quei cespugli di alchechengi nel Guangxi. Una cosa era tentare di rievocare intenzionalmente un ricordo... *Come si chiamava l'insegnante di scienze di terza media? Sì, la signora Blanchard...* ma lui non stava cercando di ricordarsi di Halloween, mentre schivava i capi di bestiame a bordo di uno scooter su una stradina polverosa del Guangxi. Eppure, l'osservazione casuale di quei baccelli arancioni aveva fatto scattare le sinapsi del suo cervello, attivando i neurotrasmettitori acetilcolina e districando lunghi filamenti di ricordi di corse in bicicletta tra i mucchi di foglie nelle campagne del Vermont. Si rese conto che i più grandi successi tecnologici italiani in fatto di motori, come Piaggio, Ducati o Lamborghini, non erano altro che giocattolini rispetto agli ingranaggi del cervello, in cui miliardi di componenti molecolari in movimento portavano avanti la loro combustione silenziosa, di giorno e di notte. Inoltre potevano essere lubrificati dall'alcol, esso stesso un miracolo della natura: nient'altro che la merda espulsa dai lieviti dopo aver consumato gli zuccheri. Dio, quanto amava la chimica!

Dopo la curva successiva, sulla destra, dietro a un chioschetto di noodle fatiscente e avvolto dal vapore, c'era l'officina Hung Far Lo. T.K. si fermò all'ingresso, parcheggiò nelle vicinanze di un albero di papaia striminzito, scese dallo scooter ed entrò a grandi passi. L'officina era di un malandato colore marrone e il pavimento da esterni ricoperto di crepe era disseminato di mozziconi di sigaretta. Due file di scooter d'epoca in perfette condizioni luccicavano creando un effetto di contrasto.

"*Nǐhǎo!*" disse il venditore, un uomo tozzo di mezza età con addosso una maglietta da golf sgualcita e stropicciata.

"*Nǐhǎo!*" disse T.K.

"Le interessa comprare uno scooter?"

"Mi interessa sempre comprare degli scooter."

"Ne ho uno che fa proprio al caso suo" disse il venditore, tirando T.K. per il braccio verso una Vespa bianca e rossa avvolta in ghirlande di profili cromati. "1967, l'ultima annata del modello VBB. Tutta originale. Condizioni perfette. Settemila yuan."

T.K. osservò il mezzo e scosse la testa. "Due al prezzo di uno?"

"Eh?"

"Oppure facciamo tre?"

"Non capisco."

"È un *pasticcio*." Pronunciò quella parola nella sua lingua madre.

"Un pasticcio?" ripeté il venditore in modo esitante. "Cosa significa?"

"È un termine per indicare la merda."

"La merda?"

"*Pìhuà*. Una schifezza. Messa insieme con gli scarti trovati in giro. Quanti rottami di motocicletta ci sono voluti per creare questo Frankenscooter sul retro dell'officina?"

"Oh no! Tutta originale. Non messa insieme!"

"Sì, dicono tutti così su eBay. Posso?" Estrasse una piccola calamita dalla tasca e la passò sulle protezioni per le gambe e la parte inferiore del telaio. Quando la lasciava andare, la calamita cadeva a terra. "Non si attacca, non è acciaio. *Pìhuà*. Abbonda di Bondo."

"Abbonda di Bondo?"

"È un restauro fatto con il Bondo, lo stucco per carrozzerie. Con la pasta da modellare."

"Ah, *abbonda di Bondo*! Molto divertente!"

"Non quando ti lascia a piedi all'ora di punta sull'Hollywood Freeway."

"Gliene mostro un'altra, molto meglio, tutta originale" disse il venditore zampettando da una parte all'altra dell'officina.

"Non importa, sono qui per incontrare una persona. Ma lasci che le dia qualche dritta su come vendere un pasticcio. Il suo lavoro non è male, per quanto disonesto, ma il diavolo è nei dettagli. Per prima cosa: lo stabilimento Piaggio di Pontedera, in Italia, non ha mai prodotto una Vespa di due colori. Mai. Una Lambretta, sì. Ma una Vespa, no. Quindi, quando vernicia una Vespa con queste combinazioni di colori improbabili come giallo e bianco, blu e cuoio, rosso e nero o rosa e qualsiasi altro colore... il trucco si capisce subito. Non mi interessa se è una calamita per le ragazze: è sbagliato. Idem per la sella bicolore, non esiste. Ed ecco un'altra cosa importante: la pubblicizza come una VBB, ma parafanghi e paraspruzzi sono della Sprint. La VBB era molto più arrotondata, la Sprint aveva un aspetto più squadrato, anni Settanta. Capisco che una testa di rapa qualsiasi non noterebbe la differenza, ma migliaia di collezionisti accaniti di Vespa in Europa e in America, sì. Lei mi dirà che dovrebbero trovarsi qualcosa di meglio da fare, e forse non avrebbe tutti i torti, ma invece si dedicano a distruggere la reputazione di venditori come lei su eBay. Se ha intenzione di fare dei collage, si limiti a un solo modello. E adesso, dia un'occhiata al cavalletto centrale. Un cavalletto da venticinque centimetri su una motocicletta con ruote da venti; per questo motivo la ruota anteriore è sollevata da terra, pronta per il decollo. È uno scooter, non un missile da crociera. E già che parliamo del cavalletto, guardi quei piedini di gomma gialli. Esistono solo in Asia. È un indizio inequivocabile. Dovete trovare un fornitore di piedini di gomma neri per i cavalletti. Per non parlare di tutte quelle cromature, barre di protezione cromate, parafanghi cromato, maniglia laterale cromata, punta dello scarico cromata. Sembra un taxi pachistano."

"Alla gente piacciono le cromature" disse il venditore.

"Alla gente piacciono le cromature, in Asia. E anche in Germania. Per tutti gli altri, una piccola dose basta e avanza. Lo stesso vale per quello stupido stemma alato della Piaggio attaccato sul davanti. Li fanno in Vietnam e sono proprio una schifezza. E non è tutto: il tappetino di plastica, il vano portaoggetti nella protezione per le gambe, mai visto sulle VBB, la guarnizione di gomma sul tappo del serbatoio, il tachimetro Veglia contraffatto con caratteri Tron... ma il tempo è denaro. Sono qui per incontrare uno dei vostri meccanici... si chiama Chen Yong."

"Chen Yong? Ah, deve riparare uno scooter?"

"Più o meno."

"Chen Yong è il migliore. Se non ha la parte di ricambio è in grado di produrla."

"Dischi della frizione fatti con le latte del caffè... so di cosa parla. Garantiti un massimo di cento chilometri."

"Mi scusi?"

"Lasci stare. Yong è qui?"

"Un secondo, per favore."

Il venditore scomparve passando da una porta sul retro. Pochi minuti dopo apparve un uomo snello dai lineamenti delicati con un lungo pizzetto, che si pulì le mani nella parte anteriore del grembiule macchiato di olio. Al collo portava un crocifisso d'oro. Era più vecchio di quanto T.K. si aspettasse, perlomeno cinquant'anni, e i segni del tempo intorno alla sua bocca si facevano più marcati quando sorrideva. Era abbronzato, troppo abbronzato per un meccanico che lavora in un'officina, pensò T.K., ma non aveva i lineamenti rotondi tipici degli Zhuang. Quando parlava in mandarino si capiva subito che fosse un Han. "*Nǐhǎo*. Sono Chen Yong. Come posso esserle utile?"

"Buon pomeriggio, signor Chen. La mia Lambretta fa uno strano ticchettio ad alta velocità. Forse è un difetto al rullo variatore."

"È qui?"

"Qui fuori."

"Andiamo a farci un giro."

Con Yong seduto dietro di sé, T.K. lanciò la Lambretta sulla strada e attraversò ronzando l'arco *páifāng* ricoperto di piastrelle smaltate che delimitava l'estremità occidentale della città. La strada costeggiava un affluente del Lijiang, oltre i rivenditori di pneumatici e i negozi di forniture agricole, fino al punto in cui le vette carsiche a strapiombo obbligavano a svoltare improvvisamente, prima che il paesaggio si aprisse sulle risaie. T.K. si fermò in una radura nelle vicinanze di un piccolo stagno, dove una donna china nell'acqua bassa sotto a un albero di camelia faceva la guardia a uno stormo di anatre. Spense il motore e scesero dallo scooter.

"Non ho sentito niente" disse Yong. "I rulli sono a posto."

"Il mio scooter non ha nessun problema, signor Chen. Volevo solo parlare con lei dove nessuno potesse sentirci."

Yong aggrottò la fronte. "Lei chi è?"

"Mi chiamo T.K. Dean. Sono un giornalista americano. Mi ha dato il suo contatto la Christian International Aid di New York."

"È brava gente. Di che si tratta?"

"Della legge sulla pianificazione familiare. Sto scrivendo un libro."

"Sulla legge?"

T.K. fece una pausa. Guardò oltre la schiena di Yong, verso la donna che lanciava granaglie alle sue anatre nello stagno. "Sugli aborti."

Yong strizzò gli occhi involontariamente sentendo quella parola, poi si riprese e rivolse lo sguardo alle risaie. La brezza si era intensificata e faceva muovere il suo pizzetto sottile come una manica a vento. "Intende i *qiǎngpò duòtāi*... gli aborti forzati."

"*Duì*. Esattamente. Se ho capito bene sua moglie, Zeng Ming ne ha subito uno."

"Mia moglie può parlare per sé."

"Posso incontrarla?"

Yong esitò, passando in rassegna la strada, le risaie e il panorama frastagliato sullo sfondo. "Non sono ancora un vecchio, signor Dean, ma ho superato l'età in cui ci si chiede cosa abbia in serbo il futuro. Per Ming è diverso. Lei è ancora giovane. E abbiamo un figlio. Mi spiace. È troppo pericoloso. Ho già parlato troppo." Si voltò verso lo scooter. T.K. gli afferrò il braccio.

"Yong, un giorno suo figlio avrà una moglie e vorranno avere dei bambini. Per cambiare la legge è necessario denunciare gli abusi. Pensi ai suoi nipotini." Yong abbassò lo sguardo. "Ho sentito dire che lei è il miglior meccanico di motociclette in tutto il sud" disse T.K.

"Sono molto attento nel mio lavoro" disse Yong, alzando gli occhi verso T.K.

"Anche io. Sul mio visto commerciale c'è scritto che sono un importatore di scooter. Sarebbe del tutto normale che io avessi a che fare con lei. Le chiedo di fidarsi di me."

Yong sospirò, affondò le mani nelle tasche della tuta e fece un cenno del capo verso ovest, in direzione del Lijiang. "Viviamo sul fiume. La quarta casa galleggiante sulla strada per Jimacun, oltre i porcili. Venga stasera dopo il tramonto.”

Capitolo 7

T.K. fece ritorno all'appartamento che aveva affittato in città, sopra al Demo Bar. Era squallido e spartano, ma di proprietà della bettola al piano di sotto, cosa che consentiva a T.K. di saldare il conto per le sue bevute e per l'alloggio in un'unica pratica soluzione. Le ampie finestre dell'appartamento si affacciavano sul traffico di Gua Hua Lu e una scala sul retro conduceva a un vicolo che costeggiava le sponde in cemento di un fiumiciattolo che attraversava la città. Quelle della cucina davano sul vicolo sul retro e sul canale, consentendogli se necessario di controllare chi stesse arrivando da entrambi i lati dell'edificio. Lo scaldabagno a muro non restava mai senza acqua e la vasca era spaziosa. D'altro canto, T.K. trovava che la tradizionale latrina cinese fosse letteralmente un'idea di merda. Dopo tutti quegli anni non era ancora riuscito ad abituarsi, né a comprenderne il fascino. A quanto pare, dovrebbero essere migliori per prevenire le emorroidi, ma considerando il fatto che non ne aveva mai sofferto in tutta la sua vita, gli sembrava una precauzione del tutto superflua. Aveva letto da qualche parte che Mao, che non aveva mai lasciato la Cina se non per recarsi in Russia, detestava a tal punto i gabinetti in stile occidentale da far rimuovere il water dei suoi lussuosi alloggi moscoviti e sostituirlo con un semplice buco nel pavimento. Forse aveva anche le emorroidi, oltre alla cataratta. Mao era anche un fine intenditore di battute scatologiche, quindi tutto era possibile.

T.K. estrasse una bottiglia di China Pabst Blue Ribbon dal frigorifero e la versò in un bicchiere alto e stretto. Erano le due del pomeriggio. Si chiese per circa tre secondi se non fosse troppo presto per iniziare a bere, ma decise che andava bene così e si versò un abbondante bicchierino di *báijiŭ*. Si sedette al piccolo scrittoio, aprì il computer portatile ed effettuò l'accesso a Cryptocat. La prima e-mail nella sua casella di posta era assolutamente priva di senso:

Ops, come non detto. Ho dimenticato i reggiseni, per ora devo tenere la chiave.

Era da parte di Meg. T.K. aggrottò la fronte, tentando di comprenderne il significato. Poi, scorrendo verso il basso, si rese conto che era collegata a un suo messaggio precedente. La cronologia inversa delle e-mail, dei blog e di tutto ciò che riguardava i computer lo irritava. Era uno dei motivi principali per cui odiava la tecnologia portatile. La vita doveva cominciare dal principio e andare verso la fine, non il contrario. Aveva anche il vago sentore che tutti quei dispositivi fossero una minaccia per l'ordine mondiale e contribuissero alla creazione di nuovi esseri umani (o forse umanoidi) che non sarebbero mai stati in grado di comprendere il brivido di una corsa in bicicletta tra i mucchi di foglie in una sera d'autunno nel New England o di abbracciare una curva costeggiando le vette carsiche a bordo di uno scooter d'epoca. L'e-mail precedente diceva:

ciao teddy. finalmente ho preso tutte le mie cose dall'appartamento, è tutto tuo. ti spedisco la chiave o la lascio in portineria la prossima volta che vengo in città. Inviato da iPhone. Mi scuso per eventuali errori di battitura.

A dire il vero T.K. non era pronto ad accettare nessuna scusa da parte di Meg, nemmeno per gli errori di battitura. E quell'e-mail avrebbe dovuto essere la prima in alto. Era tutto alla rovescia. In effetti, se solo avesse potuto leggere quell'e-mail dieci anni prima, quando ancora non erano sposati, si sarebbero entrambi risparmiati un sacco di problemi. Rispose:

Come hai fatto a dimenticare i reggiseni?

Lei rispose dopo pochi secondi:

stesi ad asciugare in bagno.

Erano le due del mattino a New York. *Sei sveglia?*

non riesco a dormire

Che cosa indossi?

Nessuna risposta. T.K. sapeva che non l'avrebbe mai più rivista in reggiseno, né avrebbe mai saputo quale indossasse sui suoi morbidi seni, non troppo grandi, ma dalla forma perfetta. Attivò la tastiera pinyin e digitò:

Dāng nǐ yǒu quēxiàn, bùyào hàipà fàngqì. – Kǒngzǐ

Il programma tradusse automaticamente la sequenza di tasti in cinese semplificato:

当你有缺陷，不要害怕放弃. – 孔子

La moglie rispose:

ancora confucio? vuoi dirmi cosa significa o devo usare il traduttore automatico?

T.K. rispose:

"Quando hai dei difetti, non aver paura di abbandonarli."

Nessuna risposta. Forse si era addormentata.

Scorse i messaggi ricevuti dalla Christian International per confermare il contatto con Chen Yong, poi uscì dal sito protetto. Bevve un sorso e spostò lo sguardo dalla finestra del browser a quella dell'appartamento. Su Gua Hu Lu, l'anziana signora che gestiva la sala da tè dall'altra parte della strada stava tentando di estorcere denaro a un turista tedesco che le aveva scattato una foto. Nessuno dei due parlava la lingua dell'altro, quindi la conversazione si svolgeva nel linguaggio universale per indicare i soldi, sfregando il pollice contro l'indice e mimando il gesto di contare delle banconote. A un certo punto il tedesco, con una Leica da ventimila dollari, si stancò della trattativa e concluse dicendo *"Ich spreche kein Chinesisch!"* per poi allontanarsi mentre la vecchia lo malediceva agitando le braccia.

T.K. aprì Google Earth e ingrandì la vista sulla riva del Lijiang, alla ricerca dell'allevamento di maiali e della casa galleggiante di Yong. Ma i dati del satellite per quella zona, vecchi e a bassa risoluzione, non mostravano altro che una serie di macchie grigie lungo la riva del vasto fiume nero. Caricò la pagina del meteo sul browser e vide un tifone spiraleggiante come una galassia proprio sopra al Mar Cinese Meridionale. Era troppo distante per costituire una minaccia diretta al Guangxi, ma aveva portato con sé il vento di quella giornata: zefiri che si estendevano come tentacoli e raggiungevano le piantagioni di tè inerpicate sui pendii delle montagne fino alla provincia dello Yunnan. Il cielo si era oscurato e la pioggia aveva iniziato a picchiettare sulla sua finestra. T.K. finì il bicchierino e la birra, aprì Word e iniziò a scrivere.

Capitolo 8

Zeng Ming arricciò il naso e rovesciò un secchio di gambi di cavolo oltre una recinzione di bambù, nel porcile maleodorante. I suoi diciassette maiali, il più piccolo dei quali pesava più del doppio di lei, avevano riconosciuto il secchio e previsto l'arrivo di quel pasto, e la aspettavano grugnendo e accalcandosi contro la recinzione. Sei scrofe gravide si fecero largo tra gli altri animali a colpi di fianchi, trascinando le enormi mammelle nella melma. Nel codice della giungla dei maiali vige la regola della sopravvivenza del più grasso.

Ming si fermò per un attimo a osservare le scrofe gravide che frugavano con il muso tra gli scarti, poi alzò lo sguardo verso il fiume e le montagne, su cui si erano addensate le nubi scure portate dal tifone arrivato più a sud. Stava iniziando a piovere. Raggiunse nuovamente la riva e fissò i due spessi ormeggi di iuta, che collegavano la poppa e la prua della sua casa galleggiante alla terra ferma. L'imbarcazione rollava e beccheggiava sulla scia del vento: il fiume era molto largo in corrispondenza dell'ansa e, quando il tempo era brutto, si comportava come

un grande lago. Le funi ronzavano e si tendevano al massimo
tra le bitte del ponte e i blocchi di granito che le ancoravano
alla terraferma. Dall'altra parte del fiume, le fenditure tra le
vette carsiche incanalavano la furia ululante sull'acqua; una
bandiera cinese rosso acceso, issata su un palo a poppa della casa
galleggiante, sbatteva agitata dal vento. Quel rumore distrasse
Ming. Quando il vento cambiava direzione, le cinque stelle nel
cantone sembravano muoversi le une intorno alle altre come
gli elettroni di un atomo, formando una macchia gialla. Sapeva
che doveva essere orgogliosa della bandiera del suo Paese, ma le
sue contraddizioni non facevano che amplificare in lei il dolore
e il desiderio di verità. La bandiera, come sapevano bene tutti
gli scolari cinesi, era stata disegnata da un contadino durante
un concorso nel 1949. Secondo la leggenda, la stella più grande
rappresentava il Partito Comunista, che guidava le quattro
stelle più piccole, il blocco delle quattro classi rivoluzionarie
di Mao: i contadini, la classe operaia, la piccola borghesia e
la borghesia nazionale. Ming si chiedeva quanti occidentali
fossero a conoscenza del fatto che i capitalisti avessero le loro
stelle nella bandiera comunista della Cina; aveva il sospetto che
nessuna delle stelle della bandiera americana rappresentasse il
comunismo. Ma naturalmente, nel 1949 i nemici di Mao non
erano tanto i capitalisti, quanto i proprietari terrieri feudali e
gli imperialisti stranieri, soprattutto gli spregevoli giapponesi.
Quello con il mercato libero era un matrimonio di convenienza:
negli anni Sessanta, ciò che restava della classe capitalista cinese
era stato "assorbito" ma le sue stelle continuavano ad ardere

sulla bandiera, una bandiera che non aveva mai rappresentato i veri obiettivi di Mao più di quanto non rappresentasse la realtà della Cina. Ming pensava che, per essere onesta, una bandiera del ventunesimo secolo avrebbe dovuto avere soltanto due stelle: una molto grande che rappresentava la classe unica del capitalismo sostenuto dal governo e una più piccola (molto piccola) per la classe operaia. Forse quella avrebbe potuto essere la bandiera del mondo intero. In ogni caso, in Cina non c'era più posto per i contadini.

"Io non sono mai stato un contadino!" Quelle parole fluttuarono attraverso il tessuto della bandiera, come portate dal vento.

Ming era una ragazzina, seduta sulle ginocchia del nonno nel suo studio di Shanghai, circondata da libri, pennelli e inchiostro.

"I contadini non studiano economia all'università di Nanchino" aveva detto il nonno Zeng Liansong, intingendo un pennello da calligrafia nel calamaio. "I contadini non gestiscono la società di riciclaggio dei rifiuti di Shanghai." Aveva tracciato un carattere nero sulla carta di riso e strizzava gli occhi dietro le spesse lenti che, ingrandendoli, lo facevano somigliare a un personaggio dei cartoni animati. "E non sono mai stato neanche un artista."

"Ma nonno" aveva detto Ming, accarezzando la sua testa calva "tu sei l'artista più famoso di tutta la Cina".

Liansong aveva riso. "Il che dimostra che non sai niente dell'arte e tutto quello che c'è da sapere sulla celebrità."

"Non capisco."

Liansong aveva immerso il suo pennello nell'inchiostro e disegnato un altro carattere:

"Questo cos'è?" aveva chiesto a Ming.

"*Zhōng!* Mezzo." Aveva intinto il pennello e aggiunto un altro carattere:

"E adesso cosa significa?"

"Cina!" aveva detto. "Lo sanno tutti! *Zhōngguó.*"

"Il Regno di Mezzo" aveva aggiunto Liansong. "Bada bene a quello che lo rende un regno. Il secondo carattere rappresenta il re seduto sul trono, all'interno di un riquadro che rappresenta i confini del suo dominio." Lo aveva disegnato di nuovo mentre parlava. "Ma la pennellata importante è quella più piccola, dentro al riquadro" con un gesto rapido e delicato aveva aggiunto un piccolo accento nella parte inferiore. "Questo rappresenta il sigillo del re; senza di esso, egli non è altro che un aspirante al trono."

"Ma la Cina non ha più un re."

Liansong aveva fatto roteare il pennello in un bicchiere d'acqua. "Lascia che ti racconti la storia della bandiera. Tutto ebbe inizio in una caldissima notte dell'estate del 1949."

"Mamma!"

Ming sbatté le palpebre. Quella voce la chiamava dalla casa galleggiante, dove Jintao stava facendo i compiti. Rabbrividì e attraversò la passerella di legno marcescente, fermandosi sul ponte per avvolgere un'altra volta l'ormeggio intorno a tutte le bitte arrugginite. L'imbarcazione di acciaio era grigia come il cielo e circondata da un'opaca serie di copertoni incatenati alle murate. Era lunga oltre trenta metri, ma la maggior parte del ponte era una stiva di carico aperta: la "casa" non era altro che una cabina per l'equipaggio con il tetto piatto a poppa della stiva, di circa sei metri per sei, con le pareti attraversate da una serie di persiane sudicie rivestite di sbarre di ferro. Fuori dalla cabina il bucato si contorceva su una corda tesa tra due portelloni. Dalla ringhiera di poppa, tra i parabordi di copertoni, erano appese fioriere di gerani. Il fumo usciva dal tetto attraverso un tubo a forma di zeta. La casa galleggiante era di fatto una chiatta per il trasporto del carbone riconvertita, di quelle che si usano su fiumi e canali di tutta la Cina. Il potente macchinario che faceva funzionare l'imbarcazione, un doppio motore diesel in grado di spostare millecinquecento tonnellate di carbone a una velocità di oltre dieci nodi, era stato rimosso da tempo e il risultato era a dir poco un pasticcio.

"Mamma!"

Ming raccolse velocemente il bucato dalla corda e attraversò la cabina dove il figlio dodicenne, Jintao, se ne stava seduto al piccolo tavolo della cucina con gli eserciziari di algebra aperti davanti a sé. "Mamma, non riesco a risolvere questo problema."

Non era molto alto per la sua età e doveva sedersi su un vecchio salvagente ad anello per raggiungere il tavolo. Lunghe ciocche di capelli gli cadevano sugli occhi scuri e, nel loro abbandono, sembravano confermare la malinconia che Ming era certa definisse la sua natura. La cabina sobbalzò quando una grande onda investì il fianco dell'imbarcazione e Ming ebbe improvvisamente la nausea. Barcollò verso la latrina, che scaricava direttamente nel fiume, e vomitò. Quando Jintao sentì i conati della madre, sollevò lo sguardo dai compiti, ma non si alzò. Non riusciva a capire perché certe persone soffrissero di mal di mare. Il tanfo dei maiali poteva dare il voltastomaco, ma una barca? Adorava vivere su una casa galleggiante, soprattutto perché custodiva il potenziale, sebbene limitato nel caso specifico, di un viaggio, e più di ogni cosa al mondo, Jintao desiderava andare da qualche parte. Non importava dove, come non importava il fatto che la chiatta non fosse dotata di nessun effettivo mezzo di propulsione. Ogni notte, sdraiato sul suo materassino, si addormentava cullato dalle onde e immaginava che quella chiatta vecchia e sudicia scendesse a valle, verso l'oceano. Spesso, nei suoi sogni, si alzava alla mattina e scopriva che la barca era in alto mare: niente maiali, niente montagne carsiche opprimenti, solo acqua azzurra a perdita d'occhio.

Ming tornò nella cabina, pulendosi il viso con uno straccio. "Fammi vedere quel problema."

Jintao lesse dall'eserciziario: "La popolazione della Cina nell'anno 1000, durante la dinastia Song, era di 87 milioni. Nel

1800, sotto la dinastia Qing, la popolazione aveva raggiunto i 268 milioni. Qual è stato il tasso di crescita della popolazione e quale sarebbe stata la popolazione della Cina nel 2010 se il tasso fosse rimasto lo stesso?"

"Allora, devi calcolare una crescita esponenziale" disse Ming. Tracciò l'equazione sul suo taccuino:

$$TP = (V_{presente} - V_{passato}) / V_{passato} \times 100$$

"Inizia sottraendo la popolazione sotto la dinastia Song dalla popolazione sotto la dinastia Qing." Inserì i numeri nella calcolatrice del figlio. "La popolazione è cresciuta di 181 milioni. Chiaro?"

"Sì."

"Adesso dividi per la popolazione sotto la dinastia Song e ottieni 2,08. Se moltiplichi questo numero per cento, fa 208. Dividi per il numero di anni, ottocento, e otterrai un aumento del 2,6% annuo. È tutto chiaro fino a qui?

"Sì."

$$P = C(1+r)^t$$

"Ora devi applicare il tasso di crescita al periodo tra il 1800 e il 2010. Questa è la formula:

$$P = C(1+t)^a$$

"Quindi 1 più t fa 1,026. Scriviamolo sulla calcolatrice. Forza, fallo tu. Ora premi il tasto per inserire l'esponente, vale a dire il numero di anni."

"Il numero di anni?"

"Tra il 1800 e il 2010."

"Oh! 210."

"Bene! Scrivilo. Premi il tasto *uguale*. Ora moltiplica per 268 milioni, cioè la popolazione nel 1800. Cosa fa?"

Jintao fissò la sua calcolatrice, contando le cifre. "Quasi sei miliardi. È un sacco di gente! Ci sono così tante persone in Cina?"

"No, figlio mio. Solo circa 1,3 miliardi."

"Allora il mio calcolo è sbagliato!"

"Il tuo calcolo è corretto. Quello che è cambiato è il tasso di crescita. Il problema è teorico."

La passerella scricchiolò: Yong era a casa. Caricò la sua bicicletta Flying Pigeon sul ponte, entrò e sorrise a Ming e Jintao. Bevendo un tè con la moglie, le raccontò del suo incontro di quella mattina con T.K. Dean.

"Se è della Christian International, dev'essere una brava persona" disse Ming.

"Non è proprio uno di loro" rispose Yong. "Ma lo conoscono."

"Forse può aiutarci" disse la moglie.

Jintao posò la matita chiedendosi quali problemi non si potessero risolvere con l'algebra.

Capitolo 9

T.K. impiegò un po' di tempo per trovare la casa galleggiante al buio e sotto la pioggia scrosciante. La riva del fiume era costeggiata da una serie di chiatte per il trasporto del carbone riconvertite in case, tutte affacciate sui porcili che riversavano il loro fetore nel fiume, al culmine di quel diluvio. Finalmente trovò una chiatta con il cognome Chen dipinto sulla cabina.

陈

Riportò la sua Lambretta sulla strada principale e parcheggiò una decina di metri più in giù, su un attracco ricoperto di ghiaia da cui i barcaioli facevano partire le zattere di bambù per escursioni turistiche a prezzi esorbitanti – il cui momento clou consisteva nello sfrecciare accanto al punto sul fiume da cui si poteva ammirare il paesaggio sulle banconote da venti yuan – l'unica zona della riva non occupata dai maiali. Camminò fino alla casa galleggiante e attraversò la passerella scricchiolante, notando il suono che produceva. Prima che potesse bussare alla porta della cabina si ritrovò davanti Yong, che gli faceva segno di entrare.

"Buonasera, signor Dean. Benvenuto."

T.K. sorrise e si asciugò la pioggia dal viso con una manica.

"Le presento mio figlio, Jintao" disse Yong. Il bambino si alzò e fece un inchino.

"E lei è mia moglie, Zeng Ming."

La donna stava in piedi dietro al figlio, nell'ombra proiettata dalla lanterna sul tavolo, con le mani sulle spalle di Jintao; in quel momento, T.K. ricordò le sere d'autunno nel Vermont, con la madre che cucinava la cena e alimentava la stufa a legna, mentre lui faceva i compiti sul tavolo della cucina. Poi Ming fece un passo verso la luce e T.K. smise di pensare alla madre.

Era alta per gli standard cinesi – più del marito e molto più giovane – con un viso lungo e sottile e grandi occhi, quasi troppo distanti per la forma delle sopracciglia, che le infondevano una bellezza più insolita che classica. Aveva la pelle pallida, molto diversa da quella degli Zhuang. T.K. pensò che splendesse, come circondata da un'aura, e desiderò solo di continuare a guardarla, spinto più dall'ammirazione che dal desiderio. A dire il vero, sebbene T.K. non avesse mai pensato di possedere un grande intuito in fatto di donne, qualcosa nella sua energia gli fece capire che era incinta di poche settimane.

"*Nǐhǎo.*" La sua voce era più profonda e più sicura di sé di quanto si aspettasse, come quella di un contralto. Insolito, pensò T.K., dato che normalmente le donne cinesi hanno un tono di voce acuto in presenza di uomini sconosciuti.

Stringendole la mano, notò che la sua era piccola, ma aveva una presa salda. "Si sieda, la prego" disse la donna. "Desidera del tè, o a quest'ora forse preferisce qualcosa di più forte?"

"La cosa più forte che avete" disse T.K.

Ming sorrise, poi prese una brocca di *báijiǔ* economico e una tazzina da una mensola. La cabina era una stanza unica. Nell'angolo vicino alla porta c'era una piccola stufa a carbone che serviva sia per riscaldare l'ambiente che per cucinare, con sopra un wok d'acciaio annerito. Di fronte alla stufa un lavandino con un rubinetto a stantuffo manuale portava l'acqua del fiume all'interno della casa, mentre una latrina dietro a un séparé di vimini gliela restituiva. Ming e Yong dormivano su due brandine, Jintao su un materassino di vimini. L'unica fonte di luce era la lampada a cherosene sul tavolo laccato. Le pareti erano spoglie, fatta eccezione per un crocifisso e un calendario con una riproduzione stilizzata a colori di Mao, lo stesso ritratto appeso in piazza Tienanmen. Sotto all'immagine del Presidente, un epigramma tratto dal suo Libretto Rosso:

全世界无产者，联合起来！

Solitamente viene tradotto con "Lavoratori di tutto il mondo, unitevi!" ma l'originale tedesco di Marx fa riferimento ai "proletari" mentre la versione in mandarino di Mao significa letteralmente "persone senza terra".

"Persone senza terra, unitevi!" disse T.K., sollevando il bicchiere.

Yong sorrise e se ne versò uno. "Viviamo sulle barche perché la terra ci serve per i maiali, fino all'ultimo metro quadro. Se le bestie sapessero nuotare, le faremmo pascolare anche nel fiume."

T.K. rise. "Esiste l'espressione 'asino che vola'. Ma in effetti nessuno si chiede mai se i maiali sappiano nuotare."

"In questo fiume non ci lascerei più nuotare neanche un maiale" disse Ming. "Jintao si è beccato un'irritazione l'ultima volta che ci si è tuffato e quest'anno non c'erano piante di loto sulla riva. Ma è qui che ci tocca stare. Loro ci hanno spinti ai confini della terraferma e quando è finita anche quella, siamo stati costretti a salire sulle barche."

"Capisco cosa intende quando dice *loro*" disse T.K. "Ma, esattamente, a chi si riferisce quando parla di *noi*?"

"Chi si rifiuta di rispettare la politica del figlio unico" disse Yong. "La maggior parte di noi è anche cristiana, un doppio sfregio."

"Avevo capito che la politica venisse applicata soltanto nelle città e che i contadini potessero avere più figli."

"Noi non siamo contadini" disse Yong. "Siamo di Shanghai. Il nonno di Ming era un artista famoso..."

"Adesso siamo contadini" disse Ming. "Siamo venuti qui perché i contadini potevano avere due figli, se la prima era una femmina. Poi è nato Jintao e addio secondo figlio. Il bambino sollevò lo sguardo dai compiti. "Ma adesso dicono che anche i contadini possono avere solo un figlio, maschio o femmina che sia. Ci sono troppe persone che si trasferiscono in città, dicono.

Se soltanto i contadini se ne stessero al loro posto, andrebbe tutto bene. Ma la gente vuole una vita migliore."

"Se così si può dire" disse T.K. In un certo senso, capiva cosa li spingeva, essendo cresciuto in una fattoria prima di trascorrere gran parte della sua vita da adulto a New York e poi a Pechino. Ma in Cina la strada che conduceva dalle risaie alle opportunità della città solitamente si concludeva in un lavoro in fabbrica senza futuro e una sudicia stanza condivisa in un dormitorio di cemento stalinista.

"Quando i contadini scorgono la città di Canton per la prima volta alla stazione dei treni" disse Yong "vedono quei grandi edifici ricoperti di neon lampeggianti e pensano di essere in una specie di sogno."

T.K. annuì. Anche a lui piacevano i grattacieli animati dai neon che definivano l'orizzonte della Cina moderna: decine di città più grandi di New York di cui pochissimi occidentali avevano mai sentito parlare. Era come se ogni città fosse un multiplo logaritmico di Times Square, e si domandava spesso il perché di tanta resistenza alle insegne luminose nel mondo occidentale, in cui i paesaggi urbani al di fuori dei "quartieri del divertimento" erano, a confronto, una noia mortale.

"Già, non ci sono insegne al neon nei quartieri dormitorio delle fabbriche."

"È già tanto se c'è l'elettricità" disse Yong, lanciando un'occhiata alla sua lampada a cherosene. "Ma ci vanno lo stesso, nella speranza di fare fortuna. E a dire il vero, se hai i soldi, in città puoi raggirare la politica del figlio unico. Dicono che Zhang Yimou abbia avuto sette figli."

"Con quattro donne diverse" disse T.K. In Cina, l'intensa attività sessuale che caratterizzava la vita privata del celebre regista era oggetto di molto risentimento, nonché di una segreta ammirazione.

La pioggia sferzava le finestre penetrando dai buchi del soffitto. Ming mise un tegame sotto a una goccia che aveva iniziato a cadere sopra al tavolo. "Questa storia fa acqua da tutte le parti" disse T.K.

Jintao sollevò la testa dai libri.

"È un modo di dire" gli disse T.K. "Per quando le cose non funzionano."

Il ragazzino sorrise.

Yong si alzò e gettò un carico di carbone nella stufa ardente. T.K. versò un altro bicchierino per sé e per Yong; Ming rifiutò.

"Lei mi ricorda mio nonno" disse la donna.

"Ho soltanto trentasei anni."

"Voglio dire, lui distillava l'alcol in casa, dalla fermentazione del sorgo e del riso. Quando ero piccola, guardavo sempre l'alcol che gocciolava dalla pentola di rame nel suo cortile. Mi sembrava sempre una fatica enorme, per una bottiglia così piccola."

"Una piccola dose basta e avanza. Ma naturalmente, una dose abbondante è sempre meglio."

"Quando la bottiglia era piena mio nonno mi chiedeva di prendergliela. Diceva sempre: "Fai la brava e portami il Leader Supremo.""

T.K. rise. Il nome di Deng Xiaoping significa *piccola bottiglia* in mandarino. Si voltò verso Jintao. "Ti piace la scuola?"

"Moltissimo" rispose sollevando la testa dal quaderno.

"Anche a me piaceva molto. Ti piace leggere?"

"Sì, ma non ho molti libri. Li ho già letti tutti."

"Capisco. Be', c'è sempre la Bibbia. Ne avete una, immagino?"

"Naturalmente."

"Da bambino, quando finivo i libri, leggevo e rileggevo la Bibbia. Il Vecchio Testamento è il mio preferito. In America non devi neanche pagare per averla: te la regalano agli angoli delle strade. Prendi per esempio il Deuteronomio, per quanto mi riguarda è molto più avventuroso di Stevenson. Guerre, saccheggi, lapidazioni, sacrifici, rapimenti, non manca niente. Anche la piaga delle emorroidi."

Jintao rise.

"Sono cose che non si possono inventare" disse T.K. "Dio pensa sempre alla stessa cosa: 'il tuo Dio, l'Eterno, le darà in tuo potere, e le metterà interamente in rotta finché siano distrutte.' In effetti è un po' ripetitivo."

Jintao rise di nuovo. Ming disse: " 'La donna più raffinata e delicata si ciberà di quanto esce dai suoi fianchi.' "

"Anche voi leggete il Deuteronomio?"

"Lo viviamo ogni giorno" rispose la donna.

"Quindi avrete altri figli" disse T.K.

Era un'affermazione, non una domanda. Ming guardò T.K. negli occhi e capì all'istante che sapeva della sua gravidanza. Non le era chiaro come facesse a saperlo e la cosa non le interessava; la forza che sentiva tra loro due era reale come il calore della stufa a carbone sulla sua pelle.

"Voglio sostituire quelli che mi hanno tolto" disse la donna.

"Più di uno?"

"Mi hanno portata via due volte." Lanciò un'occhiata al figlio.

"Jintao" disse Yong. "È ora di andare a dormire." Il ragazzino si alzò e si diresse verso l'angolo notte della stanza.

"Signor Dean" disse Ming.

"Teddy" rispose.

"Teddy. Forse potremmo parlarne un'altra volta, quando Jintao è a scuola."

Yong fece no con la testa. "È pericoloso venire qui di giorno."

Capitolo 10

T.K. guidò il suo scooter sulla strada per Jimacun, fino al punto in cui l'asfalto terminava davanti all'ingresso di un cimitero scavato ai piedi di una vetta carsica. La pioggia si era sfogata nel corso della notte e quella mattina il cielo era terso e l'aria fresca. Ming era inginocchiata su una tomba e pregava, con addosso un paio di jeans e una camicetta di Hello Kitty di raso bianco, che le aderiva al seno nella brezza. Aveva lasciato la bicicletta dietro a un boschetto di bambù. Accanto a lei c'era la lampada a cherosene della chiatta. Le tombe erano scavate nel fianco della montagna; ciascuna di esse era composta da una larga parete di pietra grezza e una porta ad arco di legno, rovinata dal tempo e riportante una serie di iscrizioni. Su molte di esse la famiglia aveva appeso dei piccoli festoni rossi o altri oggetti commemorativi. Gli steli infestanti della bella di giorno sembravano sul punto di inghiottire le lapidi, almeno fino alla giornata dedicata alla pulizia delle tombe dell'aprile successivo. Una nube di zanzare ronzava intorno alla testa di T.K. quando raggiunse Ming accanto alla tomba.

"È qualcuno che conosci?" chiese.

"Cos'altro si fa nei cimiteri?"

"Da bambino, nel New England, ci andavo per cercare la tomba più antica. Più si va indietro nel tempo, più si trovano dei bambini."

"Che cosa triste. Mi piacerebbe vedere l'Inghilterra."

"Il New England è in America."

"Oh, non sei inglese?"

"Bevo solo come un inglese."

"Mi ricordi..."

"... Lo so. Tuo nonno. Andiamo."

T.K. si girò verso la strada, ma Ming lo trascinò verso la tomba e aprì la porta di legno.

"Vuoi entrare lì dentro?" disse T.K.

"Questa è speciale." La donna lanciò un'occhiata alla strada, in entrambe le direzioni. "È un segreto. Porta alle Grotte della Luna d'Argento."

"Quella trappola per turisti con lo spettacolo di suoni e luci di Zhang Yimou? Ci vedranno."

"Le grotte proseguono per chilometri" disse Ming. "Non andiamo in quella direzione. Questo ingresso venne scoperto dai membri del Kuomintang negli anni Trenta. Lo nascosero dietro a una finta tomba. L'Armata Rossa non lo trovò mai. Nemmeno la polizia sa che esiste. Guarda l'iscrizione."

T.K. si chinò verso la porta e ispezionò i caratteri verticali. "Non riesco a leggere il nome, è stato cancellato, ma c'è scritto *gōng*... un uomo anziano e stimato. Nato il 31 ottobre 1887 e morto il 5 aprile 1975."

"Chiang Kai-shek" disse Ming. "Quelle sono le sue date di nascita e di morte. Seguimi."

Varcarono la soglia ed entrarono in un'umida intercapedine scavata nel calcare. Ming accese la lampada e fece strada lentamente in quel labirinto. Odorava di gelsomino, ma non come i profumi che si comprano nei negozi, bensì come i fiori rampicanti che sbocciano sui pendii selvaggi delle colline. L'aria umida della grotta rendeva più intenso quell'aroma e T.K. era felice di camminare dietro di lei. Il sentiero accidentato scendeva, svoltava ripetutamente e poi si restringeva, prima di spalancarsi su un'ampia grotta grande come un campo da squash. Al centro c'era una sorgente sotterranea che emanava riflessi blu e verdi per via del calcare. T.K. accese la torcia del telefono e la puntò verso il soffitto. "Porca miseria."

Dalle minacciose file di stalattiti che pendevano dal soffitto come dita artritiche gocciolava una melma che andava a finire nella pozza. Migliaia di esili pipistrelli pendevano dalla roccia, intenti a lisciarsi e pulirsi il pelo. Di tanto in tanto, uno di essi si staccava dal soffitto e svolazzava senza una direzione, prima di tornare ad appollaiarsi lassù. I pipistrelli, la pozza fluorescente e le stalattiti gocciolanti facevano somigliare quella grotta a un organismo vivente, dotato di un respiro e di una circolazione propri. "Chi ha bisogno di uno spettacolo di suoni e luci diretto da Zhang Yimou?" disse T.K.

"Le luci colorate non bastano mai, nel Paese delle lanterne rosse" rispose Ming.

Si sedettero su una roccia piatta. T.K. lanciò una pietra nella pozza; le increspature fecero oscillare la luce blu riflessa sulle pareti della grotta come in un sogno. "Quanto è profonda?"

"Nessuno ha mai raggiunto il fondo" disse Ming. Quella mattina, T.K. non si era fatto la barba, e nella penombra la donna ammirò l'ispida peluria che gli copriva tutto il viso, così diversa da quella degli uomini cinesi, chiedendosi come sarebbe stato toccarla. "Tu hai dei figli?"

"No. Ma ho dei bei ricordi della mia infanzia, se può aiutare."

"Non sei sposato?"

"Sì e no. Sto divorziando. Era un matrimonio di convenienza: lei aveva un bellissimo sorriso e io un appartamento ad affitto bloccato nell'Upper West Side. Nessuno dei due sapeva davvero cosa stava facendo."

"I matrimoni degli americani non durano."

"Alcuni sì. Credo che quello dei miei genitori sarebbe durato, ma mia madre è morta quando ero un ragazzo e mio padre qualche anno dopo."

"Mi spiace."

"Ma dimmi di tuo nonno" disse T.K. "Ieri sera Yong ha accennato al fatto che fosse un artista."

"Si chiamava Zeng Liansong." Ming fissò la lampada e immaginò lo studio del nonno.

"Raccontami di nuovo la storia della bandiera, nonno!"

Liansong le aveva raccontato di nuovo la storia. "È successo tanto tempo fa, nell'estate del 1949" aveva iniziato. "Era tardi, e il puzzo e l'umidità che salivano dall'Huangpu erano insopportabili, quindi ero salito sul tetto nella speranza di dormire meglio sotto la volta del cielo. A quei tempi si vedevano ancora le stelle da Nánjīng Lu! Avevo trentadue anni; a te sembreranno tantissimi, ma ancora non avevo idea di cosa volevo fare da grande. Lavoravo segretamente per il Partito Comunista, che a Shanghai agiva ancora nell'ombra. Al nord le cose erano diverse. L'Armata Rossa stava scacciando il Kuomintang e i comunisti davano per scontato che presto il governo sarebbe cambiato. Il *Quotidiano del Popolo* pubblicò un annuncio per raccogliere dei progetti per una bandiera nazionale; il vincitore si sarebbe aggiudicato un premio di cinquecento yuan e forse avrebbe potuto incontrare il Presidente Mao. Non ci avevo dato molto peso, ma quella notte, disteso sul mio materassino sul tetto, notai che alcune stelle erano luminosissime, mentre altre sembravano molto più piccole. Poi fui colto da un'illuminazione: il Partito Comunista era la *dàjiùxīng* del nostro Paese, la stella che ci avrebbe salvato. Pensai che una stella più grande che guidava delle stelle più piccole sarebbe stata una buona idea per una bandiera. Allora ripiegai il materassino, tornai in camera mia e tirai fuori i pennelli. Non riuscivo più a dormire! Guarda, questo è il primo disegno che feci."

Dal cassetto della scrivania, aveva estratto la pagina logora di un vecchio registro contabile. Sul foglio, era dipinto un disegno simile a quello della bandiera cinese di oggi, ma con le stelle al centro.

"Capii subito che quel disegno era noioso" aveva detto Liansong alla nipote. "Ma non sapevo il perché. Ero un economista, non un artista. Però pensai: 'Se quel pazzo di Soong, che vive al secondo piano e si mangia le tessere del mahjong quando qualcuno gli ruba il *kong*, può dipingere dei begli acquerelli, l'arte non dev'essere poi così difficile.' Quindi ci riflettei a lungo e, finalmente, compresi qual era il problema: mettere le stelle al centro. Quando le spostai in un angolo, nel cantone, la bandiera prese vita. Vedi, era come il sigillo del re nel carattere *regno*. La pennellata decentrata aggiunge energia. In quel momento, capii che spesso potere e bellezza si trovano in quello che sta ai margini. E adesso sai tutto della celebrità *e anche* dell'arte."

"E hai incontrato il Presidente Mao, nonno?"

Liansong aveva scrollato le spalle. "Con mia grande sorpresa, il mio disegno venne scelto tra quasi tremila partecipanti, alcuni dei quali funzionari di alto rango del Partito. Mao voleva che la bandiera fosse disegnata da un contadino, ed è per questo che chiamarono me. Presi un treno per Pechino. Ero tra la folla e i reporter di tutto il mondo a porta Tienanmen il primo ottobre, quando il Presidente annunciò la nascita della Repubblica Popolare e svelò la bandiera."

"Ma lo hai incontrato?"

"Be', preferisco pensare che sia lui ad avere incontrato me."

Ming aveva tolto gli occhiali rotondi di tartaruga dalla faccia del nonno e se li era provati. Aveva dovuto tenerli stretti per impedire a quei due pesanti piattini di vetro di scivolarle sul naso, e quando aveva guardato attraverso le lenti il mondo conosciuto dello studio era apparso come un mutevole miraggio. In quel momento i muri rivestiti erano come le pareti di un acquario, e quando muoveva la testa era come se l'intera stanza galleggiasse. Poi tornò alla grotta, con lo sguardo fisso sulle ruvide pareti di pietra che riflettevano i bagliori della pozza.

"Zeng Liansong" disse T.K. "Avrei dovuto saperlo. Quando è morto?"

"Nel millenovecentonovantanove. Aveva ottantun anni. Conservo ancora il suo basco. Lo indossava ogni giorno."

"Be', se indossava un basco doveva essere davvero un grande artista. Da quanto tempo è cristiana la tua famiglia?"

"Dal diciannovesimo secolo, a eccezione di qualche taoista. Ho conosciuto Yong alla Moore Memorial Church di Shanghai. Mio nonno era metodista. Inizialmente vedeva il comunismo come un'estensione laica della compassione cristiana, ma con il passare del tempo la sua disillusione crebbe, non solo nei confronti di Mao, ma anche delle riforme del mercato di Deng. Si era subito reso conto che, se il cambiamento economico fosse stato controllato dallo Stato, avrebbe portato vantaggi soprattutto a poche persone influenti ai piani alti. Ha sempre pensato che i Paesi del nord Europa avessero trovato la combinazione migliore tra capitalismo e socialismo. Voleva andare laggiù, ma non ottenne mai il passaporto. Credo che temessero che potesse disertare, e la cosa sarebbe stata imbarazzante."

"Quanti anni hai, Ming?"

"Trentuno." La donna chiuse gli occhi e fece qualche respiro profondo, inalando l'aria fresca della grotta. Indossava un reggiseno rosso, che traspariva da sotto la camicetta, e T.K. pensò che sarebbe stato felice anche solo di poter restare a guardare il suo petto che si muoveva seguendo il ritmo del respiro. "Mio marito è un brav'uomo" disse Ming, come per rispondere ai pensieri di T.K. "Ma fa quello che può."

"Te la senti di parlarmi degli aborti?"

Senza riaprire gli occhi, Ming fece un cenno del capo. "La prima volta, ero incinta di sei mesi. Vivevamo in città. Jintao aveva due anni. La Commissione per la pianificazione familiare registra il ciclo mestruale di tutte le donne; devi comunicarlo alla clinica una volta al mese. Se hai già avuto un figlio e rimani incinta, devi pagare una multa oppure vengono a prenderti." Sì schiarì la gola e deglutì. "Era notte fonda."

***

"Sveglia! Aprite la porta!"

Il piccolo appartamento tremava tutto. Ming si era messa improvvisamente a sedere sul letto, mentre Yong era corso alla porta. "Chi è? Cosa volete?"

"Commissione per la pianificazione familiare! Fateci entrare o abbatteremo la porta e dovrete risarcire anche il padrone di casa."

"Non potete entrare! Andatevene!"

Bum! Bum! La porta si incurvava sotto i colpi degli stivali. A un certo punto il legno intorno ai cardini aveva ceduto; Yong aveva sussultato quando si era spalancata su una decina di uomini armati. Alcuni di loro lo avevano afferrato spingendolo a terra bruscamente, mentre gli altri si erano riversati nella camera da letto. Il capo della squadra sventolava dei documenti davanti alla faccia di Yong. "Sua moglie è incinta. Avete già un figlio. Avete rifiutato di pagare la multa di ventimila yuan. Quindi dovete abortire." Ming gridava dalla camera da letto.

"Non ho i soldi per la multa!" aveva detto Yong.

"Non è un problema mio" aveva risposto il capo della squadra.

Ming si dibatteva per liberarsi dalla presa, ma quegli uomini erano troppi. L'avevano trascinata tenendola per le braccia e le gambe, ancora in camicia da notte, in un furgoncino parcheggiato lì fuori, mentre Yong protestava urlando, schiacciato sul pavimento.

La clinica per la pianificazione familiare di Pan Tao Lu non era altro che una fabbrica di aborti. In una stanza sul retro, davanti a una fila di lettini da ospedale con lenzuola sudicie e cinghie di pelle, c'era una postazione di lavaggio con acqua fredda e una saponetta per le mani accanto a un distributore di guanti di gomma. C'era anche uno sgabello girevole. Su un carrello era disposta una serie di forcipi, lacci emostatici e siringhe. Accanto a ogni lettino c'era un secchio di plastica rosso. A Ming era stato iniettato del midazolam durante il tragitto, così quando l'avevano trascinata all'interno della clinica era intontita e docile. L'avevano scaraventata su un lettino e legata con le cinghie. Un uomo le aveva preso l'indice destro, passandolo su un tampone con dell'inchiostro rosso e stampando la sua impronta su un modulo di consenso all'aborto. Il rubinetto dall'altra parte della stanza gocciolava debolmente; Ming aveva pensato che ogni goccia d'acqua che cadeva sul lavabo di metallo somigliasse a un battito cardiaco.

Un'altra donna giaceva su un lettino e gemeva. Era entrato un medico e si era fermato vicino al carrello per preparare una siringa. Si era avvicinato a Ming, senza salutarla. *Che ago lunghissimo,* aveva pensato lei. Lui le aveva sollevato la camicia da notte per scoprirle il ventre. Senza far rumore erano apparsi due portantini ai lati del lettino e avevano inchiodato le spalle di Ming al materasso sottile. Quell'ago mordeva come un cane rabbioso, ma Ming aveva pensato a Yong e Jintao, rifiutandosi di piangere. Poi il dottore lo aveva estratto e lanciato nel secchio rosso sul pavimento. Se ne erano andati tutti, tranne la donna che gemeva nel lettino accanto al suo.

Pochi minuti dopo, aveva sentito le budella andarle a fuoco e aveva urinato sul lettino. Le era venuta una gran sete, non pensava ad altro che all'acqua. Il bambino non si muoveva più. Ansimando, aveva finalmente ceduto, con un grido di angoscia, prima di perdere i sensi. Aveva sognato di annegare in un lago o nell'oceano... doveva essere l'oceano, perché l'acqua era salatissima.

Si era risvegliata nel bel mezzo del travaglio. La donna che gemeva non c'era più. Ming non aveva idea di quante ore fossero trascorse, ma la luce filtrava da un lucernario. "Aiuto!" aveva gridato. "Vi prego, aiutatemi! Sto partorendo!" Ma non era venuto nessuno. Dopo diverse ore di contrazioni, lo stesso medico dell'iniezione era entrato nella stanza, accompagnato da un'infermiera. Questa volta, si era lavato le mani e aveva indossato dei guanti, mentre la donna installava delle staffe ginecologiche sul lettino e toglieva la biancheria intima fradicia di Ming. Le aveva fatto divaricare le gambe e posizionare bruscamente le caviglie sul metallo freddo delle staffe. Si era sistemato con lo sgabello girevole tra le sue gambe e si era seduto. Aveva applicato del lubrificante sulla mano destra protetta dal guanto e l'aveva inserita per intero dentro di lei. Ming aveva sussultato.

"*Tuī!*" le aveva ordinato il medico. "Spingi!"

Ming aveva obbedito.

Il dottore si era voltato verso l'infermiera con uno sguardo accigliato. "Il feto è podalico" aveva detto. "Passami il forcipe."

In quel momento era arrivata una contrazione fortissima e Ming aveva spinto come non mai. "Lascia stare il forcipe" aveva detto il dottore, tenendo la mano dentro Ming. "L'ho preso." Aveva girato il braccio e fatto scivolare fuori la mano, che stringeva la gamba tumefatta del feto senza vita.

"Adesso spingi fuori il resto!" aveva ordinato a Ming. Un'altra contrazione e la placenta insanguinata era scivolata sul lettino. Il dottore aveva raccolto feto e placenta e li aveva gettati nel secchio, sopra all'ago della sera prima. Si era tolto i guanti e ci aveva buttato anche quelli. Poi aveva allontanato lo sgabello con un calcio e se ne era andato insieme all'infermiera. Il rubinetto aveva smesso di gocciolare e sulla stanza era calato il silenzio.

Più tardi, all'arrivo di Yong, Ming aveva ancora le gambe sulle staffe ed era priva di sensi. Il viso del marito era ricoperto di lividi ed escoriazioni. Si era abbandonato sul corpo di Ming e aveva iniziato a piangere, poi le aveva tolto le gambe dalle staffe e l'aveva coperta con il lenzuolo sporco. Lei si era risvegliata e gli aveva stretto le mani tra le sue, chiedendogli: "Cosa ti hanno fatto?"

"Non è niente."

"Il bambino..." aveva detto Ming. "È una femmina o un maschio?"

Yong aveva guardato verso il secchio sul pavimento. Si era avvicinato e aveva estratto i guanti di lattice, tenendoli in mano come se fossero due scorpioni. "Un maschio."

Il dottore era entrato e aveva allungato a Yong un pezzo di carta. "La parcella per il mio servizio" aveva aggiunto. "Dovete pagare entro una settimana oppure contatteremo il suo datore di lavoro. Adesso dovete andarvene. La porti via." Si era voltato per andarsene.

"Dottore" aveva detto Yong. Il dottore si era nuovamente voltato verso Yong.

"Ha dimenticato qualcosa." Aveva lanciato i guanti insanguinati sul viso del dottore. "Per la sua prossima paziente."

***

Ming aprì gli occhi, e con sua grande sorpresa si ritrovò tra le braccia di Teddy. Si allontanò rabbrividendo. "Fa molto freddo in queste grotte" disse. "È qui che abbiamo seppellito il bambino."

"In questa grotta?"

"Vieni." Sollevò la lampada e condusse T.K. dall'altra parte della pozza. Lì, in una piccola nicchia che luccicava per l'acqua zampillante dalle pareti, c'erano due mucchietti di pietre levigate dal fiume, sormontati da altrettante croci. "Fratello e sorella" disse Ming. "Il nostro appartamento non aveva un cortile. Li avrebbero buttati nel cassonetto."

"E come è andata la seconda volta?"

"È successo tre anni dopo. Hanno aspettato il nono mese di gravidanza. Forse hanno fatto apposta, non saprei. L'iniezione non ha ucciso la bambina; era ancora viva quando è nata. L'hanno gettata nel secchio e l'hanno lasciata lì a morire." Ming si inginocchiò e pregò in silenzio davanti alla tomba e T.K. la imitò.

Dopo qualche minuto la donna si alzò in piedi. "Dobbiamo andare." Quando raggiunsero l'ingresso della tomba Ming soffiò sulla lampada e disse: "Copriti gli occhi." La donna tirò la porta per aprirla e la luce del sole esplose. Fuori il vento soffiava ancora impetuoso e due festoni commemorativi rossi appesi alla porta danzavano come scheletri di cartone di Halloween.

Capitolo 11

T.K. tornò molte volte alla chiatta di notte, parcheggiando sempre la sua Lambretta all'attracco delle zattere. Portava del *báijiŭ* e lo beveva insieme al tè, parlando per ore con Yong, Ming e Jintao, come se fosse un membro della famiglia. Portava anche dei libri per Jintao, a partire dal classico del quattordicesimo secolo *I briganti*, di Shi Nai'an. "Parla di un gruppo di fuorilegge delle paludi che salvano la Cina" disse al ragazzino. "Il mio preferito è Wu Song. Uccide una tigre a mani nude dopo aver bevuto diciotto coppe di vino." Insegnò a Jintao a trattenere a lungo il fiato, facendo a turno per vedere chi respirava per primo. Yong rideva; Ming temeva che fosse pericoloso.

Yong presentò a T.K. altre vittime della politica del figlio unico che si erano rifugiate sulle case galleggianti, la maggior parte delle quali riceveva aiuto dalla Christian International. A volte venivano sulla chiatta dei Chen per giocarsi delle sigarette al mahjong; non l'educato mahjong delle signore ebree americane ma l'accanito gioco vecchio stile di Hong Kong, con un gran numero di imprecazioni e tessere di osso sbattute con violenza sul tavolo. Alcune erano così rovinate che un giocatore scaltro poteva ricordarne le ammaccature e i segni sul retro, con conseguenti accuse di imbroglio seguite da argomentazioni che sostenevano che anche quello era parte del gioco e anche gli altri avrebbero fatto meglio a cercare di memorizzarle, invece di piagnucolare tanto. Tra una scommessa selvaggia e l'altra raccontavano le loro storie fin dopo la mezzanotte. Quella gente era la feccia dickensiana sul fondo del barile della Cina: uomini che avevano perso gli incisivi per le botte, che indossavano sandali spaiati incrostati di escrementi di maiale e camicie in poliestere ricoperte di macchie di sudore; giovani mogli ingobbite come vecchiette dal peso delle strazianti interruzioni di gravidanza e degli aborti spontanei e bambini mezzi nudi ricoperti di sfoghi, molti dei quali studiavano da casa perché le famiglie non potevano permettersi la retta della scuola pubblica. La terra era così poca che erano costretti a svezzare i maialini nelle stive per il carbone delle chiatte: i porcili erano sovraffollati e i nuovi arrivati sarebbero stati calpestati dagli adulti. Nonostante tutto questo, non possedendo nessun terreno, non avevano nulla di valore che i funzionari locali avrebbero potuto tassare, quindi solitamente venivano lasciati in pace. Ma alcuni di loro narravano di strane sparizioni di giovani donne in seguito agli aborti forzati. Di solito la polizia diceva che si erano tolte la vita gettandosi nello Yulong dal ponte del Drago. Il ponte di pietra, costruito durante la dinastia Ming, era un luogo molto apprezzato per le foto di matrimonio e i suicidi. Ma i corpi di quelle donne non erano mai venuti a galla, almeno non nei pressi della cittadina. Lo Yulong era un affluente del Lijiang, che a sua volta si gettava nel fiume delle Perle e nel mare della Cina meridionale, ma che probabilità c'era che un cadavere facesse tutta quella strada, superando Canton, Shenzhen, Macao e Hong Kong, senza mai riaffiorare? Alcuni vicini possedevano degli smartphone da quattro soldi e andavano su Sina Weibo per leggere pettegolezzi di ogni tipo riguardo a donne trasformate in schiave del sesso a servizio dei funzionari di partito, qualcosa che sarebbe potuto succedere in Corea del Nord. Ma su Internet, non si sa mai a cosa credere.

Molto spesso T.K. si limitava ad ascoltare. Aveva la sensazione che l'ascolto fosse un'arte dimenticata, nel mondo del giornalismo. Forse era colpa di troppe ore di *Sixty Minutes*, del Watergate o dei talk-show radiofonici, ma la maggior parte dei reporter ultimamente non faceva altro che tentare di cogliere in castagna gli intervistati: tutti si preoccupavano di fare sfoggio della propria astuzia e preconfezionare un titolone, senza badare alla storia che si sarebbe svelata ai loro occhi, se solo avessero rallentato un po'. T.K. si era accorto che, smettendo di parlare e iniziando ad *ascoltare*, sprofondava in una specie di trance vigile: una zona creativa dove il mondo esterno si allontanava come i segnali stradali sull'autostrada e lui si fondeva con l'universo del soggetto in questione, al punto da fingere di essere sinceramente interessato alla sua storia. O forse gli interessava davvero? La sua esperienza personale con l'empatia era talmente limitata, che non ne aveva la più pallida idea.

Di tanto in tanto riemergeva da quella zona e lanciava un'occhiata a Ming, per osservare il suo ventre che cresceva di giorno in giorno e si accorgeva che anche lei lo stava guardando. Avevano sviluppato un linguaggio silenzioso, che comunicava ogni cosa, pur senza dire nulla. Se era amore, era un amore impossibile, come quello tra due punti dell'universo destinati a non incontrarsi mai, ed entrambi si accontentavano di quello, come se il pensiero stesso fosse in qualche modo più reale di qualsiasi contatto fisico.

Una mattina, dopo alcune settimane di visite notturne, T.K. sentì il richiamo di quella chiatta, il richiamo della luce di Ming. Sapeva che non era sicuro farsi vedere dalle parti del fiume durante il giorno, ma anche che Yong sarebbe stato al lavoro e che avrebbe potuto averla tutta per sé. Per lui, *averla tutta per sé* significava semplicemente trovarsi in sua presenza dato che, come i figli di genitori divorziati si ripromettono di far funzionare il proprio matrimonio, lui si era ripromesso di non infliggere lo straziante dolore dell'infedeltà, una sofferenza che non lo abbandonava mai, a nessun altro uomo sposato, e di certo non a una brava persona come Yong. La scoperta delle scappatelle di Meg lo aveva sconvolto ben oltre ogni ragionevolezza, anche perché lui non l'aveva mai amata veramente. I suoi continui viaggi e la noncuranza nei confronti delle emozioni della moglie avrebbero dovuto prepararlo all'inevitabile rottura, al suo inevitabile bisogno di contatto. Tuttavia, quando era venuto a conoscenza del suo avvicinamento a un altro uomo, per poi scoprire che c'era anche un'altra donna, la sua prospettiva era andata in frantumi. Per un breve periodo aveva accarezzato l'idea esotica di assassinare entrambi gli amanti in un impeto di vendetta. Per un periodo ancora più breve, di togliersi la vita. Tuttavia, in un certo senso, comprendeva che Meg, esattamente come lui, fosse alla ricerca di una vita fatta di esperienze genuine. Lui era sfuggito alla monotonia della monogamia grazie al lavoro e all'alcol, lei grazie ad avventure sessuali acrobatiche. Una cosa era forse meno reale dell'altra?

T.K. non arrivava nemmeno ad ammettere di desiderare la moglie di Yong, spinto dalla vaga sensazione che anche un desiderio interiorizzato avrebbe potuto costituire una forma di tradimento. Tuttavia, quella mattina si ritrovò a dirigere il suo scooter verso il fiume. Quando arrivò alla chiatta dei Chen, Ming era in piedi nel porcile e teneva in mano un lungo coltello. Lo vide e lo salutò con la mano. Lui scese dallo scooter e saltò la bassa recinzione di bambù per entrare nel porcile.

"Nel New England, prima gli spariamo, poi li facciamo dissanguare."

"In Cina non ci sono pistole" disse Ming.

"Le pistole sono pericolose."

"Detesto infilzare i maiali. Troppo sangue."

Lui tese la mano per prendere il coltello. "Quale?"

"No" disse la donna. "È compito mio." Si avvicinò da dietro a un maiale di circa novanta chili. L'animale stava strofinando il naso nella melma puzzolente e la ignorò. La donna si abbassò e sollevò il muso del maiale, poi gli passò delicatamente il coltello sulla gola. L'enorme bestia si mise a strillare e gorgogliare. Il sangue eruttò come un geyser e Ming fece un balzo indietro. Il maiale rovesciò gli occhi e collassò, dimenando gli zoccoli nel fango come un bambino che disegna angeli nella neve. Nel giro di pochi secondi rimase immobile, e dopo pochi minuti era rigido.

T.K. osservò le braccia di Ming, sottili e pallide come porcellana Biscuit, muoversi abilmente mentre tagliava i tendini dello zoccolo posteriore dell'animale e gli infilava una barra di ferro tra le zampe. Pensò che la sua forza non derivasse dai muscoli o dalla corporatura, perché era un fuscello, ma dai tendini e i legamenti tra le sue ossa. In quel momento gli ricordò i grandi campioni di baseball come Ted Williams, ai tempi in cui non sollevavano pesi né somigliavano a giocatori di football. La donna indicò la chiatta con il coltello insanguinato.

"Tira la cima da quell'argano a qui." T.K. si arrampicò sulla passerella e srotolò una spessa corda di iuta da un argano sul ponte. Ming afferrò la cima e la passò sopra una puleggia imbullonata al ramo di un contorto albero di fico, poi collegò l'estremità al gancio. Gli diede l'ok e lui girò la manovella finché il maiale non si ritrovò a penzoloni, con gli ultimi resti di vita che gocciolavano, rossi come mattoni, dalla gola squarciata.

"Puoi aiutarmi a rasarlo" disse Ming. "In cucina c'è un altro coltello affilato."

Nelle due ore successive rasarono completamente il maiale, lavorando sui due fianchi dell'animale. "Non ti aiuta mai nessuno?" disse T.K. durante l'operazione.

"Jintao, quando non va a scuola. Lo detesta. Ne ammazziamo solo due all'anno, per produrre la pancetta per noi. I maiali da macello li portano via vivi."

"Nella nostra fattoria ne macellavamo quattro all'anno" disse T.K. "Era il momento più bello dell'autunno."

Ming aggrottò la fronte.

"Sto scherzando. Anche io lo detestavo. Bere qualcosa di forte mi aiutava."

"Perché bevi così tanto?"

T.K. fermò la lama, riflettendo su quella domanda. "Perché ce l'ho davanti, immagino."

Ming continuò a muovere il coltello. "Quindi è come una montagna."

Lui scrollò le spalle e guardò in alto, verso le vette carsiche che si ergevano alle spalle di Ming. "Forse, sì."

"Perché non ci giri intorno?"

T.K. rise. "Perché Hillary non girò intorno all'Everest?"

"Perché all'epoca non poteva entrare in Cina."

"E adesso tu non puoi uscirne."

"Cosa ti fa pensare che voglia andarmene?"

"Jintao" disse T.K. "Lui mi fa pensare che tu voglia andartene."

"E dove potremmo andare?"

"Dove vanno tutti gli altri, immagino. In California."

"Ma tu vivi a..." si interruppe.

"... New York" disse lui.

"Volevo solo dire che..."

"Lo so". Sapeva esattamente a cosa stava pensando, perché era la stessa cosa a cui pensava lui, ed entrambi sapevano che suonava meglio pensarlo che dirlo.

Ming fermò il coltello, il cuore le batteva all'impazzata. Osservò T.K., ammirandone la carnagione scura come la ruggine, il modo in cui i suoi lunghi capelli si arricciavano dietro alle orecchie, le linee delle vene sulle sue grandi mani. Si chiese come sarebbe stato risvegliarsi in America. Si chiese come sarebbe stato risvegliarsi accanto a lui.

"La Cina sta cambiando" disse. "Le cose andranno meglio."

"Per qualcuno sì" rispose T.K. "Per qualcuno è già così."

"Mio nonno non è mai scappato" aggiunse lei. "La mia famiglia non scapperà."

"E fuggire da Shanghai non conta?" T.K. agitò il coltello indicando il porcile, sopra gli strilli acuti dei maiali.

"E tu, Teddy? Perché rimani in Cina?"

Se fosse stato un uomo senza filtri, senza preoccupazioni, avrebbe risposto *Perché ci sei tu*. Invece, rispose: "Perché ce l'ho davanti."

Ming rise. Risero entrambi.

Passarono due mesi. T.K. riempì una decina di taccuini con minuscole annotazioni stenografiche, trascrivendoli sul computer portatile nel suo appartamento, nel frastuono dei fuochi d'artificio del Capodanno che provenivano dalla strada. Una sera di luna nuova portò a Jintao la traduzione di un libro americano. La copertina era in inglese:

Donald Duk

di Frank Chin

Come tutti gli studenti cinesi, Jintao aveva studiato l'inglese e conosceva l'alfabeto occidentale. Lesse lentamente il titolo, ad alta voce: *"Donald Duk?"*

"È un gioco di parole con il nome inglese di *Tánglǎoyā*" disse T.K.

"Vecchia Anatra Cinese[1]!"

"Sì. Solo che in America non si chiama Vecchia Anatra Cinese."

"Ma questo libro parla di lui?"

"Non proprio. Parla di un ragazzino americano di origine cinese della tua età, soprannominato Duk. I suoi genitori sono degli immigrati che lo hanno chiamato Donald, pensando che fosse un bel nome americano, senza rendersi conto di quello che facevano. Ho pensato che potesse piacerti. Sai leggere i caratteri tradizionali?"

"Abbastanza bene."

"Ottimo, perché è un'edizione taiwanese."

Mentre Jintao sfogliava le pagine del libro T.K. sentì la passerella scricchiolare. Guardò Yong. "Aspettate visite?"

"Soltanto te."

---

1. Riferimento al nome del personaggio di Paperino, Donald Duck, in lingua cinese [N.d.T.]

Ming guardò verso il soffitto. *"C'è qualcuno sul tetto!* Teddy, entra nella stiva per il carbone!" Sollevò in silenzio il materassino sul pavimento, che nascondeva una botola. "Lì sotto. Presto!"

T.K. tirò la maniglia e sollevò il portello d'acciaio. Una scala scendeva per tre metri fino al fondo della chiatta, in cui erano conservati i mucchi grigi di carbone che Ming usava per cucinare. In un angolo c'era un covone di paglia sul quale presto sarebbero stati svezzati i maialini.

"Ming, devi scendere anche tu" disse Yong. "Ci penso io a loro."

"E Jintao?" disse Ming.

"Lui è al sicuro, stanno cercando te. Vai! Adesso!"

T.K. abbracciò Jintao, che continuava a leggere il libro, usando il suo documento d'identità come segnalibro. "Continueremo a leggere insieme. Te lo prometto." Il ragazzino sorrise.

Ming e T.K. scesero lungo la scala e Yong richiuse la botola dietro di loro, facendo scivolare il materassino al posto di prima proprio mentre cominciavano a bussare alla porta della cabina.

"Polizia! Fateci entrare!"

Yong aprì la porta e due poliziotti fecero irruzione, brandendo i manganelli. "Quante persone ci sono qui?" chiese il primo.

"Solo io e mio figlio" rispose Yong.

"E sua moglie dov'è? Non ha le mestruazioni da più di tre mesi."

"È andata a trovare la famiglia a Shanghai per il Capodanno. Non è ancora tornata."

"Non menta! Le ferrovie cinesi non hanno nessuna registrazione."

"Non è andata in treno. Ha preso l'autobus fino a Guilin e poi si è fatta dare un passaggio su un camion che trasportava legno di loto. Non abbiamo i soldi per il treno."

"Lei deve venire con me. Suo figlio può restare qui." L'agente si voltò verso il collega e disse: "Perquisisci la chiatta."

Nella stiva, Ming e T.K., rannicchiati e coperti di fuliggine, restavano in ascolto mentre Yong e il poliziotto attraversavano la passerella e l'altro agente si muoveva nella cabina, mettendo sottosopra lo scarno mobilio. "Troverà la botola" sussurrò Ming.

"Shhh" disse T.K.

Poi Ming sentì un dolore lancinante alla pancia e si piegò in due, trasalendo. T.K. la afferrò prima che cadesse a terra. "Cos'è stato?"

"Penso di essere in travaglio."

"Così presto?"

"Oh mio dio! Aiuto!"

T.K. tentò di tapparle la bocca, ma ormai era troppo tardi. La donna gemette.

Jintao esclamò: "Mamma!"

Il poliziotto gridò: "Ehi!"

Sopra le teste di Ming e T.K., il materassino venne spostato sul pavimento.

Ming sussultò per il dolore e la paura. "Devi andartene da qui" disse, indicando la prua e il fondo oscuro della stiva. "Laggiù c'è una scala che conduce al ponte. Buttati nel fiume. Corri!"

"E il bambino?"

"Questo bambino non è destinato a vivere."

T.K. si sforzò di lasciarla andare e si fece strada attraverso la nebbia color antracite verso la prua, sbattendo l'alluce contro un pezzo di carbone. Salì lungo la scala e si buttò nel fiume, mentre la botola dietro di lui si apriva e il poliziotto scendeva nella stiva.

Ming era strisciata dietro a un mucchio di carbone, sopra alla paglia destinata ai maialini, ma il poliziotto non ci mise molto a trovarla, rannicchiata accanto a un feto violaceo e senza vita.

"Merda!" disse il poliziotto, osservando quella scena cruenta con disgusto. "Chi altro c'è qui sotto?"

Ming non disse una parola.

"Dimmelo!" Le diede un calcio sul petto e puntò la torcia davanti a sé, illuminando la scala a prua e uno spettrale tracciato di passi nella fuliggine. Risalì la scala a fatica. Jintao piangeva sul suo materassino. "Mamma! Papà!" Il poliziotto lo ignorò e attraversò con un balzo la passerella, dove Yong era trattenuto dall'agente Yun Jian, le cui orecchie fischiavano ancora per i fuochi d'artificio del Capodanno.

"La donna è là sotto, con un bambino morto!" disse il poliziotto dalla barca. "Un'altra persona è scappata. Cercate nel fiume!"

"Ming!" gridò Yong.

"Eccolo!" disse un altro poliziotto in piedi sulla riva, puntando il revolver verso l'acqua e sparando quattro colpi. La bocca della pistola esplose illuminando l'oscurità della notte e l'agente Yun Jian sussultò, tornando con la mente a quel ragazzino con i petardi in mano, al fumo e al dolore, alle macchie scure sulle sue dita e alle grandi mani ruvide del padre che gli colpivano il viso. Approfittando di quella pausa, Chen Yong si allungò e afferrò l'arma di Jian dalla fondina. Premette il grilletto puntando verso Jian ma, non avendo mai sparato con una pistola come la maggior parte dei cittadini cinesi, rimase sorpreso dal peso dell'arma: non era come le pistole dei film. Il proiettile colpì un altro agente al braccio sinistro, frantumandogli l'ulna. Yong non ebbe il tempo di gridare. Tre proiettili sparati da altrettante pistole diverse lo colpirono in pieno alla testa, facendola esplodere in una nube di sangue e cervella che schizzò l'agente Yun Jian, il quale riprese la sua pistola dalle mani del morto e si piegò per vomitare sulla terra macchiata di rosso.

Nel momento stesso in cui l'agente Yun Jian riviveva le esplosioni della sua infanzia, la mente di Theodore Kincaid Dean tornò a un bambino di nome Teddy, capace di trattenere il fiato per più di sette minuti (lo avevano cronometrato) in una fredda cava di granito del Vermont. In quel momento, T.K. scese in profondità, verso la melma velenosa sul letto del Lijiang, più a fondo di quanto sperava che potessero arrivare i proiettili, rallentati dall'acqua. Nuotò sul fondo seguendo la corrente, fino a quando i suoi polmoni non si fermarono. Non lo stavano cronometrando, ma ebbe la certezza di aver battuto il suo record personale. Quando riemerse boccheggiando non c'era nessuno nei paraggi e si trovava molto vicino alla sua Lambretta. Tra il ragazzino del Vermont che tratteneva il fiato in mezzo al fiume e quello cinese terrorizzato che vomitava accanto al corpo maciullato di Chen Yong, ce n'era un altro, che stringeva forte un libro intitolato *Donald Duk* e piangeva sopra a un materassino rosso, nel silenzio di morte di una casa galleggiante.

"Papà! Dove sei? Mamma?"

Dubbi

Terza parte

Capitolo 12

L'agente incaricato del controllo passaporti a Shenzhen dovette rovistare nel cassetto per trovare il timbro, che veniva usato di rado. Ma finalmente ci riuscì e con un esperto colpo di mano e un forte rumore metallico, il visto cinese di T.K., con l'incisione dettagliata della Grande Muraglia, ora riportava la dicitura *PNG*, in grandi lettere scarlatte.

Con un'espressione imbronciata, l'ufficiale riconsegnò meccanicamente il passaporto attraverso la finestrella a T.K., che passò la mano sull'inchiostro fresco come se non riuscisse a crederci, facendo sbavare leggermente la lettera *P*. "*Persona non grata*. È la prima volta che mi capita."

"E anche l'ultima" disse Fang Dazhu, in piedi alle spalle di T.K. insieme a un agente dell'immigrazione. "Nel senso che questa è l'ultima volta che mette piede nella Cina continentale. Sono lieto di avere avuto l'opportunità di accompagnarla io stesso alla frontiera." Con un gesto di finta cortesia, allungò una mano verso la barriera che separava Hong Kong da Shenzhen. "Ora, se vuole farmi la cortesia di attraversare il cancello..."

T.K. superò Dazhu, notando l'alito fermentato del poliziotto e i punti neri pronti a scoppiare sulle sue guance giallognole. Mentre lo superava, sollevò il naso fiutando l'aria e disse, in zhuang: "È puzza di merda di maiale quella che sento?"

"Lei è molto fortunato, signor Dean" disse Dazhu. "Sarebbe potuta andarle molto peggio. Non si brinda con il *báijiŭ* nei campi di lavoro."

Avrebbe sentito la mancanza del *báijiŭ*. In fin dei conti, aveva la certezza che lasciare la Cina fosse un po' come morire. Un solo passo attraverso quella funzionale linea bianca, la mediocre versione moderna della Grande Muraglia, e mezza vita trascorsa in Cina giaceva romanticamente in rovina ai suoi piedi: un'incisione di Piranesi che rappresentava una scuola a Pechino, i treni del Tibet, i viaggi sul fiume e gli *hútong* e i templi e gli scooter e i testicoli di agnello che ribollivano negli *hot pot* e i combattimenti di grilli a Shanghai e tutte quelle cazzo di lingue e dialetti, tutto finito, come una vita sprecata. Cosa gli restava? Noleggiare film cinesi su Netflix? Yong era morto. Ming e Jintao? Come se lo fossero.

Una volta giunto dall'altra parte, T.K. si voltò verso Dazhu. "Se la tocca, l'ammazzo."

Dazhu si piegò in due dalle risate. "Quanti drammi, voi americani! È tutto come un film di Hollywood. Come dite? *Bang bang pum pum?* Ah ah!" T.K. si mise in spalla la borsa e si diresse verso l'ufficio immigrazione di Hong Kong. "Oh, signor Dean!" Gridò Dazhu. "Un'ultima cosa."

T.K. si riavvicinò cautamente al confine, tenendo i piedi ben piantati nei Nuovi Territori.

"Forse le interesserà sapere un fatto decisamente bizzarro" disse Dazhu. "Quando abbiamo trovato Zeng Ming insieme al feto senza vita, la donna ha sostenuto che provenisse da uno dei suoi maiali."

"Non sapevo che fosse incinta."

"Be', ovviamente abbiamo dato per scontato che mentisse, come lei d'altronde" proseguì Dazhu "anche se il feto era troppo piccolo e menomato per stabilirlo con esattezza; con tutti quegli aborti, è difficile concepire correttamente."

T.K. lasciò cadere la borsa.

"Quindi lo abbiamo sottoposto a un test del DNA" disse Dazhu. "E la cosa assurda è che era davvero il feto di un maiale."

Capitolo 13

"*Dédé! Plus de l'eau!*" Mensah Bocoum se ne stava accovacciato sopra un tronco, in attesa che la moglie rabboccasse la pentola di alluminio ammaccata accanto alla sua pietra per affilare. Tra di loro, comunicavano in francese. Non che nessuno dei due lo parlasse correttamente, ma lei era Ewe e lui Kabye e non riuscivano a *sentire* la lingua nativa dell'altro, come amavano dire gli africani. Sebbene fosse uno dei Paesi più piccoli dell'Africa, in Togo si parlavano comunque quaranta lingue diverse, senza contare i sottodialetti e il francese. *Non mi stupisce che non si riesca mai a concludere nulla in questo Paese*, pensò Mensah.

Ma in fondo, di cosa dovevano parlare? Dédé sapeva cucinare e trovare le lumache, e gli aveva dato molti figli. Lui sapeva coltivare e cacciare la selvaggina. Cos'altro dovevano dirsi?

Dédé, graziosa ed esile, ma piegata da una vita trascorsa a portare l'acqua sulla testa, immerse un lungo mestolo in un bidone di plastica da 200 litri posizionato sotto a una grondaia di bambù che scendeva dal tetto di lamiera della loro capanna rotonda di fango. Laggiù da qualche parte c'era ancora un po' di acqua piovana. Sulla sua schiena, avvolto da un grande scialle con stampa africana fabbricato in Cina, portava il suo ultimo figlio, un maschietto ottimisticamente chiamato Stephen e non *Étienne,* nella speranza che un giorno avrebbe imparato a parlare inglese. Raggiunse Mensah con il mestolo e versò l'acqua nella pentola ai suoi piedi. Lui immerse la mano nell'acqua, ne spruzzò un po' sulla pietra levigata e fece scorrere la lama del machete avanti e indietro sulla superficie bagnata. Il rituale quotidiano del mattino: tè zuccherato, porridge e venti minuti ad affilare il machete, poi via nei campi. Un machete affilato come un rasoio era fondamentale per tagliare gli steli del mais e rimuovere i cespugli intorno alle piantine di cacao. Di solito, quando qualcuno del villaggio si tagliava una mano o una gamba lavorando nei campi, era a causa di un machete poco affilato e quindi più difficile da controllare. La pietra di Mensah, liscia come il vetro per gli anni di utilizzo, era appartenuta a suo nonno, che aveva indossato un'uniforme tedesca durante la Prima Guerra Mondiale, quando il Togoland, come si chiamava al tempo, era una colonia del Kaiser. Al termine del conflitto, i britannici e i francesi avevano suddiviso il Togoland seguendone la dorsale montuosa in due strisce sottili, nello stesso modo in cui il padre di Mensah gli aveva insegnato a separare i gambi di bambù con il machete. La striscia occidentale era entrata a fare parte della colonia britannica della Costa d'Oro, divenuta poi il Ghana, dove si insegnava l'inglese; la parte orientale di una colonia francese, fino all'indipendenza del 1960. Nessuno aveva chiesto agli Ewe, ai Kabye né alle altre etnie togolesi di quale Paese volessero fare parte, né se volessero fare parte di qualcosa di più grande dei loro villaggi.

Mensah girò il suo machete, spruzzò altra acqua sulla pietra e iniziò a lavorare la lama con un movimento circolare. La totalità dei suoi possedimenti, senza contare gli undici acri coltivati a mais e cacao, comprendeva la capanna di fango rotonda, la stufa su cui cucinava Dédé, tre sedie di plastica e un piccolo campo di palme da olio, il tutto avvolto dalla stessa sottile polvere rossa che ricopriva le capanne del villaggio e lasciava tracce sul fazzoletto quando ci si soffiava il naso. Non pioveva da settimane, nonostante fosse la stagione delle piogge, e la polvere era ovunque e trasformava il panorama in un fregio opaco di argilla cruda. La polvere e il bidone per l'acqua piovana praticamente vuoto erano un chiaro segno del fatto che il Sahara si stava spostando verso sud e la savana si stava prosciugando. La resa dei campi di mais era crollata e le pannocchie erano piccole, nonostante i fertilizzanti.

In una radura dall'altra parte della stretta strada sterrata, il figlio dodicenne di Mensah, Emmanuel, prendeva a calci un pallone mezzo sgonfio. Era l'unica palla in tutto il villaggio e la pompa manuale più vicina si trovava a quasi quindici chilometri di distanza, nella cittadina commerciale di Asuso, dove c'era anche l'elettricità per ricaricare i cellulari. Una volta alla settimana, Emmanuel camminava fino in città per vendere le lumache raccolte dalla madre sotto alle foglie di banana durante la notte e comprare fiammiferi, zucchero e confezioni di sapone da bucato. Se restavano abbastanza soldi, poteva far gonfiare il pallone per cinque franchi. Lui e i suoi amici tenevano pulito il campo da calcio con i machete. Tra una partita e l'altra contro i villaggi vicini, Emmanuel si allenava. Era il miglior portiere del distretto, cosa che tutti, lui incluso, attribuivano alla sua maglietta: un sudicio scarto di beneficenza a righe, con il numero 2 e la parola JETER sulla schiena. Ad Agbandé, nessuno conosceva quella squadra di calcio e decisamente non era una formazione dell'Africa occidentale né tantomeno della Premier League britannica. Non avevano mai sentito parlare dei New York Yankees di baseball, e tanto meno del loro famoso giocatore Derek Jeter. Ma qualche abitante del villaggio che sapeva leggere il francese aveva detto che JETER significava "lanciare" quindi tutti avevano pensato che fosse una maglietta da portiere. E fu così che Emmanuel divenne portiere; doveva essere scritto nelle stelle. Era l'unica maglietta che aveva, dato che non andava a scuola e quindi non possedeva una divisa, e lui prendeva molto sul serio il suo destino, quella maglietta che gli diceva di lanciare la palla. Sperava di potere un giorno proteggere la porta dell'Étoile Filante du Togo, le Meteore, la sua squadra professionistica preferita di Lomé.

Molti abitanti del villaggio avevano lasciato Agbandé per trasferirsi in cerca di lavoro a Lomé, la capitale sulla costa, sovraffollata e dall'umidità insopportabile. Alcuni erano arrivati in Ghana, dove c'erano elezioni libere e un'economia molto migliore. Mensah aveva sentito dire che i togolesi che sapevano l'inglese potevano lavorare come chef nei grandi hotel di Accra, perché i ghanesi sapevano cucinare solo disgustosi piatti inglesi, mentre i togolesi avevano imparato dai francesi a ridurre le salse e a cuocere grandi filoni di pane. Di certo Mensah non poteva lavorare come chef; ad Agbandé mancavano l'elettricità e l'acqua corrente e lui stesso non aveva mai mangiato nulla che non fosse stato cucinato dalla moglie o dalla madre su una fiamma viva. Inoltre, parlava l'inglese ancora peggio di come parlasse il francese e non sapeva leggere una parola di nessuna delle due lingue, né fare addizioni o sottrazioni.

Ciononostante, riusciva a mantenere la moglie e i sei figli che gli erano rimasti. Una volta aveva ottenuto il titolo di contadino dell'anno nel suo distretto; l'attestato ingiallito era l'unica decorazione sulla parete della capanna (uno dei vantaggi delle capanne rotonde è che hanno una sola parete). Aiutava il consulente agricolo del posto a monitorare l'andamento delle precipitazioni. Inoltre, possedeva un fucile calibro .22 e un cane magro e ubbidiente, che gli consentivano di seguire le tracce della selvaggina e di abbatterla, perlomeno quando poteva permettersi di comprare i proiettili; il giorno prima il suo cane aveva puntato un furetto nel campo di mais e, con un solo tiro, Mensah aveva messo in tavola un bel po' di proteine. Quella mattina aveva mangiato il cuore del furetto insieme al porridge per una dose aggiuntiva di energia, dato che probabilmente non avrebbe pranzato.

Una Toyota Hilux sgangherata, rossa come la polvere della strada, apparve nella radura; il motore a diesel che scoppiettava. La portiera si aprì e da dietro al volante scese un uomo alto e magro, che indossava una divisa mimetica, un berretto elegante e stivali neri. Kodjo Ayassor lavorava come guardia al parco nazionale Kéran, poco lontano da lì. Il suo compito era proteggere dai bracconieri un branco, sempre meno numeroso, di circa duecento elefanti del Togo, ma era un lavoro mal pagato per il quale gli era stata data una vecchia ma potente carabina calibro .350 Remington Magnum, quindi tra i bracconieri e le guardie del parco nazionale Kéran c'era quello che in altri ambienti si sarebbe potuto definire in modo elegante un sistema di "porte girevoli". Nonostante il numero ridotto di elefanti, il Togo poteva contare sul porto per container di Lomé, dove il traffico era intenso, i controlli scarsi e la corruzione elevata. Spesso i commercianti nascondevano l'avorio nei container, sotto i carichi di iroko diretto in Myanmar o in Vietnam, da cui l'avorio riusciva a entrare in Cina e il legname veniva riesportato dall'Asia come costosissimo "teak birmano" in una sorta di contrabbando a doppio senso.

Il giorno precedente, mentre pattugliava il parco al crepuscolo, Kodjo aveva scoperto la carcassa di un elefante maschio nei pressi di una pozza d'acqua. L'animale era stato colpito da un proiettile in mezzo agli occhi e giaceva nel fango con il sangue puzzolente che gli colava dal muso, dal quale i bracconieri avevano staccato le zanne in tutta fretta. Kodjo sapeva che altri elefanti sarebbero tornati presto sul posto per piangere la morte del patriarca: doveva agire in fretta, prima dell'arrivo degli osservatori internazionali della fauna selvatica. Per questo aveva bisogno di Mensah.

"Sei pronto?" disse Kodjo in kabye.

Mensah passò il pollice sulla lama del machete, approvò mentalmente il suo lavoro e prese il fucile. Si sfilò i sandali di plastica dai piedi callosi. Dédé gli allungò gli stivali di gomma con i tacchi bucati che usava nei campi. Il piccolo Stephen dormiva sulla sua schiena. Mensah baciò il bambino sulla testa e si infilò gli stivali. "Andiamo."

La strada che attraversava il parco era dissestata e ricoperta di vegetazione, ma con quella siccità non si correva il rischio di impantanarsi; Kodjo non ebbe nemmeno bisogno di passare al 4x4. Nel giro di mezz'ora raggiunsero una piccola fonte dove gli elefanti andavano ad abbeverarsi. Durante la notte, le iene avevano già ridotto l'enorme carcassa dell'elefante a un mucchio di ossa, sul quale becchettava uno stormo di corvi pezzati, avvolto da uno sciame di mosche tse-tse. I due uomini scesero dalla Hilux imbracciando le armi. Mensah schiacciò una mosca solitaria, maledicendola. Il miglioramento dell'accesso a medicinali a buon mercato aveva ridotto il numero di morti dovute alla malattia del sonno trasmessa dalle mosche, ma i farmaci non erano sempre disponibili e gli abitanti del villaggio continuavano a temere i sintomi iniziali di quella malattia mortale: febbre e prurito, seguiti da un forte ingrossamento dei linfonodi del collo.

Kodjo fece strada lungo un sentiero che conduceva a una sporgenza di arenaria che sovrastava la pozza d'acqua. "Aspettiamo qui." Si sedettero su un'enorme roccia senza dire una parola. Un coccodrillo emerse silenzioso dall'acqua. Dopo circa un'ora, un fruscio tra le canne di bambù dall'altra parte della pozza attirò la loro attenzione. Poco dopo comparvero un'elefantessa e il suo cucciolo, che si avvicinarono ai resti martoriati dell'elefante. La femmina doveva avere almeno quindici anni, a giudicare dalla lunghezza delle zanne; erano marroni e probabilmente morbide, non preziose quanto l'avorio ricavato dai maschi adulti. Ma l'elefantino, di circa tre anni, aveva due splendide zanne nuove. Le zanne dei cuccioli, chiamate anche "avorio insanguinato" erano molto apprezzate per la purezza del loro colore, che sotto la luce giusta sembrava brillare.

Ignorando lo sciame di mosche tse-tse, gli animali circondarono la carcassa gemendo. Mensah pensò che quel brontolio somigliasse a un singhiozzo e la cosa lo rattristò. Sapeva che alla sua morte, la sua famiglia si sarebbe gettata sul suo corpo, come aveva fatto lui stesso sulla bara del secondogenito, morto l'anno precedente. Provò pena per l'elefantino; meritava di meglio. Tutti meritavano di meglio.

Il primo colpo partì dalla carabina Remington, facendo volare via i corvi e persino le mosche in preda al panico. Il proiettile calibro .350 colpì la madre esattamente in mezzo agli occhi. Prima ancora che le ginocchia dell'enorme creatura cedessero, facendola collassare a terra, Mensah scaricò il suo calibro .22 nel cranio del cucciolo, che gemette come una tromba con la sordina, stordito. Il piccolo proiettile aveva perforato la pelle dell'animale, sollevando una nuvola di polvere e conficcandosi nel cranio, fermandosi a pochi centimetri dal cervello. Kodjo ricaricò la carabina e lo finì con una misericordiosa fucilata. Era come un plotone di esecuzione. Mentre l'elefantino si accasciava a terra, il coccodrillo scivolò nuovamente sott'acqua.

"Sbrighiamoci!" disse Kodjo. Misero le armi in spalla e raggiunsero gli animali abbattuti. Mensah estrasse il machete.

"Prima la madre" disse Kodjo. Mensah comprese immediatamente: l'avorio inizia ad asciugarsi non appena viene rimosso dalla mascella, meglio tenere per ultime le zanne pregiate del cucciolo.

Si chinò sull'elefantessa senza vita e le spalancò la mandibola, cercando di non guardarla negli occhi vitrei. Doveva fare tutto per bene: niente colpi e tagli violenti come i pazzi avventati, probabilmente musulmani Tuareg, che avevano fatto a pezzi l'elefante maschio il giorno precedente. Il modo corretto consisteva nell'inserire la punta del machete alla base della zanna, penetrando nella gengiva, rimanendo vicini all'osso senza danneggiare l'avorio. Mentre il sangue colava e Mensah procedeva, Kodjo si diresse verso il fuoristrada, indossò un paio di guanti di lattice che teneva nel vano portaoggetti, si allungò verso il pianale ed estrasse un sacco di Furadan con un grande teschio stampato sul lato, a indicare la sostanza tossica. Quel potente pesticida granulare della famiglia degli interferenti endocrini era vietato in Nord America e in Europa, ma ampiamente disponibile in tutta l'Africa occidentale. Mezzo cucchiaino poteva uccidere un essere umano, un singolo granello era sufficiente per un uccello di grandi dimensioni. I volatili scambiavano facilmente quei granelli per semi, ed era questo che interessava a Kodjo. Gli avvoltoi sono in grado di trovare una carcassa di elefante entro mezz'ora dalla sua morte e le guardie forestali si affidano anche agli stormi di uccelli per rintracciare i bracconieri. Quegli odiosi spazzini stavano già volando intorno agli elefanti, scendendo in picchiata senza paura per osservare da vicino. Kodjo aprì il sacco e cosparse di granelli velenosi le pelli degli animali a terra, poi lanciò uno sguardo ai cespugli, in cerca di intrusi terrestri: umani attratti dagli spari o leoni attirati dal sangue.

Quando ebbe terminato l'incisione intorno alla prima zanna, Mensah disse: "Girala." Kodjo afferrò l'enorme dente ricurvo e tirò con un movimento circolare, come se stesse mescolando il contenuto di un pentolone sul fuoco, mentre Mensah teneva ferma la lama contro la gengiva. Nel giro di pochi secondi la zanna si sfilò, perfettamente intatta. Estrarre la seconda si rivelò più complesso, dato che si trovava verso il basso. L'elefantessa era caduta su un fianco e girare un pachiderma senza vita è impossibile, per due soli uomini. Tagliarle la testa sarebbe stata un'operazione complicata e che avrebbe richiesto molto tempo, ma Mensah era sufficientemente abile con la lama da riuscire a rimuovere la zanna anche dal lato sbagliato. Nel giro di dieci minuti la estrasse. Gli avvoltoi avevano iniziato a lanciarsi in picchiata per assaggiare la carcassa. Tuttavia, dopo un granello di Furadan iniziavano a barcollare in preda alla confusione, per poi cadere a terra stecchiti. Ben presto, i resti dei pachidermi furono avvolti dai corpi agonizzanti e scuri degli avvoltoi, come se fossero ricoperti di catrame e piume.

"Adesso l'altro" disse Kodjo, indicando l'elefantino mentre caricava sul fuoristrada le zanne della madre. Quelle del piccolo furono facili da estrarre, dato che le gengive di un esemplare di tre anni sono ancora morbide. Quando Kodjo ebbe caricato l'avorio della madre, Mensah aveva finito con l'elefantino. Kodjo immerse un pezzo di mussola nella pozza d'acqua, facendo attenzione ai coccodrilli, poi avvolse il tessuto bagnato intorno all'avorio insanguinato, posandolo in cima al mucchio sul fuoristrada. I due uomini coprirono le zanne di contrabbando con un telo e vi disposero sopra alcuni sacchi di semi di cacao.

Salirono sul fuoristrada. Mensah lanciò un'occhiata alla scena. Se non fosse stato per il pesticida, avrebbe portato a casa un po' di carne di elefante per la sua famiglia, che spreco. Non si potevano mangiare nemmeno gli avvoltoi, quando avevano ingerito quei granelli.

Kodjo evitò l'ingresso principale del parco e si allontanò su una strada secondaria che attraversava il piccolo villaggio di Womoso, dove si trovava un deposito per i semi di cacao. Davanti a un piccolo negozio con un'insegna dipinta a mano raffigurante un rasoio per capelli che indicava un salone di bellezza, una donna intrecciava lunghe extension tra i capelli di un'altra. Sulla porta dell'ambulatorio c'era un altro cartello disegnato a mano che rappresentava un uomo che offriva una collana di perle a una donna, la quale lo respingeva con un gesto.

"Si votre cadeau est pour le sexe, vous pouvez le garder" diceva la figura femminile. E sotto: *"Vous ne méritez pas le SIDA."*

No, nessuno si meritava l'AIDS, pensò Mensah. Tutti meritavano di meglio.

"Kodjo" disse Mensah mentre proseguivano oltre "pensi mai agli elefanti?"

Kodjo guardò Mensah come se fosse fuori di testa, poi rivolse nuovamente lo sguardo alla strada. Aveva in bocca il sapore della polvere rossa.

"Insomma, cosa succederà quando non ce ne saranno più?" Continuò Mensah. "Cosa faremo?"

Kodjo teneva gli occhi incollati alla strada. "Pangolini."

"Pangolini?" Ogni tanto, il cane di Mensah puntava uno di quegli strani formichieri corazzati, ottimi per lo stufato, ma difficili da pulire a causa delle scaglie di cheratina affilate.

"La loro carne piace molto ai cinesi" disse Kodjo. "E anche le scaglie sono preziose. Le donne cinesi le assumono in polvere, per stimolare le mestruazioni."

"Perché mai dovrebbero voler stimolare le mestruazioni?" domandò Mensah. "Quando arrivano, arrivano, e allora sai che la donna non aspetta un bambino e bisogna riprovare."

"Non lo so" rispose Kodjo. "Forse in Cina è diverso."

"Pangolini! Per me sono soltanto selvaggina."

"Anche i coccodrilli" disse Kodjo. "Sono molto preziosi."

"Uccidere i coccodrilli non mi dispiace."

"Io odio i coccodrilli."

Quando il fuoristrada raggiunse Agbandé, Kodjo diede a Mensah centomila franchi: più di quanto guadagnasse sui campi in un anno. Con quel denaro avrebbe potuto acquistare una pressa meccanica per estrarre un olio privo di impurità e di maggiore valore dai semi delle sue noci di palma. E il denaro ottenuto vendendo l'olio di palma avrebbe permesso di comprare la divisa e il materiale scolastico per Stephen, così avrebbe potuto imparare a leggere e a scrivere sia in francese che in inglese. Perché meritava di meglio.

Capitolo 14

"*Gwailo!*"

Il tassista dall'altra parte della frontiera tra Hong Kong e Shenzhen aveva abbassato il finestrino della sua Toyota e si rivolgeva a T.K. usando il termine cantonese che significa "diavolo straniero".

"Gwailo! Nei huei bei bein dowah?"

Dio solo sa quanto T.K. odiasse il cantonese. Tutti quegli accenti e quelle vocali, così inutili, così sporchi. A dire il vero, a parte i locali di Mid-Levels, T.K. disprezzava Hong Kong; per lui era una Cina per principianti. Lì era tutto troppo facile e in quel momento il vapore delle bancarelle di *dim sum*, i tram a due piani, i mercati notturni sanguinolenti e la folla di persone impazienti che sputavano, tossivano e si svuotavano il naso non facevano che tormentarlo, portando alla mente i ricordi della vera Cina che non avrebbe mai più rivisto. Salì al volo sul taxi, ignorando il tentativo del conducente di chiedergli dove fosse diretto in cantonese, e disse in inglese: "Nathan Road, a Kowloon."

"Ah, Nathan Road!" disse il conducente, parlando finalmente inglese. Come quelli di Montreal, gli abitanti di Hong Kong parlano tutti inglese quando la promessa di un affare viene puntata come un'arma alla loro testa di poliglotti. "Qui per shopping?"

"Più o meno."

"Ottimi affari qui. Ragazze, computer, copie di orologi originali, tutto a buon prezzo. Vietato fumare, per favore." Picchiettò su un cartello con la scritta vietato fumare che occupava gran parte del divisorio in vetro alle sue spalle, con un carattere così grande che avrebbero potuto leggerlo anche a Macao.

"Non fumo."

"Ok, non si sa mai. Gente viene da immigrazione, aspetta molto tempo, bisogno di sigaretta."

"In realtà ho fatto in fretta. Mi hanno accompagnato di persona."

"Oh, deve essere VIP!"

"Più o meno. Posso pagare in yuan? Non ho dollari di Hong Kong."

"Ok, ma costa di più. Doveva cambiare alla frontiera." *I cantonesi hanno un modo di rimproverare i forestieri che ha qualcosa di ariano*, pensò T.K. "Dollari servono anche per le ragazze su Nathan Road."

La notte calava pesante come il piombo sulla strada costeggiata dai neon che conduceva a Kowloon. All'angolo tra Carnarvon e Kimberley, T.K. disse al conducente: "Si fermi a quella bancarella di ravioli, da lì posso continuare a piedi." Scese dalla vettura e seguì la folla per un isolato verso Nathan Road, lasciandosi nuovamente portare dalla corrente, lungo una scia di insegne lampeggianti "vat-free" di empori di computer portatili, ristoranti di pesce troppo cari, venditori di orologi e turisti con gli occhi spalancati provenienti dal Vero Mondo Dove le Auto si Guidano a Destra (*Guarda a sinistra prima di attraversare!*) il tutto di dubbia provenienza, dai Rolex ai curiosi (e a quel punto persino lui stesso).

Entrò in un anonimo negozio di cellulari senza marca, dove la giovane donna dietro al bancone di vetro stava facendo un sudoku e indossava un abitino super aderente di China Mobile con gli orli sfilacciati, risalente a una Fiera di Canton di molto tempo prima. I telefoni erano sicuramente falsi o provenienti dal mercato grigio, con schede SIM che piratavano i minuti appoggiandosi ad account in Bulgaria. Perfetto. "Buonasera" disse.

La ragazza alzò lo sguardo, pronta a fare la solita smorfia alla vista di un cliente, ma quello era abbastanza affascinante da meritare un sorriso e poi non era grasso e non indossava una tuta.

"Vorrei lo smartphone più economico che avete e una SIM prepagata con un pacchetto dati."

La ragazza chiuse il suo giornaletto di sudoku con fare infastidito, allungò la mano sotto il bancone e lasciò cadere un telefono Android iCallU di plastica bianca sul ripiano. "Stessa azienda produce Galaxy" disse in maniera automatica, ed era vero, perché la stessa azienda produceva di tutto, persino le lavagnette magiche, in una fabbrica di Shenzhen. "Duemila con i minuti."

"Quanto in yuan?"

"Uguale."

"Wow. A quanto mi risulta, il cambio è circa sessanta a cento." La ragazza scrollò le spalle. Dai tempi della restituzione, la Cina aveva deliberatamente fissato il dollaro di Hong Kong e la pataca di Macao a un valore inferiore rispetto allo yuan, molto conveniente per i ricchi funzionari della Cina continentale che desideravano giocare d'azzardo a Macao o parcheggiare i propri milioni sul mercato immobiliare di Hong Kong. A quanto pare, quel negozio di telefoni non era informato della cosa. Avrebbe potuto cambiare del denaro al tasso corrente poco lontano da lì, ma questo comportava una scansione del passaporto e chissà dove sarebbero finite le sue informazioni. Hong Kong o meno, tecnicamente era ancora in Cina e non aveva molta voglia di condividere i fatti suoi. Tirò fuori dalla giacca venti banconote da cento yuan tutte sgualcite, con le pieghe che invecchiavano il Presidente Mao di almeno una ventina d'anni. La ragazza scartò il telefono e una SIM nuova. "Vuole che attivo?"

"Sì, grazie."

"Vedere passaporto."

"Cosa intende per *vedere?*"

"Oh, solo bisogno verificare che c'è. Scansione solo passaporti cinesi. Lei no cinese, giusto?"

La domanda lo colpì per un secondo. No, non sarebbe mai più stato nemmeno cittadino onorario cinese. "Americano."

"Oh, mi ha fregato: niente tuta."

"Non sono molto atletico."

"Americani indossano vestiti da palestra, ma non sembra che vanno in palestra. Ho imparato una parola... *battere la fiacca!*"

"Sono tre parole."

"Okay, americano batte la fiacca. Per lei, solo sbirciatina passaporto." Era chiaro che non fosse la prima volta che si limitava a dare una sbirciatina ai documenti di qualche scettico giramondo: nessuno comprava un telefono iCallU per fare colpo sugli amici e duemila yuan erano un sacco di soldi per una copia prodotta dove facevano le lavagnette magiche. T.K. aprì il passaporto alla pagina della foto e glielo mostrò. La ragazza fece per prenderlo, ma lui si ritrasse.

"Solo *sbirciatina*" le ricordò, agitando un dito. Probabilmente non cambiava nulla, ma non voleva che vedesse il timbro PNG sul suo visto per la Cina.

"Ok, ok, bene." Armeggiò con il telefono e glielo consegnò. "Suo numero qui" disse, indicando l'imballaggio della SIM. "Può comprare ricariche adesso, se vuole."

"Grazie." T.K. aprì il browser e si accertò che il pacchetto dati fosse attivo. Google Maps: bene. WhatsApp: tutto ok. Digitò un numero di Hong Kong che conosceva a memoria e scrisse un messaggio:

Ehi, qui TK.

Qualche secondo dopo, ricevette la risposta:

Dove 6?

Kowloon.

Vediamoci FCC 1900.

Capitolo 15

Alle sette di sera il bar principale del Foreign Correspondents' Club di Hong Kong era gremito come sempre della solita clientela: segugi della stampa britannica abbastanza vecchi da aver lavorato in radio quando contava ancora qualcosa; fotografi australiani ingobbiti da anni di Nikon appesa al collo e editorialisti francesi dall'alito fetido che frequentavano quel abbeveratoio dai tempi di Dien Bien Phu, tutti intenti a provarci con donne della "stampa finanziaria" che avrebbero potuto essere le loro nipoti. I giornalisti erano proprio un branco di pervertiti, pensava T.K. L'*obiettività* richiesta alla professione si era chissà come trasformata in *oggettificazione*, in quel luogo più che in ogni altro, dato che ogni sera serviva abbastanza gin tonic da curare la malaria. Ma a T.K. la cosa non importava: era un posto come un altro per sbronzarsi.

"*Zuolin!*" T.K. apostrofò il barista manciuriano dalla giacca bianca, più vecchio dei corrispondenti di guerra con la paresi a cui serviva da bere, tanto che la moglie aveva i piedi fasciati, cosa che lui considerava ancora il massimo dell'erotismo. "Un altro gin Rickey, per favore."

Zuolin fece un inchino. Il drink arrivò nello stesso momento in cui T.K. si sentì picchiettare sulla spalla.

"T.K.!"

Si girò e sorrise. "George!" Si alzò e guardò negli occhi quello che era il suo migliore amico, anche se la cosa non significava molto, dato che aveva soltanto due amici al mondo. George era alto quanto T.K. e lo eguagliava in qualsiasi altro tipo di statura che contasse qualcosa: intelletto, sagacia, umorismo, scetticismo nei confronti della spiritualità e ferma credenza nel mondo degli spiriti. T.K. riteneva che George Chambers avrebbe potuto lavorare in un tribunale: aveva il portamento onnisciente di un giudice e la stessa abilità di riassumere rapidamente le informazioni per formulare un'opinione ed esprimerla con risolutezza. Eppure, sotto quella sfacciata fiducia in se stesso ardevano le braci di un bambino irrequieto, mai del tutto sicuro di sé. I suoi occhi guizzavano da tutte le parti come le palline di un flipper, costantemente distratti, privi della capacità o della volontà di filtrare le informazioni. Per George, trovarsi in una stanza piena di persone era come fare shopping da Barney's, a New York: non sapeva mai da dove cominciare. Se fosse stato meno intelligente, questa propensione avrebbe rappresentato una noia mortale, ma in George Chambers risultava essere un piacevole virtuosismo. Si abbracciarono e T.K. notò i bottoni funzionanti sui polsini del completo su misura di George.

"Non riesco a credere che ti abbiano fatto entrare" disse lui facendo scorrere lo sguardo sul bomber sgualcito, i pantaloni cachi spiegazzati e gli stivali sporchi di T.K."

"Ho dovuto promettere di spendere un sacco di soldi al bar."

"Bisogna pur fare dei sacrifici. Sei arrivato da molto?"

"Pochi minuti. Questo è solo il terzo gin Rickey."

George continuava a guardare le scarpe di T.K. "È merda quella che hai sugli stivali?"

"Di maiale. Ne ho tolta buona parte sul tappetino all'ingresso."

"Cristo santo. Spero che tu sia vaccinato."

"Si chiama stile trasandato" disse T.K. "È di gran moda."

"Finalmente la moda ha capito il tuo stile." Disse George. "Non ti sei mai tirato indietro davanti ai posti di merda. Se non ricordo male, sei il povero stronzo che dovette scavare quella cisterna, a Psalmodi."

Psalmodi era lo scavo archeologico nel sud della Francia dove si erano incontrati durante l'estate, ai tempi del college: due aspiranti giornalisti che bighellonavano per l'Europa. Il sito era un monastero benedettino gotico costruito su una chiesa romanica, costruita su una chiesa carolingia, costruita su una villa romana. Un pasticcio di stratificazioni incoerenti, gran parte delle quali in rovine a eccezione di un lato della navata gotica del dodicesimo secolo, che era stata impiegata come parete esterna di un fienile di una fattoria che produceva girasoli tra gli acquitrini della Camargue, nei pressi della città fortificata di Aigues-Mortes. I monaci avevano abbandonato quel posto nel diciassettesimo secolo, quando l'innalzarsi del livello delle paludi aveva portato a un'infestazione di zanzare e a conseguenti focolai di malaria. Quell'estate, George aveva scoperto un architrave romanico di pietra con incisa la scena dell'ingresso di Cristo a Gerusalemme. Per non essere da meno, T.K. aveva individuato una fossa comune di ugonotti del diciassettesimo secolo – contenente i teschi fracassati di quei poveri bastardi protestanti – e una riserva di munizioni inesplose della Seconda Guerra Mondiale per cui era stato necessario chiamare la Gendarmerie Nationale. Dormivano in tenda e non avevano l'acqua calda, solo una doccia con un tubo dietro alle stalle. Tutti si prendevano la tigna. Tutti scopavano con tutti, professori inclusi. Tutti si ubriacavano completamente ogni sera, svuotando botti di vino nel fienile. Il giorno successivo lavoravano sotto il sole cocente con i postumi della sbornia. L'unico bagno disponibile era in una serra di pomodori – ai *topi da scavo* non era consentito l'accesso alla casa del contadino, a meno che non dovessero usare la sua macchina da scrivere manuale, con una strana tastiera francese piena di lettere accentate – e se dovevi cacare durante il giorno, nella serra c'erano più di 40 gradi. Per rinfrescarsi, durante le pause facevano a turno a dormire in un sarcofago di marmo romano all'ombra di un ulivo; la pietra era piacevole e fresca, molto meglio delle tende sotto il sole. Tranne T.K. e George, tutti dormivano al contrario nella bara di pietra, con i piedi dalla parte della testa, perché era troppo inquietante sdraiarsi in un sarcofago nel modo "giusto": rischiavi di non svegliarti più. T.K.

e George si facevano beffe della superstizione e dormivano nella posizione dei cadaveri.

Al termine dello scavo, erano andati a Nizza e avevano fatto la loro prima doccia calda dopo mesi, guardando quella che pensavano essere un'abbronzatura finire nello scarico della pensione. In quel preciso istante, George aveva capito che non importa quanto sapone si usi, per pulirsi serve l'acqua calda. Poi, quando entrambi erano stati assunti al *Detroit News*, lavorando fianco a fianco come reporter su notizie che denunciavano la corruzione del dipartimento di polizia locale, avevano chiesto di firmarsi "Topi da Scavo" ma il capo redattore si era detto contrario. "Al massimo posso chiamarvi i *Gemelli poco brillanti*" diceva "ma soltanto in redazione. Come i *Gemelli sfavillanti*, Mick Jagger e Keith Richards, ma meno svegli." Da quel giorno, avevano iniziato a chiamarli così.

"La cisterna" disse T.K. con una smorfia. "Il lavoro peggiore per il quale non sono mai stato pagato."

"Come mai ho l'impressione che il tuo aspetto trasandato non sia soltanto una scelta di stile?" chiese George.

"Cosa bevi?"

"Una birra."

"La birra non conta."

George sorrise. "Pensa che erano quattro anni che aspettavo di sentirtelo dire. Preferisco bere a cena. Ci raggiunge anche Kathleen. Non vedo l'ora che tu la conosca. E adesso sputa il rospo: cosa succede? Non ti vedo da secoli e ti presenti sull'isola ricoperto di merda e con una SIM di Hong Kong nuova di zecca."

"Prima tu. Dimmi quanto ti manca il giornalismo."

"Temo che sarebbe una conversazione molto breve, amico mio. Cristo, quel mondo è completamente cambiato."

T.K. lanciò un'occhiata al bar. "Guarda questi cadaveri. Potrebbero ancora essere utili a qualcosa?"

"Se consideri anche i blog. A dire il vero, sospetto che molti di loro siano spie" disse George. "Il consolato americano è dall'altra parte della strada."

"Lo spionaggio, quello sì che è un settore in crescita."

George, che aveva seguito lo sguardo di T.K. sulla stanza, riemerse da una fantasticheria. "Ricordi che quando lavoravamo al *News* correggevano ancora le bozze con la matita rossa?"

"Lo fanno ancora nel settore editoriale."

"Appunto."

"Ricordi quel caporedattore che aveva una collezione di timbri di gomma sulla scrivania?" disse T.K. assecondando la nostalgia di George. "Aveva fatto fare dei timbri con tutti i possibili commenti e per risparmiare tempo li usava sugli articoli. Il mio timbro preferito diceva opinione troppo forte."

"Avrebbe dovuto stampartelo proprio qui" disse George, picchiettando con due dita sulla fronte di T.K. "A dire il vero, nessuno di noi due era tagliato per farsi timbrare dai redattori, e temo di non aver mai avuto la disciplina sufficiente per scrivere libri."

T.K. fece un cenno a Zuolin per ordinare un altro giro, divertito dall'insinuazione che lui invece fosse vagamente disciplinato. Aveva tante qualità, pensò, ma di certo non quella. Però era realmente molto disciplinato sul lavoro, sia per la sua attenzione ai dettagli che per l'ostinata capacità di concentrarsi sulla pagina bianca. Perché è sempre tutto così ambivalente, si chiese. Come mai le qualità positive intrinseche non prevalgono semplicemente su quelle negative? Era facile comprendere l'esistenza di esseri umani del tutto fuori di testa come Hitler o, più prosaicamente, i membri del Congresso repubblicani, ma perché così tante persone fondamentalmente a modo si trascinavano dietro quella zattera di merda impregnata d'acqua? Le persone non erano bottiglie di Pétrus dell'82, non miglioravano con il tempo e le infinite sfumature di pigrizia e cupidigia non erano le note dominanti della condizione umana. Si domandò se avessero del Pétrus d'annata nella cantina di quel club. In quel caso Yiqian, il sommelier raggrinzito che parlava francese meglio di Zhou Enlai, doveva averlo comprato di persona in Francia anni prima, non in qualche recente asta con prezzi esorbitanti a Tokyo, e sarebbe stato nella carta dei vini con un sovrapprezzo ragionevole per i soci. Sperava che fosse George a offrire la cena.

"Lo sai che Nietzsche si sbagliava" disse T.K. "Il dio della creatività era Dioniso, non Apollo."

"Propongo un brindisi" disse George.

T.K. fece tintinnare il bicchiere contro alla bottiglia di birra di George e disse: "Allora, cosa c'è di nuovo nel mondo del venture capital?"

"Da questa parte del mondo? È decisamente un'avventura" disse George. "Un ventenne su due, laggiù" mosse di scatto la testa indicando la Cina continentale, da qualche parte oltre il Victoria Harbour "è un ingegnere, e considero anche le donne; sono in grado di mettere insieme un circuito per un campione di qualsiasi cosa tu possa desiderare nel giro di un'ora, ma se chiedi loro di tirare fuori un'idea personale si impietriscono. *Acquista a poco, vendi a tanto, sposta in fretta.* Questo è quello che intendono per imprenditorialità da quelle parti. Io continuo a cercare e non sono il solo. Qui ci sono miliardi di venture capital in contanti pronti per essere investiti. Ma basta parlare dei miei affari. Come va l'impero dello sciroppo d'acero?"

T.K. trasalì. "Lo sapevi che quando la linfa esce dall'acero è simile all'acqua?"

"No, non lo sapevo."

"E lo sai quanti litri di linfa servono per produrre un litro di sciroppo d'acero?"

"Confesso nuovamente la mia ignoranza."

"Quaranta."

"È un sacco di linfa. Per fortuna gli alberi sono grandi."

"E come pensi che si estragga l'acqua dalla linfa?" chiese T.K.

"Prendendola a bastonate?"

"Bollendola. Per ore. È un processo di riduzione. Come la scrittura. Scrivi un pezzo di quattromila parole e l'editor lo riduce a un migliaio."

"Be, nel mio caso si limitavano a tagliare la parte finale. Ma ho capito cosa intendi: i costi per l'energia ti stendono."

"Energia, personale... Nel Vermont non fa differenza. Il calore si ricava dalla legna. Qualcuno deve tagliarla, spaccarla, impilarla e fare in modo che continui ad ardere. Quando mio padre è stato spedito in Vietnam, in città c'erano decine di ragazzi che erano troppo giovani per combattere e mandavano avanti la produzione dello sciroppo. Ora se ne sono andati. E anche io."

"A quanto mi risulta, molti americani cercano lavoro."

"Sì, per piegare i maglioni da Gap. Nessuno vuole accendere fuochi nelle capanne dove si fa lo sciroppo d'acero, a febbraio."

"Cristo. Sono felice di non essere al tuo posto.

"Neanche io sono più al mio posto. Ho venduto l'intera attività alla Pepsi, lo scorso anno."

"Alla Pepsi?"

"PepsiCo, la grande multinazionale, da non confondersi con il Messico, anche se fa rima, che è una filiale degli Stati Uniti. PepsiCo possiede la Quaker Oats, che a sua volta possiede il marchio di sciroppo d'acero Aunt Jemima."

"Ti prego, non dirmi che Jemima non esiste."

Le vocali lunghe e morbide pronunciate alle loro spalle avevano un accento australiano. George e T.K. girarono sugli sgabelli per trovarsi di fronte a una bionda alta e snella in un tailleur nero corto. "Tesoro!" disse George, alzandosi in piedi per dare un bacetto alla sua ragazza. "Ti presento il mio vecchio amico T.K. Lei è Kathleen."

"Piacere" disse T.K., alzandosi e voltandosi per stringerle la mano.

"Oh mio dio, separati alla nascita!" disse Kathleen, continuando a guardare prima T.K. e poi George.

"Dai, tesoro, non siamo poi *così* uguali" rispose George "anche se potrei scommettere che questi cinesi pensano che siamo gemelli."

"È un piacere incontrare l'altro Gemello poco brillante" disse lei, rivolta a T.K. "A meno che tu non abbia intenzione di deludermi riguardo all'esistenza di Aunt Jemima."

"Temo di dover rovinare la nostra amicizia proprio sul nascere. Però, se ti fa stare meglio, un tempo Aunt Jemima esisteva davvero, ma in realtà era un uomo bianco."

"Il nostro rapporto è salvo! *Zuolin, un mojito per favore.* Un uomo?"

"Dopo la Guerra Civile, il personaggio della *mammy* era molto diffuso negli spettacoli dei menestrelli. Ma in linea di massima, la maggior parte dei performer erano uomini."

"Come accadeva ai tempi di Shakespeare" disse la donna. George si appoggiò allo schienale della sedia, divertito dallo scambio di battute tra il suo vecchio amico e la sua nuova ragazza.

"Nella maggior parte delle versioni della storia, la prima Jemima era un immigrato tedesco con il viso dipinto di nero di nome Pete Baker."

"Cristo. Adesso mi dirai che Babbo Natale era un uomo bianco con la barba.

"Proprio come Dio, prima che qualcuno ne annunciasse la morte. Sono da tutte le parti quei vecchi bianchi con la barba."

"Ti basta guardarti intorno in questo bar!" disse George.

"Come mai sai tante cose su Aunt Jemima?" chiese Kathleen.

"Sono una fonte inesauribile di informazioni inutili."

"Le informazioni inutili sono *la mia vita*."

"Oh merda, non dirmi che anche tu sei giornalista."

"Stampa finanziaria" rispose la donna.

"Ovviamente. Non sono tutti in quel settore, oggigiorno?" Si accorse della smorfia della donna e aggiunse: "Voglio dire... tutti i giornalisti ambiziosi e di talento?"

"È uno degli uomini di Murdoch" disse George. "Cioè, donna. Scusa tesoro. Ex direttrice dell'ufficio di Hanoi dell'*Australian*, ora di stanza qui."

"Fantastico" disse T.K. "Hai già hackerato il mio telefono?"

"Non temere vecchio mio, il tuo numero è troppo nuovo" rispose George.

"Sto morendo di fame" disse Kathleen. "Per che ora è la nostra prenotazione?"

George ruotò il polso e osservò il suo Rolex, che non proveniva da Nathan Road. "Adesso."

Con i drink in mano, facendone cadere solo qualche goccia dietro di sé, il trio salì la bianca scala a chiocciola che conduceva alla sala principale e si assicurò un tavolo tranquillo in prossimità di una finestra rotonda con le persiane, sotto i tralicci di teak brunito del soffitto dell'antica ghiacciaia.

"Riuscite a credere che qui un tempo si conservava il ghiaccio?" disse Kathleen.

"Un lavoro agghiacciante per i portatori" disse George.

"Oh, George!" disse Kathleen. "Non perdi mai l'occasione di dire qualcosa di politicamente scorretto."

"Be', tesoro, puoi stare ben certa che gli inglesi non se lo siano portati qui da soli. Ma potrei scommettere che ne hanno consumato un bel po', vero T.K.?"

"Di solito non amo scommettere, ma direi che tu possa andare sul sicuro. Salute!" Fecero tintinnare i bicchieri mentre arrivava il cameriere.

"Buonasera" disse T.K. "Un altro Rickey, grazie. E mandaci Yiqian con la carta dei vini o una bottiglia di Pétrus dell'82, se si fa prima."

"Portaci un buon Côte-Rôtie e un Meursault" disse George rivolgendosi al cameriere. "Entrambi del 2000, se li avete."

Il cameriere fece un inchino. A quel punto, T.K. era completamente assorto nella mise en place e la studiava come un'antica runa su un tessuto di lino bianco inamidato.

"C'è qualcosa che non va?" chiese Kathleen.

"Oh, niente" rispose T.K. "È solo che non prendevo in mano una forchetta né un calice da tantissimo tempo."

"Non temere, è come andare in bicicletta. Ti tornerà in mente."

"Ma se la cosa ti preoccupa" aggiunse George "possiamo procurarti un bavaglino e un seggiolone."

"Ti imboccherei con le mie mani, ma temo di non avere esperienza in fatto di maternità" disse Kathleen.

"E io sono stato un figlio terribile" rispose T.K. "Perfetto."

"Sono certa che i tuoi genitori ti abbiano comunque voluto molto bene."

"A modo loro, sì."

***

Quel giorno suo padre aveva bevuto a modo suo, vale a dire iniziando subito dopo colazione. T.K. ricordò i pancake con lo sciroppo d'acero: l'ultimo pasto che sua madre avrebbe mai cucinato, in quella giornata che segnava la separazione tra il prima e il dopo. Era inizio marzo: la linfa sgorgava copiosamente e la produzione dello sciroppo era in piena ebollizione. T.K. stava aiutando il padre ad alimentare la stufa; la madre era arrivata con dei panini alla pancetta per pranzo. Teddy stava chino sulla catasta di legna e sollevava ceppi alti più di un metro dal pavimento, poi li passava al padre, che li spingeva tra le fiamme. La fornace era molto rumorosa e Teddy, non avendo sentito arrivare la madre, aveva lanciato un ceppo che era andato a finire proprio davanti ai suoi piedi, facendola cadere a terra sul pavimento di cemento. Non sembrava essersi fatta molto male, ma doveva essersi storta una caviglia, perché non riusciva a rialzarsi. Teddy e suo padre avevano smesso di lavorare e si erano precipitati ad aiutarla. Nella fretta, il padre aveva dimenticato di chiudere le valvole della stufa, e la linfa stava per terminare l'ebollizione. Quando bolle troppo a lungo, la linfa trabocca, come l'acqua, ma molto più in fretta e a una temperatura molto più elevata, come il grasso: spessa, appiccicosa e impossibile da rimuovere. Se entra in contatto con la pelle, è in grado di scavare un buco fino all'osso, come se fosse un acido. *Con lo sciroppo d'acero bollente, gli incidenti sono dietro l'angolo*, ripeteva spesso il padre, come se nella sua malinconia, stesse letteralmente aspettando che accadesse. La vasca di evaporazione sulla stufa conteneva circa millesettecento litri di linfa, ridotta a una quarantina di litri di sciroppo bollente, che eruttarono come lava dal calderone, riversandosi a terra, sul corpo sdraiato a pancia in giù della madre.

Non aveva sofferto a lungo, stando al dottore. "È finito tutto in un attimo" aveva detto. Teddy aveva sedici anni ed era abbastanza grande per nutrire il sospetto che non sarebbe mai finito tutto davvero, soprattutto per suo padre, ma non abbastanza grande per vedere una via d'uscita dal bosco di dolore e senso di colpa in cui era entrato.

***

Il cameriere portò a tavola il vino e stappò le bottiglie. Gli occhi di T.K. seguirono la traiettoria del liquido come si segue una palla da tennis, mentre George lo osservava.

"Mi spiace amico, niente vino di riso stasera" disse George. "Si dice in giro che questa roba sia fatta con della vera uva."

"C'è solo un modo per scoprirlo" disse T.K., alzando il bicchiere. "Alla Cina!"

"*À la Chine!*"

Brindarono alla Cina, a Hong Kong, all'Australia, a Detroit, a Psalmodi e ad Aunt Jemima, scolando in pochi minuti tutto il bianco.

"Cameriere!" disse George, trafficando distrattamente con il telefono. Indicò il Côte-Rôtie. "Un'altra bottiglia, per favore. E neanche un goccio per te, T.K., finché non vuoti il sacco su cosa diavolo hai combinato."

Bevvero altre bottiglie mangiando un carré di agnello, mentre T.K. raccontava di Ming e Yong, del figlio Jintao e dei due aborti.

Kathleen smise di mangiare. "Oh, povera donna" disse. "A parte l'assoluta bestialità di quel dottore, è inquietante che il governo tenga traccia del ciclo mestruale delle donne. Sembra una cosa uscita da un romanzo di Orwell."

"Non è molto diverso dal mondo occidentale" disse George.

"Cosa intendi dire?" chiese lei.

"Che nella maggior parte del cosiddetto 'mondo libero' alle donne è consentito abortire solo fino a un dato momento della gestazione."

"E quindi?"

"Come credi che venga determinato quel momento? Chiedendolo al feto?"

La donna aggrottò la fronte. "Immagino che un medico sia in grado di stabilirlo."

"Sicuramente con un'ecografia si può fare una stima abbastanza precisa, ma di fatto nella maggior parte dei Paesi esiste una definizione legale basata sull'ultima mestruazione della donna. Quindi, consentendo allo Stato di regolamentare gli aborti in base al ciclo mestruale, per definizione si consente allo Stato di monitorare il ciclo mestruale delle donne, almeno di quelle che ricorrono all'aborto. Altrimenti la legge risulterebbe tecnicamente inapplicabile."

Tagliò una costoletta di agnello. "In altre parole, se una donna che ricorre all'aborto dice che il feto è di X settimane e il dottore stabilisce che è di $X+1$ settimane, a cosa potrebbe fare ricorso dal punto di vista legale? Solo alla registrazione della sua ultima mestruazione."

"Quale sarebbe il punto?" chiese T.K., riempiendosi il bicchiere.

"Il punto è che persino nelle società libere, in virtù di leggi applicate tramite procedimenti probatori, è necessario violare la privacy, anche in modi a cui spesso non pensiamo. È semplicemente il prezzo da pagare per avere un codice civile uniforme. A dire il vero, si potrebbe affermare che sia *necessario* violare la privacy per applicare la giustizia in modo equo e giusto; l'alternativa è la giustizia arbitraria, cioè il totalitarismo."

"Vediamo se ho capito bene" disse T.K. "stai dicendo che nei Paesi liberi si compromette la privacy per proteggere la libertà."

"Sì."

"E che i Paesi totalitari come la Cina, per definizione, compromettono la privacy per proteggere gli interessi dei potenti."

"In entrambi i casi si potrebbe affermare che il fine giustifica i mezzi, non è così?"

"Quindi, in poche parole, puoi essere libero o non esserlo, ma in entrambi i casi non puoi aspettarti la privacy, a meno che tu non sia un monaco taoista che vive in cima a una montagna."

"Be', ci sono delle sfumature, ma è così."

"*Questo* sì che è orwelliano" commentò Kathleen, rabbrividendo.

"E non vi ho ancora detto il resto della storia" riprese T.K. Proseguì raccontando dell'aborto spontaneo nella stiva per il carbone della chiatta e della terribile morte del povero Yong nel porcile, in una notte di luna nuova.

"Gli hanno sparato in testa a bruciapelo?" chiese Kathleen. George continuava a scrivere sul suo telefono, ma ascoltava distrattamente e scuoteva la testa in segno di empatia.

"Come il quel cazzo di filmino di Zapruder" disse T.K. "Mi hanno portato a vedere il cadavere all'obitorio. Volevano sapere se lo riconoscevo. Ho risposto 'Come faccio?' "

"La polizia cinese diventa piuttosto pignola quando un cittadino prende in mano una pistola" commentò George, sollevando lo sguardo dal telefono. "Puoi biasimarli?"

"Be', ecco il gran finale" riprese T.K. Ripeté le ultime parole che il vicecomandante Fang Dazhu aveva pronunciato alla frontiera, quella stessa mattina: *"E la cosa assurda è che era davvero il feto di un maiale."*

"Wow. Pensi che stesse mentendo?" chiese Kathleen.

George sollevò lo sguardo dal telefono. "Quei poliziotti della Cina continentale sono bugiardi di professione, lo sai."

"No. Non penso che stesse mentendo. C'era qualcosa nei suoi occhi. Credo che fosse stupito quanto me e forse sperava che la mia reazione l'avrebbe aiutato a capire. Non saprei."

"Be', se *lui* non stava mentendo, allora *lei* sì" disse George, seguendo un ragionamento logico. "Tutta la storia della gravidanza..."

"No. Era incinta. Non chiedermi perché, ma lo so e basta. Lo era davvero. Devo ritrovare lei e Jintao."

"La ami, non è così?" chiese Kathleen, spalancando gli occhi turchesi alla luce della candela.

"Non saprei. Forse potremmo ridurlo a questo."

"Ridurlo?" intervenne George. "Amico mio, non stiamo parlando dello sciroppo d'acero. Non c'è nulla di più complicato dell'amore."

"O di più impossibile da ridurre" aggiunse Kathleen, orgogliosa di quel pensiero filosofico.

"Quello che provo per lei mi sembra molto più grande dell'amore, se possibile. Non riesco a definirlo. È come cercare di descrivere la Cina in una sola frase. In tutta franchezza, non ho mai provato queste cose per qualcuno, prima d'ora."

"Voi due avete... ?" disse George, sbattendo le sopracciglia come Groucho Marx.

"No. È stato strettamente platonico. Forse perfino socratico."

"Be', ora è tutto chiaro" disse Kathleen. "Se un uomo prova sentimenti simili senza sesso è decisamente innamorato."

"Sei sicuro di non essere gay?" chiese George.

"Posso garantirti che non lo è" disse Kathleen.

"Non ci sarebbe niente di male. Siamo persone tolleranti."

"Senti, grazie per l'interesse, ma stasera ho un appuntamento con la bottiglia e voi due dovrete lavorare domattina."

"*Lavorare*" disse Kathleen scoppiando a ridere, poi scolò il suo bicchiere. "Che fastidio."

Capitolo 16

Quella notte T.K. sognò di essere nella grotta con Ming. La lampada della donna aveva esaurito l'olio e l'aria umida di quell'ambiente sotterraneo gli inondava gli occhi come una calligrafia, fino a oscurare tutto. I neuroni elettrizzati sbattevano contro le sue retine, in un bagliore rosso. Era come guardare il fuoco, e dopo un po' aveva notato che l'immagine nella sua testa conteneva delle stelle luminose. Le stelle della bandiera cinese.

Poi una vibrazione profonda e potente gli aveva scosso le gambe, risvegliandolo. Aprì gli occhi, rendendosi conto di non essere nel suo letto, ma sulle scale mobili esterne che conducevano a Mid-Levels e ai locali di SoHo. Era ubriaco, ne era certo, ma non era forse quello il piano? Finché le cose andavano secondo il piano, pensò, non c'era bisogno di preoccuparsi. *"Courage!"* disse in francese nella sua testa e afferrò saldamente il corrimano del nastro trasportatore che lo trascinava inesorabile verso l'alto, al di sopra dei taxi Toyota rossi che sparavano Cantopop a tutto volume su Queen's Road e delle sale video lampeggianti di Stanley Street e delle ziggurat di appartamenti per api operaie con i loro letti a scomparsa sempre disfatti e angoli cottura inutilizzati.

All'ingresso di Wellington Street, uno strano ometto salì sulle scale mobili proprio di fronte a lui. Era decisamente *curioso*, il tipo di persona con un aspetto e un abbigliamento che sembravano progettati nei minimi dettagli per attirare l'attenzione. Era cinese, di mezza età e indossava un completo di seta filata beige, una camicia di seta nera con colletto alla coreana e alamari lavorati a maglia, un fedora di paglia Montecristi a tesa larga e mocassini marroni appuntiti del tipo conosciuto in Inghilterra come *winklepicker*. Aveva lunghi baffi argentati alla Fu Manchu – veri baffi fatti crescere sul labbro superiore e intrecciati, non la versione "a ferro di cavallo" tanto amata dai motociclisti americani, che cresce lungo i lati della bocca – e indossava occhiali rotondi tartarugati come quelli di Pu Yi. Sembrava, a quanto pareva in modo del tutto deliberato, l'incarnazione dello stereotipo del "venerabile cinese". Era come se, invece di saltare sulla scala mobile di Wellington Street, fosse balzato fuori dalle pagine di un racconto di Sax Rohmer. Mentre la scala saliva ronzando verso SoHo, si voltò verso T.K., accennò un sorriso e si rivolse a lui in modo formale, in mandarino:

"Dean *xiānshēng?*"

"Chi desidera saperlo?" rispose T.K., felice di poter nuovamente parlare mandarino.

"Lasci che mi presenti, signor Dean. Sono Wang Weicheng, della Christian International Aid di Shanghai. Potrei essere in grado di aiutare la sua amica."

T.K. fece un rutto che gli ricordò l'agnello arrosto e il Côte-Rôtie. "Io non ho amici."

"Lei ha un'amica nella Cina continentale, non è così? Con un figlio? Potrebbero essere in grave pericolo."

"Sapete dove si trova?" disse T.K., ritrovando improvvisamente una relativa sobrietà.

"Non ancora" rispose Weicheng. "Conoscevamo il marito, Yong, naturalmente. Che fine terribile, la sua. Ma vede, non sappiamo il nome della moglie e non siamo riusciti a rintracciarla dall'incidente della chiatta. Con il suo aiuto, potremmo avere la certezza che lei e il bambino siano al sicuro. Lei non può tornare in Cina. Ma io sì."

"Io parlo solo con la Christian International di New York" disse T.K. "Lei potrebbe benissimo essere Fu Manchu." Pronunciò quelle parole senza riuscire a trattenersi, gli sembrava semplicemente appropriato.

L'uomo sorrise per la battuta, senza offendersi per il paragone. "Se posso permettermi, le chiedo di controllare il suo telefono. Il suo contatto dovrebbe inviarle un messaggio con una foto in questo momento per confermare la mia identità."

T.K. guardò il suo orologio di Mao. Mezzanotte.

"È mezzogiorno a New York" aggiunse il signor Wang. "Starà pranzando alla sala da tè Nom Wah, come sempre."

T.K. estrasse il telefono. La scala mobile continuava a ronzare. Nel giro di un minuto, ricevette la conferma. Guardò il signor Wang e la foto sul suo telefono. "Il suo nome è Zeng. Zeng Ming."

"E il ragazzino? Porta il cognome del padre?"

Il ragazzino. Sentendolo nominare, qualche neurone vagante, non offuscato dalla coltre di Syrah e gin Rickey, emise un barlume di preoccupazione nella mente di T.K., come il bagliore dei fari di un'auto che si avvicina dall'altra parte di una collina.

"Duk. Il suo nome è Donald Duk."

"Mi terrò in contatto con la sua persona di riferimento a New York" disse il signor Wang. All'altezza della passerella di Hollywood Road, scese e scomparve dietro l'imponente massa grigia di Victoria Prison.

T.K. continuò a salire fino a Mid-Levels e sbarcò a Staunton Street. In piedi sulla strada, a pochi passi dal nastro trasportatore, vide Kathleen.

"Ancora tu!" disse T.K. "Come mai ho l'impressione che tutti mi stiano seguendo?"

"George è tornato in ufficio e speravo che tu mi offrissi un drink. Immaginavo che saresti finito da queste parti." Si incamminarono verso ovest, in direzione di Aberdeen, schivando schiere di banchieri espatriati, che indossavano ancora i loro completi con giacche larghe e cravatte storte e si riversavano fuori da pub e bistrot abbaiando battute terribili.

"Chi era quell'uomo sulla scala mobile?" chiese Kathleen. "Ok, ti stavo seguendo."

"Il suo nome è Wang. Decisamente non è cantonese, la sua lingua madre è il mandarino. È della Christian International. Dice che può aiutarmi a trovare Ming e Jintao."

"Che strano, non portava il crocifisso" disse la donna. "I cristiani non indossano sempre grandi croci?"

"Forse ce l'ha tatuata sul culo, che ne so."

"Stammi a sentire, devi andartene da Hong Kong."

Si fermarono all'angolo di Peel Street.

"Non dirmi che sono *persona non grata* anche qui."

"Dico sul serio. Questo posto non è sicuro."

"Non è sicuro? Ho trascorso metà della mia vita nella Cina continentale, schivando gli agenti della sicurezza. Questo posto è come una cazzo di confraternita! Voglio dire, guarda che gente. Un mucchio di agenti di cambio inglesi con completi a mezza tela. Queste checche non saprebbero neanche scappellarsi da sole senza chiamare il loro avvocato."

"Forse hai trascorso troppo tempo nella Cina continentale. Non penso che tu possa capire. Oggi Hong Kong unisce il peggio di entrambi i mondi. Tutti sono liberi di fare qualsiasi cosa, certo, ma non così liberi come sembra. Gli abitanti della Cina continentale stanno arrivando. Guarda quei condomini di lusso in cima alla montagna: perché credi che siano tutti al buio?"

Lui lanciò un'occhiata alla vetta che incombeva dietro di loro. "Forse non sono ubriaconi come noi e vanno a letto a un orario decente."

"O forse non ci vive nessuno" disse la donna. "Forse sono dei salvadanai."

"Salvadanai?"

"Investimenti. Un posto in cui i miliardari della Cina continentale possono parcheggiare le loro fortune fuori dal Paese, non si sa mai."

"Che cosa non si sa mai?"

"Che arrivi la vera rivoluzione."

"E quale sarebbe il punto?"

"Il punto è che stanno prendendo il sopravvento e lo fanno con i soldi, non tramite le confessioni estorte con la tortura o gli aborti forzati. Possiedono tutto, ma non vivono da nessuna parte. Vivono su Internet."

"E io cosa c'entro?"

"Di preciso non lo so, ma oggi Hong Kong non è quello che sembra. Tutto questo atteggiarsi e sbraitare riguardo alla libertà di parola e al rispetto dei diritti umani non è altro che una cortina di fumo per fare sì che la gente resti fedele ai marchi."

"I *marchi*? Non stiamo parlando di sciroppo d'acero. Queste sono vere persone, non come Aunt Jemima." Quella conversazione iniziava a stancare T.K. Voleva andare a prendersi un drink, ma mentre si allontanava Kathleen lo trattenne.

"Stammi a sentire! L'Oriente e l'Occidente sono come la Coca Cola e la Pepsi: la stessa acqua zuccherata." Intuendo che vacillava, cercò altre analogie. "L'Arsenal e il Manchester United, gli Yankees e i Red Sox: tutte stronzate. False rivalità per incitare le folle e guadagnare più soldi."

"Aspetta un attimo. Gli Yankees sono il male, forse si salva solo Derek Jeter. Ma cosa ne sai tu, sei australiana."

"Lascia stare! La verità è che non ci sono più Oriente e Occidente a Hong Kong. Ai livelli che contano davvero..."

"... 'Contano' nel senso di contare i soldi?"

"Sono tutti dalla stessa parte. Prendi per esempio i giornali. Per legge, qui i giornalisti sono liberi di criticare le politiche della Cina continentale, ma gli inserzionisti tentano di farci affari; è lì che stanno i soldi. E non possono rischiare di fare incazzare i poteri cinesi pubblicando un'inserzione sul *Ming Pao* o un altro quotidiano indipendente cantonese. Allora le pubblicano sul *Ta Kung Pao* o sul *Wen Hui Po*, organi di partito che non legge nessuno qui a Hong Kong, solo per ingraziarsi la Cina continentale. I giornali indipendenti hanno ridotto all'osso il personale; continuano a esistere esclusivamente per creare l'illusione della libertà di stampa. Non puoi fidarti di nessuno, poco importa cosa ci sia scritto sul suo passaporto."

"Nemmeno di George?"

"Cristo santo, per lui sei come un fratello." La donna fece una pausa. "A dire il vero, nemmeno io conosco la sua vera occupazione. So solo che ha un lasciapassare del consolato nel portafoglio."

"Voi australiani sarete anche simpatici, ma siete proprio un branco di ficcanaso."

"Cosa vuoi che ti dica, lavoro per Rupert Murdoch. È forse colpa mia se si addormenta prima di me e lascia in giro il portafoglio?"

"Vai a letto con Rupert Murdoch? Quel vecchio sporcaccione!"

"George!"

"Oh, il tuo fidanzato. Il mio Gemello poco brillante. Secondo me hai letto troppi romanzi di spionaggio."

"Senti, ho capito" disse la donna. "Non c'è nessun Dr. No. Non è un complotto. Nessuno è al comando. Questi affari commerciali sono volutamente contorti."

"Un gran pasticcio."

"Proprio un gran pasticcio. Francamente, non capisco come faccia a stare in piedi."

"Ming e Jintao e un miliardo di altri cinesi. Finché non salterà tutto in aria."

"Cos'hai detto a quell'uomo sulla scala mobile?"

"Il nome di Ming."

"Penso che tu abbia commesso un errore."

"Ho ricevuto un messaggio dal mio contatto a New York."

"E chi sarebbe?"

"Il signor Howe. Scritto *H-o-w-e*, non *H-a-o*, ma immagino che sia asiatico. A dire il vero, non l'ho mai incontrato né ci ho mai parlato. Ci sentiamo solo per messaggio. Ma non mi ha mai fatto nessun torto."

"Come faceva a sapere il tuo nuovo numero di telefono di Hong Kong?"

T.K. si disperò. "Cazzo."

"Mi chiedevo anche come facesse George a sapere che il tuo numero era nuovo. Gliel'hai detto tu?"

"No, ma il prefisso è 852; il mio telefono cinese si è fatto una nuotata, quella notte sulla chiatta. Oggi ho comprato una nuova SIM su Nathan Road."

"Ma avresti potuto avere una SIM di Hong Kong anche prima, tante persone le hanno. Lui sapeva che era nuova. Ti hanno scansionato il passaporto al negozio?"

"No."

"Chi te lo ha venduto potrebbe aver preso nota del numero."

"Ha visto il mio passaporto per tre secondi. Non lo ha nemmeno toccato. Dovrebbe avere una memoria fotografica incredibile."

"In media, i cinesi conoscono diecimila caratteri. Che fatica sarà mai memorizzare un numero di passaporto?"

"Cazzo, Kathleen, sono nove cifre."

"Esatto. Tutti sanno tutto, tranne noi due. Non sappiamo come mai George fosse al corrente della tua SIM, non sappiamo chi fosse l'uomo sulla scala mobile, non sappiamo perché Ming abbia consegnato alla polizia il feto di un maiale. Ma una cosa è certa: questo posto è pericoloso. Qui non c'è nessuno che possa aiutarti."

Dall'altra parte della strada, un cinese vestito in uniforme da cucina discuteva con un pescivendolo riguardo alla precisione della sua bilancia di bambù. Poco più in là, un karaoke sparava a tutto volume l'onnipresente versione cinese di Faye Wong di

Dreams dei Cranberries. La hit di una band alternative rock irlandese, cantata in cantonese da una persona di madre lingua mandarina, che ha recitato in un film di Hong Kong intitolato *Chungking Express*. Quello era Central. Kathleen aveva ragione: potevi avere un passaporto di Plutone e nessuno ci avrebbe fatto caso, in quel cazzo di posto.

T.K. guardò l'orologio. Il Presidente Mao sorrideva salutando con la mano. "Senti" le disse "la mia stanza è a Kowloon e sono ancora in tempo per prendere l'ultimo traghetto. È meglio che vada." Le strinse le mani. "Ti ringrazio." Lei sorrise. La baciò sulla bocca, velocemente, stupendosi del fatto che la cosa gli provocasse una fugace erezione e si incamminò in discesa sulla ripida Peel Street, in direzione di Queen's Road.

Da Man Hing Alley, un uomo cantonese con i capelli lunghi e una maglietta di Trotsky uscì barcollando dal Bar 71, la bettola frequentata da attivisti locali e giornalisti di sinistra di ogni sorta. T.K. valutò per un attimo l'idea di farsi un altro goccetto, ma proseguì per la sua strada: *Devo riuscire a prendere l'ultimo traghetto*, pensò. Se si fosse fermato, avrebbe dovuto prendere un taxi rosso attraverso il Cross Harbour Tunnel e non avrebbe potuto fare quello che doveva fare sulla nave, vale a dire, tra le altre cose, una fragorosa pisciata ogni cinque minuti. Invecchiare era una merda.

Una volta arrivato al porto, tentò di capire cosa fosse andato storto con il signor Wang. L'alcol? Non gli aveva impedito nemmeno di uccidere tigri, in passato. Era stata l'età? Età e alcol: forse la combinazione delle due cose. Forse non poteva più bere così tanto. Una bella schifezza, decisamente. Cristo, avrebbe dovuto mettersi a fumare erba? Che noia! Aveva appena iniziato a prendere in considerazione i pericoli della vecchiaia e forse anche pensare alla vecchiaia era uno di essi. Dietro tutto questo, si nascondeva il sospetto assillante che la sua crescente preoccupazione per Ming avesse in qualche modo contribuito ai suoi errori, come se l'empatia gli avesse abbassato le difese. Al solo pensiero, si sentiva come se stesse guidando attraverso un tunnel; rabbrividì e raggiunse il terminal dei traghetti.

Sul molo, acquistò un biglietto per il ponte superiore e si introdusse in un'affollata sala d'attesa. Togliendosi lo zaino, notò dietro di sé l'uomo con i capelli lunghi e la maglietta di Trotsky. Anche lui lo stava guardando, ma non appena i loro occhi si incrociarono, Trotsky distolse lo sguardo. Inizialmente, T.K. si chiese se per caso conoscesse quel tizio – dopotutto anche lui aveva frequentato il Bar 71 per molti anni – ma non riusciva proprio a capire chi fosse. Anche se non si poteva dire che ricordava sempre un volto, Theodore Kincaid Dean raramente dimenticava gli avventori dei bar. No, non aveva mai bevuto insieme a quell'uomo, di questo era certo.

Poco dopo la sirena di un traghetto penetrò il brusio della sala d'attesa e il rombo delle grandi eliche in retromarcia segnalò l'attracco dell'ultimo Star Ferry. Le porte si aprirono e la folla si accalcò sulla passerella. Gli assistenti in completi blu da marinaio e guanti bianchi dimostrarono la loro apparente autorità soffiando dentro fischietti che emettevano un suono acuto. T.K. trovò posto su una panca di legno al piano superiore, lungo la ringhiera di dritta, estraendo il computer portatile dallo zaino. Mentre si sedeva, notò che Trotsky aveva preso posto esattamente dietro di lui.

La sirena suonò nuovamente e la nave si staccò pesante dal molo, vomitando schiuma contro i bastioni di Admiralty. Dopo pochi minuti il grande alveare lampeggiante dell'isola di Hong Kong si avvicinò per poi allontanarsi, mentre l'imbarcazione avanzava verso l'immagine speculare dell'umanità di Kowloon. Una coppia di giovani cinesi, chiaramente innamorati e altrettanto chiaramente sbronzi marci, incespicò fino alla ringhiera di fronte a T.K. tenendosi per mano sopra ai salvagenti. T.K. estrasse lentamente una chiavetta USB dalla tasca della giacca, sperando di tenerla nascosta a Trotsky, ma le vecchie panche avevano lo schienale aperto ed era certo che il suo inseguitore potesse vedere ogni cosa. Con tutta la destrezza di cui era capace, aprì la chiavetta davanti a sé e la inserì lentamente nel portatile, facendo attenzione a non lasciar trasparire cosa stesse facendo con il linguaggio del corpo. Poi, iniziò a trascinare rapidamente dei file sulla chiavetta: il suo libro, gli appunti, le foto, le e-mail, la cronologia del browser (gli storici del futuro si occuperanno di questo tipo di cronologie?), i contatti, i backup in codice esadecimale del suo cellulare. Tutta la sua vita. Quando ebbe terminato, rimosse la chiavetta e la strinse saldamente nella mano destra.

E adesso? Si sentiva addosso gli occhi di Trotsky, ma voltarsi era fuori discussione.

Il colpo di fortuna sopraggiunse quando la ragazza alla ringhiera si sporse in avanti e vomitò una fontana di spaghetti risciò (con polpette di pesce) nel Victoria Harbour. Quasi per solidarietà, il suo innamorato ubriaco roteò gli occhi, grugnì e svuotò fuoribordo il suo carico personale di spaghetti (che aveva preso con le cotiche di maiale). Purtroppo per Trotsky, proprio nel momento in cui il ragazzo rimetteva gli spaghetti al maiale, il traghetto si sollevò nella direzione opposta e l'ammasso parzialmente digerito di pezzetti di carne di porco saltati in padella, birra Blue Girl, succhi gastrici e bile fece una specie di inversione a U a mezz'aria, come se fosse stato ripreso da una telecamera e riprodotto al contrario, superando nuovamente la murata verso l'interno della nave. Ma il traghetto avanzava a una velocità di dodici nodi, quindi quell'orribile supernova di vomito non tornò verso la faccia del giovane che l'aveva lanciata, ma superò T.K. per raggiungere le coordinate di Trotsky.

"Diu!"

Quel termine volgare generico che significa *cazzo* in cantonese diede a T.K. la conferma che il suo amico bolscevico non era mandarino e che in quel momento era decisamente distratto dai pezzi di vomito che gli penzolavano come stalattiti dalle sopracciglia e dai baffi e da quelli sul viso serigrafato di Trotsky sulla maglietta che indossava. I passeggeri del ponte superiore rimasero altrettanto stupiti e reagirono, inizialmente all'imprecazione di Trotsky e poi alla sua sventurata condizione, rimanendo a bocca aperta per l'incredulità. Tutti tranne la giovane coppia di ubriachi, che continuavano a sbavare oltre la ringhiera, in preda ai conati, senza mai smettere di tenersi per mano.

Trotsky per poco non vomitò, osservando quell'impasto di melma gastrica aliena attaccato al suo viso. Nella smania di ripulirsi, si dimenticò di T.K., che in quel preciso istante infilò la chiavetta USB nella tasca portamonete dei suoi pantaloni cachi e fece scivolare il computer portatile, ancora aperto, oltre la ringhiera della nave, tra le acque oscure del Victoria Harbour, seguito dal suo nuovo telefono ICallU.

I dispositivi elettronici di fabbricazione cinese affondano con una velocità di circa trenta centimetri al secondo nell'acqua di mare. Di conseguenza, il computer portatile e il telefono di T.K. toccarono il fondo melmoso del Victoria Harbour in meno di un minuto, a differenza del vomito della giovane coppia, che affiorò lungo la Avenue of Stars a Tsim Tsa Tsui, il giorno seguente. Trotsky era ancora nel bagno degli uomini con la testa sotto a un rubinetto quando il traghetto attraccò a Kowloon; T.K. si affrettò lungo Nathan Road verso il suo hotel, ringraziando Dio che alcune persone non reggessero l'alcol.

Deviazioni

Quarto parte

Capitolo 17

George spalancò le tende oscuranti sull'alba ben poco promettente di Canton. Diciassette piani sotto alla sua camera d'albergo il fiume delle Perle scorreva in direzione di Hong Kong e Macao. L'acqua era di color giallo-verdognolo e sembrava brillare leggermente, come una di quelle rappresentazioni artistiche della superficie di Venere nei musei di scienze. Giganteschi ammassi marroni e pelosi, simili al tabacco da pipa, galleggiavano pigramente portati dalla corrente; un sampan a motore avanzava destreggiandosi in quel pantano, guidato da un uomo con un cappello a cono di paglia e un lungo retino con il quale raccoglieva masse galleggianti di chissà cosa.

"Cristo" disse George ad alta voce, parlando da solo. *"Tutti fuori dalla piscina."*

Mezz'ora dopo, si riempì un piatto di pancetta al buffet della colazione al pianoterra, prima di raggiungere Hu Tianhua seduto a un tavolino. L'uomo d'affari cinese aveva fatto un giro al buffet dei *congee* per poi fare ritorno con una ciotola di porridge bianco, con sopra pasta di carpa, fegato di maiale e un uovo d'anatra centenario annerito dalla cenere. I due uomini guardarono con circospezione le rispettive colazioni.

"È un bene che voi cinesi amiate così tanto il fegato di maiale, Harry" disse George. "Così rimane più pancetta per me."

"Perfetto" rispose Tianhua "mi piacciono gli affari vantaggiosi per tutti."

"Ho sempre pensato che la pancetta inglese fosse la migliore del mondo, finché non sono venuto in Cina."

"E pensare che cinquant'anni fa mangiavamo la corteccia degli alberi." Tianhua scrutò la stanza, piena di uomini d'affari occidentali accorsi a partecipare alla grande Fiera di Canton. Tutti chiamavano tutti per nome, una cosa molto poco cinese e fondamentalmente sbagliata, ma come afferma il vecchio e profondamente scorretto modo di dire americano "il cliente ha sempre ragione". Per questo aveva scelto Harry come nome occidentale – non Harold o Harrison o Hartwell, semplicemente Harry, Harry Hu – che portava dai tempi in cui studiava all'USC, ma gli altri membri della sua confraternita lo chiamavano Toc Toc, come in:

"Toc toc."

"Chi è?"

"Harry. Ha-Ha-Harry."

A Tianhua piaceva George Chambers, perché gli ricordava gli altri ragazzi della confraternita, anche se non si fidava di lui, ma andava bene così. Confucio diceva: "Fidarsi è bene, non fidarsi è meglio." Oppure lo aveva detto qualche italiano? Non faceva differenza. A dire il vero, non gli servivano gli investimenti di George per lanciare la sua nuova attività nel Guangxi: aveva le sue fonti di finanziamento. Tuttavia, sperava che una collaborazione con quell'americano gli avrebbe facilitato l'accesso a segreti commerciali occidentali che lo avrebbero reso più competitivo. Com'erano strani, gli americani, pensava: lo chiamano "rubare". In Cina, l'imitazione era il complimento più sincero. Per quello stesso motivo, i funzionari di Pechino non avrebbero mai capito l'ossessione di Hollywood per la "pirateria intellettuale". I migliori film cinesi rubavano palesemente intere scene da altre pellicole, una sorta di omaggio al regista originale. Era un onore che qualcuno copiasse le tue opere. Quindi lui desiderava rendere onore in quel modo ai suoi concorrenti americani.

George sapeva che Harry era un uomo d'affari con un'etica flessibile e gradevolmente priva di sensi di colpa, il che era di buon auspicio per il tipo di accordo vantaggioso per tutti che entrambi avevano in mente. A parte quello, le proposte di Harry non erano particolarmente interessanti – quello degli appendiabiti non era propriamente un settore in crescita – ma lui non era alla ricerca di un investimento azionario. Voleva che Harry sfruttasse i suoi contatti nella Cina continentale per promuovere la realizzazione di un impianto idroelettrico sul Lijiang. Se Harry pensava che l'investimento fosse per un nuovo impianto idroelettrico per la produzione di appendiabiti, nessun problema. Perché una fabbrica di appendiabiti ci sarebbe stata.

Divorò l'ultima fetta di pancetta e mescolò il suo caffè. "La corteccia degli alberi. È triste che sia diventata un cliché per gli affamati di tutto il mondo, vero? Ovunque ci sia una carestia, ci immaginiamo che la gente mangi la corteccia degli alberi."

"Penso che sia stata una nostra invenzione" rispose Tianhua "come la polvere da sparo e la bussola."

"L'Occidente non era molto informato riguardo a quello che accadeva in Cina in quegli anni. Sì, Kennedy riceveva rapporti riguardo a occasionali carenze di cibo e scarsi raccolti, ma nemmeno lui era a conoscenza della portata della cosa, e naturalmente Mao rifiutava qualsiasi aiuto."

"Avrebbe perso la faccia" disse Tianhua. "Non c'è niente di peggio in Cina. È meglio lasciare trenta o quaranta milioni di contadini a morire di fame piuttosto che perdere la faccia."

"A proposito di contadini, come vanno le cose con il suo amico del Guangxi?"

"Intende il signor Nong, quel corpulento leader di partito che spinge per la realizzazione di una diga?"

"Sì."

"È un pazzo."

"Ma un pazzo molto intelligente, a quanto pare. Un impianto idroelettrico da quelle parti creerebbe un'enorme riserva di manodopera a basso costo, senza spostare altri di quei bifolchi verso la costa. Nong trarrebbe grandi vantaggi dai diritti fondiari. Come chiunque riuscisse a costruirci una fabbrica per primo."

"Sono d'accordo. Ma resta da vedere se sarà in grado di farcela."

Tianhua si domandò perché George fosse interessato all'energia idroelettrica sul Lijiang. Di certo non per una fabbrica di appendiabiti. Chambers si occupava di venture capital nel settore dell'alta tecnologia; gli appendiabiti non facevano di certo parte del suo portfolio. La cosa non importava, decise. Che differenza faceva se nessuno dei due conosceva effettivamente le intenzioni dell'altro? Era un affare vantaggioso per tutti.

Capitolo 18

Sei enormi ratti, ebbri degli avanzi fermentati di un supermercato coreano, barcollarono come ubriachi alla domenica mattina, infilandosi in un tombino sulla Cinquantasettesima strada. Un netturbino aveva interrotto il loro baccanale lanciando i sacchi dell'immondizia del supermercato nel retro di un camion della spazzatura. I sacchetti dall'odore pungente scricchiolarono e si contorsero mentre il compattatore idraulico li riduceva a una poltiglia immonda. *Chi era quel genio che aveva dimenticato di mettere dei vicoli dietro alle strade di New York?* si chiese T.K. Il camion schizzò in avanti, superandolo, e mentre l'operatore passava alla successiva bettola per topi, T.K. gettò il suo telefono usa e getta nel cassone puzzolente.

Due porte più in là c'era un negozio T-Mobile. "Qual è il telefono prepagato più economico che avete?" chiese al commesso.

"Abbiamo un Alcatel. Diciannove dollari scontato. Non è uno smartphone."

"Non mi serve uno smartphone, devo sono mandare dei messaggi."

"Allora l'Alcatel è perfetto. Chiamate e messaggi illimitati. Poi, chi si è visto si è visto."

T.K. provò un certo risentimento per il fatto che il negoziante pensasse che fosse uno spacciatore che cambiava numero di telefono ogni giorno per non essere rintracciato, ma era vero che cambiava numero di telefono ogni giorno per non essere rintracciato, quindi si trattenne.

"Lo prendo."

"Deve trasferire un numero?"

"No, me ne serve uno nuovo." Appunto.

Giorno nuovo, telefono nuovo. All'angolo con la Settima strada salì sulla linea R verso il centro.

Le porte di vetro intagliato della sala si aprirono scricchiolando e i cardini di ottone stridettero sotto decenni di sporcizia urbana. Meg Dean entrò da Fanelli, seguita dal lamento del clacson di un taxi e dal mormorio degli pneumatici sul selciato di Mercer Street.

"Ciao Meg." T.K. fece girare lo sgabello e si alzò in piedi.

"Ciao Teddy." Si abbracciarono in maniera esitante. Lei gli massaggiò le spalle del bomber e fissò i suoi occhi di giada, fiutando guai. T.K. era sempre allerta – secondo lei somigliava a un cervo che tiene d'occhio il limitare del bosco – ma quel giorno sembrava ancora più sulle spine del solito, come se fosse stato sorpreso dai fanali di un'auto. Tuttavia, gli anni trascorsi al suo fianco le avevano insegnato a stare alla larga da quei pensieri.

"Ti ha sempre donato la giacca di pelle sgualcita" gli disse, togliendosi la borsa a tracolla e sprofondando su uno sgabello. "Ad ogni modo, come stai? Hai l'aria stanca." Lei invece aveva un aspetto fantastico, con i capelli ramati tagliati a caschetto e alcune ciocche ribelli che le incorniciavano la mascella sottile.

Lui scrollò le spalle. Sulla parete dietro di loro, erano appesi i ritratti incorniciati di campioni di pugilato italo-americani (o forse italiani?) di una volta. I loro grandi successi, ormai oscurati dal tempo e dal catrame delle sigarette, imploravano un po' di attenzione. "Sono un uomo senza patria, ma per il resto sto bene. Credo. È bello essere di nuovo qui, in un certo senso. Da quando New York è diventata un cazzo di centro commerciale gigante?"

"Più o meno da quando la Cina è diventata una cazzo di fabbrica gigante. È triste, vero?"

"Io non compro mai niente. Mi sento completamente fuori luogo."

Fanelli era uno degli ultimi locali della vecchia guardia a SoHo. Era rimasto come sempre, ma i clienti non erano più espressionisti astratti con capelli che sapevano di trementina e pantaloni cachi imbrattati di cadmio. Adesso gli avventori indossavano jeans cimosati giapponesi e i tavoli e gli sgabelli erano circondati da piccole fortezze di sacchetti di qualche boutique. Quella bettola per menti brillanti e grandi saggi era diventata una sosta per maratoneti dello shopping.

"Tutti gli scrittori stanno nel Queens, adesso" disse Meg. "Sono stati cacciati da Brooklyn dai banchieri di Manhattan.

Nessuno abita più a sud di Harlem tranne i fighetti europei e la gente che pensa che *Vanity Fair* sia una rivista di tendenza. Voglio dire, ormai ci siamo abituati al fatto che i diner greci vengano sfrattati dagli Starbucks. Adesso anche i ristoranti di lusso, quelli su cui sbrodola il *Times*, che servono tartine al polpo con polvere di caffè a quaranta dollari l'una, stanno chiudendo per fare strada ai nuovi Microsoft Store."

"Microsoft Store?"

"Te lo sei perso. Microsoft sta ancora tentando di raggiungere Apple. Adesso devono aprire un negozio elegante in tutti i quartieri più alla moda. Naturalmente, i proprietari triplicano l'affitto e ciao ciao tartine al polpo. Tra un po' non ci sarà più niente da mangiare a Manhattan, solo caffè da cinque dollari e dispositivi portatili. Qui tutti i loft sono di proprietà di qualche miliardario asiatico, ma non si fanno mai vedere in giro, grazie a Dio."

T.K. fece un sorrisetto. "Un altro déjà-vu."

"Eh?"

"Niente. A proposito di appartamenti, hai mai restituito la mia chiave al portiere?"

"Merda. No. Ce l'ho ancora io" disse aprendo la cerniera della borsa.

"Tienila tu, per il momento."

Meg smise di frugare e alzò lo sguardo.

"Tienila tu e basta" ripeté lui. "Potrebbe esserti utile, e io potrei restare fuori città a lungo."

"Come vuoi tu" disse lei, estraendo una spessa busta Fedex dalla borsa. "Questi sono i documenti. Tutti i punti dove devi mettere le iniziali e firmare sono segnati, poi non dovrai fare altro che spedirla con il corriere."

"E poi sarà ufficiale?"

"Quando il funzionario del tribunale inserirà i dati. Non so quanto ci vorrà."

"Grazie di essertene occupata, Meg. È difficile seguire un divorzio in America dalla Cina."

"È stato un piacere... cioè, hai capito. Non c'è problema."

"Sì, lo so" disse lui, chiedendosi se andasse a letto con qualcuno in quel periodo e se lui o lei fosse una brava persona o un pezzo di merda. "Posso offrirti qualcosa da bere?"

Tra Broadway e la Decima strada un bichon frisé si svuotò la vescica sui crochi davanti a Grace Church. Il piccolo cane bianco, con le cispe marroni incrostate sulle guance, portava a spasso un'anziana signora con le extension e così tanta chirurgia estetica che il suo naso sembrava cesellato come quello della Sfinge di Giza. T.K. accelerò per superarli. Era una tipica giornata fredda e ventosa di primavera, la stagione breve e incerta in cui il meteo e qualsiasi cosa a New York sembrano sempre un po' trasandati, come se l'intera città dimenticasse di guardarsi allo specchio e lavarsi via le caccole dagli occhi alla mattina. Su Union Square, degli agricoltori biologici tentavano invano di convincere i newyorkesi a farsi piacere il rabarbaro, dato che era ancora troppo presto persino per i piselli o la lattuga.

Entrò nello squallido ingresso dell'edificio della sua agenzia e salì sul piccolo ascensore, poco più grande di una vecchia cabina telefonica. Il vano era dotato di un cancello scorrevole che bisognava tirare e chiudere, e di pulsanti opachi in bachelite per ciascun piano, che restavano schiacciati finché un meccanismo non li faceva saltare fuori, quando l'ascensore raggiungeva il livello desiderato. Lo stesso meccanismo faceva scattare una campanella che annunciava i singoli piani. L'ostinata resistenza di quella reliquia analogica divertì T.K., che la trovò in qualche modo perfetta per un settore in cui i redattori correggevano ancora i manoscritti su carta, con la matita rossa. Premette sull'undici e attese che la cabina salisse lentamente, emettendo un grugnito: *din... din... din...*

L'ascensore si fermò tremolando e la porta si aprì direttamente su una disordinata suite aziendale; una giovane e vivace assistente che indossava pantaloni da yoga comparve da dietro una torre di bozze rilegate sulla sua scrivania e scortò T.K. lungo un percorso a ostacoli di pile di libri fino a un piccolo ufficio con vista diretta sull'Empire State Building. La sua agente, la venerabile Trixie Gatebush, era di fronte alla finestra, la sua enorme circonferenza nascosta dall'alto schienale di una sedia Embody, a eccezione di due tacchi a spillo che ballonzolavano sotto alla scrivania. Girò la sedia e sorrise. "Teddy!"

"Trix! Resta pure seduta, posso adorarti da lontano."

"Che sciocchezze!" La donna si alzò in piedi e gli mandò un bacio volante. "Bentornato a casa. E adesso siediti e raccontami tutto." Indossava un abitino nero, calze nere e lunghi stivali di vernice nera da cavallerizza con tacco alto, un look che la contraddistingueva da oltre quarant'anni, nonostante le innumerevoli oscillazioni del suo peso. Il viso a forma di cuore, incorniciato da ricci screziati d'argento, aveva ancora un aspetto fresco ma non giovane in maniera inverosimile – il suo chirurgo estetico doveva essere il migliore – ma le mani artritiche ne tradivano la vera età. Il suo accento inglese – di Londra sud, con un velo di eleganza di Cheltenham – suonava un po' falso e volatile.

"Lo sai che qui dentro potrebbe scoppiare un incendio in qualsiasi momento, vero?" disse T.K.

Trixie si accese una sigaretta e agitò il braccio in modo sprezzante. "Quei cazzo di editori non vogliono più i libri dopo sei mesi. Cosa devo fare, mandarli al macero? Questa è la mia vita! Allora tanto vale che mi butti da questa cazzo di finestra."

"E poi chi darebbe il tormento a tutti quegli redattori?"

Trixie increspò le labbra e sputò fuori il fumo. "Quel che resta di loro. Dolcezza, siamo sulla stessa barca che affonda." E dopo quella considerazione d'obbligo sulla fine dell'editoria per come la conosciamo, proseguì. "Perché non mi hai più chiamato, tesoro? Dov'è il mio libro? Lo sai che quelli della Harper hanno letto l'anteprima e mi stanno praticamente perquisendo per ottenere qualche indizio, ma non possono impegnarsi se non ricevono almeno una traccia. Continuo a rispondere che sei in Cina e ci stai lavorando. "

"Mi dispiace, ho avuto qualche guaio laggiù." Cleary gli portò una lattina di birra.

"Tesoro, tu ti metti sempre nei guai. È per questo che la gente compra i tuoi libri."

"Non sapevo che la gente comprasse ancora i libri."

"Devono pur mettere qualcosa sul comodino, a parte il telecomando."

"Quindi adesso ci occupiamo di arredamento?"

"Come vorrebbe Amazon. A dire il vero, le librerie indipendenti comprano molto, di questi tempi. Naturalmente, la maggior parte dei libri viene resa."

"E finisce quassù."

"È una specie di villaggio di cartapesta, senza alcun dubbio. Ma ci paghiamo le bollette. Che genere di guai?"

"Mi hanno cacciato dalla Cina."

"Letteralmente?"

"Non posso tornarci."

"Mai più?"

"Solo se cambia il regime."

"Cos'è successo? Va tutto bene?"

"È una lunga storia. Io sto bene. È un insieme di cose."

"Pensi di avere materiale a sufficienza per finire il libro?" Aveva prestato attenzione a seppellire quell'ultima domanda sotto a preoccupazioni visibilmente più importanti riguardo al suo benessere, ma sapevano entrambi che stava arrivando al punto.

"Sì. No. Voglio dire, non lo so. In pratica, ho scritto il libro sull'aborto. Ma non sono più sicuro che sia il libro che volevo scrivere. Ho la sensazione che ci sia molto altro."

"Cosa significa?"

"Significa che il significato mi sfugge. Credo che sia questo il punto. La popolazione della Cina si è stabilizzata, forse è persino diminuita; in tal senso, non è chiaro perché venga ancora applicata la politica del figlio unico. Ma viene applicata, in maniera selettiva. Soprattutto nei confronti delle persone senza terra di religione cristiana. La questione ormai è un'altra. La gente che vive in quelle case galleggianti non sta sfidando la linea del Partito soltanto riguardo alle nascite: la rifiuta in toto. È come schierarsi contro la seconda legge della termodinamica, non si fa e basta. Devono affrontare forze inevitabili e nessuno è al comando."

"Quindi non c'è Dio. Cos'altro c'è di nuovo? Se vuoi scrivere un libro sull'ateismo, faresti meglio ad avere una buona prospettiva. È un argomento trito e ritrito, Cristo santo."

"No, non sto parlando di ateismo. In un certo senso, intendo il contrario. A volte penso davvero che esista un Dio, ma che non sia saggio e giusto, né vendicativo. È più simile a un algoritmo."

"Come quello che usa Amazon per scegliere i libri della home page?"

"Be', immagino che ne faccia parte anche quello, sì. Ma è ovunque e completamente fuori dal nostro controllo, anche se siamo stati noi a crearlo. La cosa divertente è che i creazionisti sostengono esattamente il contrario, ma in realtà siamo stati noi a creare Dio."

"Come in *Apri la saracinesca esterna, HAL*."

"No, non sto parlando di fantascienza. Non sono i computer che prendono il sopravvento. Non c'è nessuna coscienza, nemmeno la cyber-coscienza. È come un circolo vizioso che risucchia tutto fino al consumismo infinito. Governi, commercianti, media: tutti stipati nella stessa caverna senza sbocchi. Non so cosa ci sia nella caverna; tutto e niente."

"Stammi a sentire, dolcezza, te lo dico io cosa significa *niente* nel settore dell'editoria: *niente* è quello che Amazon dice agli editori riguardo ai clienti che comprano i loro libri con uno sconto del 50% sul prezzo di listino. *Niente*. Nemmeno gli indirizzi e-mail. Tutto il resto è *qualcosa*, ed è su questo che dico agli autori di scrivere i loro libri. Sono rimasti soltanto cinque editori storici e anche il più importante di loro è un reparto grande come una cacchetta di mosca di un conglomerato mediatico multinazionale. Al momento, non comprano libri sul niente. E di sicuro non compreranno libri su come le loro società madri stanno cacando in testa a tutto il mondo."

T.K. si mise una mano in tasca ed estrasse una chiavetta USB. "Devi farmi un favore. Conservala per me. È una copia di tutto quello che c'era sul mio computer portatile, che adesso è sul fondo del Victoria Harbour. Ne esistono due copie: l'altra ce l'ho io."

"Va bene" disse la donna, lanciando la chiavetta nella sua borsa. Spense la sigaretta in un posacenere dell'Harvard Club.

"Cos'hai intenzione di fare, Teddy? Voglio dire, è la tua vita, io mi tengo solo il quindici per cento."

"Forse dovrei aprire un blog."

Trixie ebbe un mancamento. "Cristo, dove sono le mie pillole per il cuore? Non pronunciare quella parola in mia presenza! Tesoro, i nostri libri saranno anche complementi d'arredo, ma non sono blog o tweet."

"E se mi autopubblicassi?"

"*Sacrilegio!*" Tentò di accendersi un'altra sigaretta, ma la gettò via in preda a un accesso di tosse. "Le mie pillole, *le mie pillole*" disse spazzando via i fogli di carta sulla scrivania. "Cleary, dov'è la mia cazzo di nitroglicerina!"

T.K. si alzò di scatto dalla sedia. "Trix, cosa cazzo sta succedendo?"

La donna stava ingoiando aria, ma non aveva finito la sua ramanzina. "Noi non pubblichiamo libri *su richiesta a Seattle...* che postaccio terribile. Ci sei mai stato? È come il Maine, ma con più traffico." Si inclinò all'indietro sulla sedia Embody e iniziò a darsi dei colpetti sul petto che sussultava. "La città che ha inventato il libro a dieci dollari e il caffè a cinque dollari. Che senso ha tutto questo?"

"Trixie!"

Il suo viso diventò blu e freddo come il dorso di una trota alpina e si accasciò in avanti sul pavimento, sputando una pozza di saliva sul tappeto kilim. Cleary si fermò sulla porta e si mise a urlare, lasciando cadere il flacone di pillole di nitroglicerina. T.K. saltò sul corpo di Trixie, la girò sulla schiena e le strappò la camicia e il reggiseno. "Chiama il 911!" disse, infilandole in gola alcune pillole. "E fai salire quel cazzo di ascensore!"

Posò i palmi delle mani uno sopra l'altro sullo sterno della donna ed eseguì trenta compressioni, poi le soffiò due volte nella bocca. Il suo petto si riempì di aria, poi si fermò. Niente. Fece un'altra sequenza di trenta compressioni, poi soffiò di nuovo. Niente. Di nuovo, e finalmente ritrovò un flebile respiro.

Cleary apparve nuovamente sulla porta. "L'ambulanza e l'ascensore stanno arrivando."

"Aiutami a spostarla, dobbiamo portarla giù in fretta. Prendile i piedi.

T.K. abbracciò il petto freddo dell'agente e le sollevò il torace dal tappeto, ma la parte inferiore del suo corpo era troppo pesante per Cleary. Proprio lei, l'assistente che nel suo curriculum aveva scritto di "fare il lavoro pesante per la super agente Trixie Gatebush" non riuscì, dopotutto, a sollevare la sua capa, ma soltanto a trascinarle con poca delicatezza il sedere sul pavimento. Anche il kilim si spostò insieme a lei, schiacciato dalle chiappe di Trixie, strisciando a terra finché non si impigliò in una pila di rimanenze di Jimmy Carter (*Always a Reckoning and Other Poems*), una delle firme più prestigiose dell'agenzia.

"I libri!" disse T.K. "Il tappeto si è impigliato in quei cazzo di libri!"

Cleary spostò i libri di Carter con un calcio. La coppia lasciò cadere Trixie davanti alla porta dell'ascensore, dove T.K. si accorse che il suo flebile respiro si era fermato nuovamente. Mentre una sirena ululava su Union Square West e il cavo dell'ascensore mugolava, T.K. fece un'altra serie di compressioni sul corpo della donna e soffiò nella sua bocca. *Din... din... din...*

Finalmente, la porta si spalancò tintinnando. Cleary aprì il cancello e i due trascinarono il corpo flaccido di Trixie nella cabina. T.K. dovette tenerla in piedi perché ci fosse posto per tutti; la testa dell'agente scivolava in avanti contro le sue braccia, che continuavano disperatamente a comprimerle il petto.

"Mi sa che quella è la manovra di Heimlich" disse Cleary.

"Meglio di niente."

Din... din... din...

Quando la porta si aprì al pianoterra, i paramedici erano già arrivati, ma Trixie Gatebush se n'era andata.

Capitolo 19

"Lei di New York?"

"New England."

Il barbiere cinese calvo stava stringendo la carta crespa intorno al collo di T.K. "No tanti americani qui" disse. "Molti cinesi. Chiedo per questo. Certamente: capelli dritti, taglio ok. I neri no, mando Quattordicesima. Come vuole taglio?"

T.K. tentò di immaginare l'improbabile sequenza di eventi per cui un nero sarebbe potuto finire da un barbiere di Chinatown. E del resto, gli altrettanto improbabili eventi per cui lui stesso ci era finito. Perché, a dire il vero, non voleva per niente farsi tagliare i capelli, tantomeno da un barbiere cinese calvo. Voleva solo una visuale perfetta sulla sala da tè Nom Wah, proprio dall'altra parte dello stretto vicolo di Doyers Street. Era ora di pranzo e qualcuno al suo interno, che probabilmente mangiava *dim sum* da solo, era il suo contatto nella Christian International. Il tizio asiatico con la faccia triste seduto in un séparé, che masticava zampe di gallina? Quello al bancone con l'aria da professore universitario e una giacca pied-de-poule troppo grande per lui, intento a leggere lo scontrino del suo *dim sum* come se dovesse correggere una tesina? Dava per scontato che il suo contatto fosse cinese, ma non era detto: quel posto era frequentato da newyorkesi di ogni tipo e anche da turisti, dopotutto era il miglior *dim sum* della città. In particolare, gli occidentali apprezzavano il fatto che non fosse praticamente decorato. A differenza di quasi tutti gli altri ristoranti di Chinatown, il Nom Wah non era mai stato "rinnovato" con ruvida carta da parati rossa, pacchiani lampadari orientali e dipinti con cascate in movimento. I proprietari non si preoccupavano nemmeno di fare ascoltare ai clienti dell'insipido Cantopop, né qualsiasi altro tipo di musica. Il locale aveva ancora il soffitto originale in latta e non c'era l'aria condizionata, solo una ventola industriale ricoperta di unto in una gabbia metallica sopra al vasistas della porta. Dietro al bancone, un'enorme cappa con finiture in rame incorniciava grandi contenitori metallici per l'acqua calda per il tè, che veniva estratta con latte ammaccate.

"Solo una sistematina sui lati" disse T.K. al barbiere.

Le forbici iniziarono a muoversi. T.K. estrasse il nuovo telefono e inviò un messaggio al suo contatto: "Ehi, sono a New York. Possiamo vederci?" Poi guardò fuori dalla vetrina.

Il barbiere girò la poltrona. "Taglia sopracciglia?"

Cazzo. Così non riusciva a vedere il ristorante.

"No, grazie. Può radermi il collo?"

"Certamente." Il barbiere girò nuovamente la poltrona consentendo a T.K. di vedere la strada, ma poi gli fece chinare la testa per insaponargli il collo, costringendolo ad abbassare lo sguardo al livello della vetrina. Dall'altra parte della strada, il tizio asiatico seduto nel séparé lasciò cadere una zampa di gallina, estrasse il cellulare dalla tasca della camicia e lo osservò.

Bingo.

Iniziò a digitare. T.K. ricevette una risposta: "Troppo pericoloso."

Rispose: "Dove si trova?"

"Queens. Non posso parlare." Posò nuovamente il telefono sul tavolo e si rimise all'opera sulla sua zampa di gallina.

Il barbiere completò il lavoro. T.K. pagò velocemente e attraversò la strada di corsa, entrando nel Nom Wah. Scivolò nel séparé di fronte al vecchio che mangiava zampe di gallina. "Il signor Howe, presumo."

"Eh?" esclamò il suo contatto, sorpreso dall'arrivo di quell'ospite.

"La linea 7 deve avere le rotaie ben oliate oggi" disse T.K.

"Cosa?"

"Ha detto di trovarsi nel Queens appena quattro minuti fa." T.K. prese il telefono dal tavolo, lo accese e gli mostrò il messaggio. L'uomo cedette.

"Come ha fatto a trovarmi?"

"Ho semplicemente alzato lo sguardo, ed eccola lì."

Il cameriere mise sul tavolo una porzione di tortini di rapa con funghi selvatici, senza accennare ad andarsene. "Una Brooklyn Lager, per favore" disse T.K. "E delle polpette di manzo in brodo."

"Senta, mi dispiace" disse il suo contatto. Aveva lunghi peli grigi che gli spuntavano dalle orecchie e un crocifisso di legno intorno al collo. Accanto al suo telefono, sul tavolo, c'erano un piattino con dell'olio piccante e una Bibbia tascabile. "Non posso più parlare con lei. Le cose sono cambiate."

"Ma non mi dica" rispose T.K. "Chen Yong ci ha rimesso le penne e sua moglie e il figlio sono introvabili. E poi, a quanto pare, lei ha avuto un aborto spontaneo di un feto di maiale, cosa che non penso venga nominata neanche nelle maledizioni del Levitico." Indicò la Bibbia. "Poi mi fa parlare con Fu Manchu sulle scale mobili di Hong Kong e pedinare da un tipo losco sullo Star Ferry. Compro un nuovo cellulare al giorno e sto seriamente considerando di infilarmi una chiavetta USB nel sedere. Nel frattempo cerco di trovare lo spirito cristiano in tutto questo, ma faccio molta fatica."

"Le piacciono i funghi selvatici?" disse il signor Howe, porgendogli il piatto.

"No, grazie." L'uomo scavò nell'ammasso viscido di funghi. Il cameriere portò la birra di T.K.

"Senta, mi spiace" disse il signor Howe tra un morso e l'altro. "Non so nulla di quello che è successo a Zeng Ming, non so dove sia. Ma posso dire che l'organizzazione è... cambiata. Un tempo, i rifugiati venivano a New York; avevo un buon contatto al consolato e riuscivamo a ottenere l'asilo politico, case e posti di lavoro nel Queens. Ora, ho un nuovo superiore ad Amsterdam e la maggior parte dei rifugiati va direttamente in Europa. Non li vedo mai. Mi hanno detto di non parlare più con lei."

"Amsterdam?" Arrivarono le polpette di manzo. "Perché Amsterdam?"

"Immagino perché ci sono molti voli da Pechino. Diretti, niente scali."

"Ma non rimangono ad Amsterdam. I rifugiati. Non ci sono tanti ristoranti cinesi in Olanda."

"Non lo so."

"Chi è il suo capo laggiù?"

Il signor Howe aggrottò la fronte. "Ho già parlato troppo."

"Come ha fatto a ottenere il mio numero di Hong Kong?"

"La prego, deve lasciarmi in pace." Spinse il suo conto verso il lato del tavolo di T.K. "Grazie per il pranzo."

T.K. afferrò lo scontrino e il braccio del signor Howe. "Mi stia a sentire, lei potrebbe essere in pericolo, ma non posso aiutarla se non mi dice quello che sa."

Il signor Howe non lo sentì. I suoi occhi si fecero di vetro e sulla pelle delle guance gli comparvero dei lividi. Si piegò in due, stringendosi il ventre, poi lasciò andare una scoreggia fragorosa, molto più puzzolente del normale.

"Me la sono fatta sotto" disse. E poi si appallottolò a terra in posizione fetale, contraendosi con la bava alla bocca e schiumando sopra al crocifisso.

I clienti indietreggiarono. Il cameriere, che stava lavorando dietro al bancone, si voltò e lasciò cadere una latta di tè. T.K. saltò fuori dal séparé. "Chiamate il 911!" Il signor Howe respirava, ma stava perdendo conoscenza.

"Cristo" disse il professore con la giacca troppo grande. "Forse sono stati i funghi."

"È troppo presto" disse T.K. "Di solito ci vogliono ventiquattr'ore prima che i funghi velenosi facciano un effetto simile."

"Ordina stesso piatto ogni giorno" intervenne il cameriere.

"Cazzo" disse T.K. "Dove li prendete quei funghi?"

Il cameriere fece una smorfia. "Crede che quello dei funghi ce lo dice? Gran segreto. Tizio coreano da qualche parte verso nord. Ma mai problemi. Capo ha assicurazione per veleno, comunque."

L'ambulanza arrivò in fretta. T.K. prese la Bibbia del signor Howe dal tavolo e salì a bordo insieme all'uomo, in stato comatoso – nessun'altra persona presente nel ristorante si era offerta volontaria – e rombarono verso il Lower Manhattan Hospital. "Lei è un parente?" chiese la paramedica, una ragazza ispanica con lunghi capelli scuri legati all'indietro, mentre sfrecciavano verso il centro.

"Socio d'affari. Non so neanche dove abiti, forse nel Queens. Stavamo pranzando e poi è diventato verde e se l'è fatta addosso. A quanto pare, mangia in quel posto tutti i giorni. Funghi selvatici di un fornitore da qualche parte a nord, stando al cameriere."

"Succede sempre agli asiatici" disse la donna. "Cercano i loro funghi di paglia, ma purtroppo in America del nord c'è una specie molto simile chiamata *amanita phalloides*."

"La coppa della morte." T.K. li aveva visti nell'aceraia nel Vermont.

"Esatto. Provengono dall'Europa. Hanno ammazzato diversi papi e imperatori romani."

"E non crescono in Asia."

"No. A loro sembrano dei funghi di paglia e mi hanno detto anche che hanno un buon sapore. Una sfortunata differenza culturale."

Spinse il pulsante del microfono sul suo colletto: "Primo soccorso quattro-nove per pronto soccorso Lower Manhattan, siamo a tre minuti da lì con una probabile intossicazione da funghi. Preparare lavanda gastrica e alto dosaggio di penicillina e silibinina. Come si chiama?"

T.K. era perso nei suoi pensieri.

La radio gracchiò: *"Ricevuto, primo soccorso quattro-nove. Pronto soccorso Lower Manhattan pronto e in attesa di un paziente con intossicazione da funghi."*

Prima Trixie e adesso il signor Howe, ultimamente le persone intorno a lui sembravano cadere come mosche, senza contare il povero Yong sulla casa galleggiante. Era da paranoici vederci un collegamento? Trixie! *Cazzo!* Aveva lasciato la chiavetta USB nella sua borsa.

"Signore?"

"Oh, mi scusi. Diceva?"

"Come si chiama il paziente, devo dirlo al pronto soccorso."

"Howe. *H-o-w-e* o forse *H-a-o*, non saprei."

"E il nome?"

"Signor."

La donna lo fulminò con lo sguardo e lui trovò la cosa piuttosto sexy.

"Non conosco il suo nome."

"Pranza con qualcuno e non sa nemmeno il suo nome?"

"Gli asiatici sono più formali per quelle cose."

"E lei come si chiama?"

"Dean."

"Dean sarebbe il suo nome?"

"Teddy. Teddy Dean."

"Grazie Teddy. Io sono Placenta. Spero di non essere troppo informale."

"Placenta." Lo pronunciò senza intonazione, non con tono interrogativo, per provare che effetto facesse.

"Lo so. È la prima parola che mia madre ha sentito pronunciare all'infermiera dopo la mia nascita; non sapeva molto bene l'inglese e ha pensato che fosse un bel nome. È per volontà di Dio, non crede? Credo di essere nata per fare questo mestiere."

Controllò i segni vitali del signor Howe e fece una smorfia. "Che strano. Il polso è accelerato ma è privo di coscienza, come un orso in letargo."

"Cosa significa?"

"Non lo so, ma non mostra i sintomi di un'intossicazione da funghi. Di solito il battito cardiaco è praticamente impercettibile."

L'ambulanza entrò nell'ingresso del pronto soccorso. "Lei può aspettare in accettazione, ma non essendo un parente stretto probabilmente non le diranno molto" disse Placenta. "È per la privacy dei pazienti."

"Questo tizio ha appena spruzzato una fossa biologica fuori dal culo in un ristorante pieno di gente e vi preoccupate per la sua riservatezza?"

"Non spetta a me decidere. Ne parli con il suo rappresentante al Congresso."

"Grazie."

Gli inservienti si precipitarono sulla vittima e la portarono via in barella. T.K. si sedette nella sala d'attesa tra un uomo di colore dall'espressione triste con un completo blu da parcheggiatore e un agente di Wall Street dalla pelle rosa con un completo blu da bancario. Tutti e due gessati. La TV nell'angolo della stanza trasmetteva una soap opera; T.K. non sapeva che le girassero ancora. Dopo circa un'ora, un medico dall'aspetto elegante con una cravatta a righe sotto al camice bianco entrò nella stanza e si rivolse a lui.

"È lei che ha accompagnato l'uomo che ha mangiato i funghi?" Aveva un accento piatto e nasale del Midwest.

"Sono io."

"Sono il dottor Bradley. Il suo amico è in condizioni molto gravi. Ha avuto due arresti cardiaci e lo abbiamo rianimato. Se è colpa dei funghi, devono essere stati davvero strani. Forse allucinogeni, o qualcosa del genere; stiamo aspettando i risultati delle analisi. Un battito cardiaco così rapido è decisamente insolito, sembra quasi un'overdose di metanfetamine. Ma i crampi, la diarrea e il collasso del sistema nervoso sono sintomi classici dell'alfa-amanitina."

"Alfa-cosa?"

"La tossina contenuta nei funghi coppa della morte. Si tratta di un acido peptico, ma non di tipo comune. Una delle sostanze più velenose conosciute dall'uomo. In poche parole, scioglie l'elica del DNA, provocando insufficienza epatica e renale permanente. Purtroppo, di solito i sintomi si manifestano dopo circa un giorno e spesso è già troppo tardi. Ma come le ho detto, stiamo aspettando le analisi. E il Dipartimento della salute sta passando al setaccio il ristorante; speriamo di poter prevenire altri casi del genere."

"Quel posto è pieno di clienti ogni giorno" disse T.K. "I tortini di rapa con funghi selvatici sono una specialità della casa. Com'è possibile che l'unica vittima sia lui?"

"Be', per il momento. Però non lo so. Bella domanda. Forse una manciata di funghi coppa della morte è finita in una scatola di funghi buoni."

"E lui è stato il fortunato vincitore."

"Possiamo vederla così."

"Sopravviverà?"

"Forse. Ma se avesse bisogno di un fegato nuovo, non crescono certo sugli alberi."

Le porte automatiche dell'ingresso per le ambulanze si aprirono e Placenta entrò di corsa. "Credo di sapere di cosa si tratta" disse a T.K. e al dottore. "Nicotina liquida."

Il dottor Bradley alzò un sopracciglio. "Nicotina liquida?"

"Sigarette elettroniche, svapo, ha presente? Adesso vanno fortissimo. Ho visto una foto di Leonardo DiCaprio su *Other Half* che ne fumava una in sella a una Citi Bike a Tribeca. Voglio dire, ne è la prova."

"È la prova che il nostro paziente è stato avvelenato con la nicotina liquida?" Il dottore sembrò spazientirsi. T.K. sperò che non avesse notato il cartellino con il nome di Placenta, che molto probabilmente non avrebbe aumentato la credibilità della donna agli occhi del medico. Per il momento era soltanto un'umile paramedica appartenente a una minoranza che probabilmente aveva frequentato uno di quei "college" a scopo di lucro le cui pubblicità tappezzavano i vagoni della metropolitana. Una paramedica appartenente a una minoranza di nome Placenta probabilmente sarebbe stata troppo per il dottor Bradley.

"No, è la prova che lo svapo va fortissimo. Più sicuro delle vere sigarette, senza catrame, che è quello che provoca il cancro, non è così? Quando Leo e le top model iniziano a fare una cosa, la periferia li segue. E le mode durano a lungo da quelle parti. Vi ricordate il punk rock e i capelli rosa? Saranno durati un quarto d'ora a Manhattan, ma nel New Jersey vanno avanti da decenni. Provate a prendere un treno della PATH verso Manhattan al venerdì sera, se non ci credete."

Il dottore ascoltava impassibile, assorbendo tutte le informazioni ma rifiutandosi di fare qualsiasi espressione di assenso al ridicolo sproloquio della donna.

"Ma un conto è la nicotina vaporizzata in una sigaretta elettronica" proseguì Placenta. "Se ne ingeriscono solo piccole tracce. Bere il *liquido* contenuto nei flaconcini è tutta un'altra cosa. Un cucchiaino di quella merda può uccidere un bambino; un cucchiaio da tavola può compromettere seriamente un adulto in salute o persino provocarne la morte, e non esiste una normativa a riguardo. A confronto con quella merda, i funghi velenosi sono come delle merendine, ma la cosa non riguarda solo qualche immigrato cinese. Milioni di adolescenti, metà dei quali affetti da deficit di attenzione e una scarsa coordinazione oculo-manuale, preparano quegli intrugli ogni giorno. Si compra online in barili da 200 litri provenienti dalla Cina. Prima o poi succederà un disastro. Le Barbie hanno più avvertenze di quella merda."

Il dottor Bradley doveva ancora riprendersi da tutte le imprecazioni che la donna aveva pronunciato nel bel mezzo dell'accettazione del pronto soccorso. "In qualità di medico e non avendo nessuna esperienza personale con sigarette di alcun tipo" disse con un lieve tono di scherno "temo di non essere aggiornato riguardo alle tendenze culturali e patologiche relative a quella terribile abitudine."

Placenta alzò gli occhi al cielo. *Che razza di sfigato.* Era evidente che quel tizio non fosse mai uscito dalla biblioteca durante i quattro anni di medicina. "Glielo spiego in maniera più chiara, dottore. È la differenza che c'è tra bere un Martini e un'intera bottiglia di vodka." Era abbastanza certa che avesse qualche esperienza personale con la "patologia" della Grey Goose.

"Perché qualcuno dovrebbe bere quel liquido?" chiese il dottore, iniziando a capirci qualcosa.

"Perché i cani leccano l'antigelo?" chiese Placenta. "Alcuni liquidi per le sigarette elettroniche sanno di caramella o di gomma da masticare. Inoltre, possono essere assorbiti per via cutanea. È successo a mio cugino José, per questo so tutte queste cose. Stava riempiendo il serbatoio della sigaretta sul letto – un'idea stupida, lo so, ma non brilla certo per la sua intelligenza – perché adora fumare a letto e quando sono uscite le sigarette elettroniche ha pensato: 'Fantastico! Adesso non rischierò più di dare fuoco alla casa fumando a letto.' Il che è vero. Purtroppo, ha versato un po' di nicotina sulle lenzuola e gli è penetrata nella pelle. Si è svegliato nel cuore della notte in preda al vomito e alla diarrea, con il battito cardiaco di un cavallo da corsa all'ultima curva dell'Aqueduct."

"Proprio come il signor Howe" disse T.K.

"Bingo."

Il dottore guardò T.K. "Quell'uomo fumava una di queste... sigarette elettroniche?"

"Non ne ho idea."

Bradley si rivolse nuovamente a Placenta. "La ringrazio, signorina..." guardò sopra le lenti dei suoi occhiali per leggere il nome sul cartellino della ragazza, ma non riuscì a pronunciarlo. "Verificheremo la presenza di nicotina nel sangue. Infermiera! Chiami il centro antiveleni, *immediatamente!*"

***

T.K. si lasciò spingere dal pungente vento primaverile, mentre saliva lungo Beekman Street verso City Hall Park. Rabbrividì e affondò le mani nelle tasche della giacca. In quella di sinistra, trovò la Bibbia di Howe, una traduzione in cinese. Aveva lo stesso formato del Libretto Rosso e la copertina era fatta con lo stesso vinile lucido da quattro soldi, però nero, e con l'effigie di Gesù al posto del Presidente Mao. La aprì alla pagina del frontespizio e lesse l'annotazione in cinese:

hao wei

112-26 38th avenue

flushing, queens 11368

Si precipitò alla stazione di Brooklyn Bridge e prese un treno espresso in direzione uptown poco prima che le porte si chiudessero.

La bifamiliare fatiscente si trovava a pochi passi da Main Street, a Flushing, a qualche isolato dal capolinea della linea 7. T.K. salì i gradini del portico davanti alla casa e bussò alla controporta in alluminio. Venne ad aprire una donna cinese bassa, con una bacchetta tra i capelli a tenerle fermo lo chignon e un puntaspilli legato al polso con un cinturino di velcro.

"*Hao tài tai?*" chiese T.K.

"Sono la signora Hao" rispose la donna, in mandarino.

"Posso entrare? Conosco suo marito. Purtroppo ho cattive notizie."

La donna strinse gli occhi. "Entri pure."

Il soggiorno era stato trasformato in una sartoria. C'erano tessuti e abiti appesi su manichini e armadi portatili. Al centro, una macchina da cucire su un lungo tavolo da lavoro. La signora Hao spostò da una sedia una pila di cartamodelli di vestiti da ballo. "La prego, si sieda." T.K. fece un inchino e si sedette; lei prese lo sgabello dietro la macchina da cucire.

"Signora Hao, suo marito sta molto male. Si trova al Lower Manhattan Hospital."

La donna si coprì la bocca con una mano, ma rimase calma, quasi impassibile. "Soffre molto?"

"No credo, non in questo momento. Non è cosciente ed è tenuto in vita dai medici."

"Cos'è successo?"

"Non lo so. Ma è possibile che sia stato avvelenato. Fumava sigarette elettroniche?"

"Sigarette elettroniche?"

"Un nuovo tipo di tabacco senza fumo."

"No."

"Tabacco di qualsiasi tipo?"

"Mai."

"Lei parla inglese?"

"No, conosco l'alfabeto minuscolo e i numeri, per cucire."

"Avete dei figli?"

"Un figlio. A Long Island. Studia economia all'Hofstra."

"Deve chiamarlo e andare all'ospedale con lui immediatamente."

"Certo" disse la donna, prendendo il telefono.

"Signora Hao, non è mia intenzione spaventarla, ma le viene in mente qualcuno che avrebbe potuto voler fare del male a suo marito?" *Non era quello che dicevano sempre i detective alla TV?* pensò.

"Fargli del male? Perché?"

"Be', di preciso non saprei. Ma prima del malore, mi ha detto di aver avuto qualche difficoltà sul lavoro, ultimamente."

"Molte difficoltà" disse la donna con un'altra smorfia di inquietudine. "I nuovi arrivati hanno cambiato tutto. Non c'è più niente da fare per lui. Mio marito ha detto che non sa perché continuino a pagarlo. Ma perché dovrebbero fargli del male?"

"Non lo so" rispose T.K. "Forse sapeva qualcosa di importante e segreto. O forse è stato solo un incidente."

"Non mi ha mai detto niente del genere."

"Ha parlato di un nuovo capo ad Amsterdam. Le ha mai detto il suo nome?"

"Sì, Blokov." Lo annotò in caratteri occidentali minuscoli, nel caso la sua pronuncia non fosse corretta. "Credo che sia russo. È tutto quello che so."

"La ringrazio. Può scrivere anche il suo numero di telefono? E quello di suo figlio?

Capitolo 20

Secondo Ning, una giornata senza umidità era una buona giornata e, per i suoi standard, quella mattina di aria leggera come una nota di cetra si era già meritata una stellina dorata. Ma visti i successivi eventi, a partire da quando bussarono alla sua porta, quel pomeriggio stava per dimostrarsi degno del platino.

"Ning!" La moglie Ju entrò di corsa dall'ingresso principale. "C'è un camion nel cortile. Un uomo con una consegna per te."

"Chi è?"

"Non lo so."

"E cosa ha portato?"

La donna lo fulminò con lo sguardo.

"Ok, vado a vedere."

Ning spinse via la teiera con impazienza e sollevò il corpo gigantesco, ansimando per la fatica. Il pavimento gemette per lo spostamento del carico, come smosso da un terremoto. Nel cortile c'era una camionetta militare per il trasporto dei soldati con una copertura di tela. Accanto al veicolo, un conducente che Ning ricordò di avere già visto alla segheria di legno di loto.

"Buongiorno, signore!" disse il conducente, inchinandosi rigidamente.

"Buongiorno. Di che si tratta?"

"Ho una consegna per lei, signore."

"Non ho ordinato nulla."

"È un regalo."

"Mostrami il documento di trasporto."

L'uomo rise. "Non c'è nessun documento per questo regalo." Indicò il retro della camionetta. Ning si fece avanti e osservò l'uomo sollevare una lunga cassa di legno per aprirla e spostare uno strato di paglia. All'interno, avvolta in una tela insanguinata, c'era una zanna di elefantino appena estratta.

Ning sussultò. "Da dove proviene?"

"Dal Vietnam" disse l'uomo.

"Naturalmente, razza di idiota. Voglio sapere chi me l'ha spedita."

L'uomo estrasse un bigliettino dalla tasca della camicia e lesse ad alta voce: "Per l'onorevole Nong Ning, Segretario del comitato della contea, Dipartimento generale degli armamenti. La prego di accettare questo piccolo segno della mia stima e della mia gratitudine per la sua ospitalità. Sicuramente i suoi intagliatori sapranno cosa farne. Nella speranza di collaborare con lei in futuro."

Era firmato: *Hu Tianhua di Canton.*

Ning sorrise e prese il bigliettino. L'uomo disse: "È un pezzo pregiato. Il migliore che abbia mai visto."

"Portalo al laboratorio dell'avorio" disse Ning. "Passerò più tardi." E per quanto potesse concedersi un uomo della sua stazza, rientrò in casa saltellando per raccontarlo alla moglie.

La donna aggrottò la fronte, come si aspettava. Non che Ju si preoccupasse particolarmente per gli elefantini – per lei, il loro rischio di estinzione era qualcosa di astratto e impersonale come un poliziotto ferito o l'espulsione di un americano che beveva troppo *báijiǔ* – né tantomeno era moralmente contraria alla corruzione negli affari o nel governo, per quanto non ci fosse molta differenza. No, la sua costernazione, come Ning aveva potuto facilmente prevedere, si fondava su un sospetto vagamente confuciano nei confronti dei gesti stravaganti.

"Questo non è un regalo" disse. "Questa è una tangente. Dovrai ripagarla in qualche modo."

Ning fece un cenno del capo. "Così come il signor Hu. Entrambi pagheremo ed entrambi raccoglieremo. Cara moglie, lo scopo di questo dono non è ottenere un favore specifico, ma piuttosto dimostrare che il signor Hu è una persona in grado di ottenere certe cose."

"Tuttavia, temo che sarai tu a ottenere il peso maggiore sulle tue spalle."

"Allora ce la metterò tutta per dimostrarti che ti sbagli" disse Ning. "E adesso aiutami a scegliere un tema classico per la nuova incisione nell'avorio. Pensavo a una scena de *I briganti*."

Ju considerò l'idea del marito. "Forse il brigante Yang Zhi."

"Naturalmente! La sua epica battaglia con Lin Chong nella palude di Liangshan sarebbe una splendida incisione."

"Avevo in mente un episodio più avanti nel libro" disse Ju. "La parte in cui perde il carico di gemme raccolte dai contadini e deve vendere la sua preziosa sciabola per fare ammenda."

Capitolo 21

L e foglie iniziavano a spuntare sugli olmi lungo la Quinta Avenue, e alcuni crochi viola sfidavano il freddo intorno ai loro enormi tronchi. T.K. si chiese come gli alberi di Central Park fossero riusciti a sopravvivere alla grafiosi, che era arrivata con un carico di legname dai Paesi Bassi nel 1928. Del resto, come mai i settantacinquemila olmi di Amsterdam stavano bene nonostante il fungo, trasmesso da un coleottero della corteccia simile a quelli che suo padre gli aveva insegnato a riconoscere nelle aceraie?

Giunto alla Grand Army Plaza si diresse verso ovest, superando le carrozze a cavalli lungo la Cinquantanovesima Strada. Quando era ragazzo, suo padre usava ancora i cavalli da tiro per trainare il carro con la linfa d'acero attraverso il bosco, due docili avelignesi sauri con lunghe criniere bionde. Questo avveniva prima che le tubature di plastica e le pompe a vuoto sostituissero i secchi per la linfa nel trasporto di centinaia di litri al giorno attraverso il bosco. Nel ventunesimo secolo, c'erano più cavalli nel centro di Manhattan che in un'aceraia del Vermont.

Era il periodo in cui la linfa sgorgava dagli alberi. Forse poteva andarsene qualche giorno a nord, salire sul treno per Bellows Falls, poi chiamare un vicino perché lo andasse a prendere in stazione. Si sarebbe rivolto a Larry, il suo compagno del liceo che l'aveva cronometrato quando aveva stabilito il record di apnea alla vecchia cava di granito. Avrebbe chiamato Larry dicendo: "Ehi Larry, sono a Fellow's Balls[1] ", che era il soprannome che avevano dato alla città, e lui avrebbe risposto "Speriamo che si faccia una sega e ti tiri fuori". L'umorismo forgiato nella fucina scolastica è garantito a vita.

Sì, poteva andarsene su in Vermont, dove nessuno avrebbe saputo rintracciarlo da New York o da Hong Kong, e controllare come se la passava la vecchia aceraia. Oppure no. Aveva sentito che la Pepsi aveva installato un sistema di filtrazione all'avanguardia basato sull'osmosi inversa in grado di rimuovere gran parte dell'acqua dalla linfa, rendendo necessaria solo una rapida evaporazione finale nei serbatoi di bollitura. Questo significava la fine delle ore di cottura a legna. Ora la veloce bollitura avveniva su fornelli a gas. Il processo era diventato di filtrazione, non più di riduzione, e lui non sapeva bene cosa pensare. Perché quando fai una riduzione di qualsiasi

---

1. Letteralmente, "Le palle di Tizio", gioco di parole sul nome della città [N.d.T.]

cosa, c'è ancora tutto, semplicemente concentrato, mentre nella filtrazione qualcosa viene perso.

Suo padre conosceva bene gli alberi, e gli piaceva parlare di loro e con loro. Ma non aveva mai avuto molto da dire sulla bollitura, un processo di riduzione linguistica che rifletteva l'attività in questione. All'interno della capanna dove produceva lo sciroppo, indossava un grembiule appiccicoso e grigio, incrostato di linfa, comprato in un negozio di souvenir, con su scritto vuoi aiutarmi? esci dalla mia cucina!!, che era talmente coperto di fuliggine da risultare illeggibile, e quasi indistinguibile dalla sua lunga barba, anch'essa grigia e appiccicosa. Prima di quello, aveva un altro grembiule con su scritto salsiccia gratis qui e una freccia che puntava verso il basso, ma c'erano state delle proteste da parte dei genitori dopo la gita di una terza elementare, quando i bambini avevano imparato qualcosa sul mondo che non era esattamente previsto. La notizia era finita sul giornale locale, ma a papà non importava. Avvolto dal vapore e insensibile alle distrazioni, si chinava sui serbatoi gorgoglianti come uno scienziato in un romanzo vittoriano, picchiettando su termometri, immergendo rifrattometri e condannando i ceppi di legno all'inferno della fornace sottostante. Anche i ceppi erano d'acero, e provenivano da alberi morti o rami spezzati dalle tempeste invernali. "Se non possono produrre sciroppo, possono almeno fare un fuoco", diceva dopo una brutta tempesta. Gli alberi morti, indipendentemente dalle dimensioni, erano chiamati legnetti. Nella capanna, per dire a Teddy di caricare altra legna da ardere, gridava *"Legnetti!"* e quando i serbatoi dovevano essere rabboccati gridava *"Linfa!"* Mentre la sua attenzione vagava costantemente tra la fornace e i serbatoi, ripeteva questo mantra tutto il giorno, il ciclo di vita dello sciroppo: "Legnetti e linfa... legnetti e linfa... vivo o morto... vivo o morto."

T.K. prese a sinistra sulla Sesta Avenue, fermandosi un momento ad ammirare la statua equestre di José Martí all'ingresso del parco. Quello sì che era un uomo in grado di leggere, scrivere e combattere! Giornalista, statista, intellettuale, cavallerizzo, poeta, soldato, sostenitore dell'indipendenza cubana che viveva secondo ciò che predicava e morì combattendo gli spagnoli all'età di quarantadue anni, vari decenni prima della nascita di Castro. T.K. si chiese se fosse stato un bevitore. Di sicuro fumava i sigari, e la cosa gli ricordò che doveva chiedere notizie del signor Howe, che si trovava in condizioni stabili ma critiche una settimana dopo l'incidente alla sala da tè. Gli esami avevano confermato l'overdose da nicotina, ma com'era successo, e perché? Si trovava in un tunnel in fondo al quale non vedeva alcuna luce, come in quelle giornate di grigio smorto a New York. Che cosa avrebbe fatto José?

Giunto alla Cinquantaquattresima Strada, aprì con una spinta la porta girevole del Keyhole Media Building. L'aria sibilò e lo risucchiò nell'atrio rivestito di marmo. La giornata volgeva al termine, e i dipendenti andavano da un lato all'altro del fresco stanzone come elettroni impazziti. Tacchi costosi calpestavano il battuto di terrazzo, progettato da qualche artista italiano che in passato aveva ricreato i mosaici bizantini dorati della cupola di San Marco in una piscina rotonda per Brad Pitt e Angelina Jolie.

"T.K. Dean per Richard Cerf di *Other Half*" disse alla guardia dietro al bancone, un uomo di colore dai capelli bianchi. "Lo aspetto qui." La guardia grugnì e impugnò il ricevitore. T.K. si allontanò e rimase in attesa in un angolo. Non c'erano sedie, l'ideale per scoraggiare i perditempo. L'impero delle riviste basate sul voyeurismo era decisamente avverso all'introspezione.

Ben presto gli ascensori vomitarono una nuova folla di fact-checker e redattori, per buona parte giovani donne con gonne corte e scarpe décolleté, insieme a un uomo alto dalle spalle cadenti e di età considerevolmente più avanzata. Aveva baffi sottili arricciati all'insù, come a seguire la linea del suo sorriso noncurante. Indossava un abito blu gessato di fattura impeccabile con lo scollo basso, i baveri larghi e le spalline imbottite, che risaliva inequivocabilmente alla presidenza Reagan. Il suo abbondante uso di cera per capelli era addirittura precedente dal punto di vista stilistico, ma in qualche modo il tutto funzionava alla perfezione su Richard Cerf, un uomo dall'impeccabile fiducia in se stesso e dall'assoluta certezza, per estensione, della lucidità e sanità mentale di chiunque altro. Possedeva l'elegante capacità di far sentire a proprio agio le persone, anche se spesso queste avevano la certezza che fosse lui a essere più a suo agio. Figlio unico di discendenti di immigrati dall'Oklahoma, era cresciuto in un campo caravan nel sud della

California, aveva ottenuto una borsa di studio alla USC, dove era stato redattore del giornale scolastico, aveva sposato la sua fidanzata del liceo (anche lei figlia unica e proveniente dallo stesso campo caravan), non aveva mai avuto figli e trascorreva gran parte della sua vita tra quell'edificio e alcuni ristoranti e vinerie della zona. "Questa è la mia famiglia", diceva spesso nel suo ufficio, allargando le braccia per includere tutta la rivista *Other Half* e i suoi centotrenta dipendenti. Aveva quindici anni in più di T.K., ma insieme a George Chambers era il suo migliore amico.

"Richard!" disse T.K.

"Ciao Teddy." Si abbracciarono, uscirono dalla porta girevole e si diressero a ovest sulla Cinquantunesima Strada.

"Allora, come va il mondo delle riviste, amico mio?"

Richard scrollò le spalle. "Non male, considerato che non legge più nessuno. Abbiamo risolto questo problema eliminando le parole. Scriviamo perlopiù didascalie. Sembra che funzioni. Ovviamente questo non è mai abbastanza per la dirigenza. L'anno scorso abbiamo avuto seicento milioni di dollari di ricavi – una sola rivista, seicento e passa, e margini alle stelle – eppure la scorsa settimana sono venuti a dirmi che devo tagliare cento abbonamenti ai quotidiani. Troppe copie, hanno detto. Quanta gente deve ricevere il *Times* in un solo edificio?"

"Seicento milioni di ricavi e si preoccupano per qualche copia di quotidiano?"

I baffi di Richard si incurvarono in una smorfia di sarcasmo. "Cinquantamila di qua, cinquantamila di là, e in men che non si dica il CFO si prende un bonus. Le loro priorità lasciano davvero senza parole. Rischio di dover lasciare a casa ventitré dipendenti la settimana prossima, solo perché quegli stronzi al quarantanovesimo piano devono pagarsi la casa vacanze a Gstaad."

"Be', qualcuno deve pur andarci a sciare in Svizzera" disse T.K. Attraversarono la Broadway e proseguirono verso l'Ottava Avenue.

"Esatto" disse Richard. "Ma è della mia famiglia che stiamo parlando. Continuo a pregare la Wolfson di licenziare me piuttosto; sarebbe una morte dolce e le farebbe risparmiare tanto quanto mandare via due dozzine di quei ragazzi. Ma lei è una codarda, e vuole che sia io a occuparmi dei licenziamenti. Sarò l'ultimo ad andarmene."

"Detto così non sembra niente male. Un lavoro vero e tutto il resto."

"Scusa, basta parlare di me. Come va con il tuo libro? Come mai non sei in Cina?"

"Una delle mie fonti sul posto ci ha rimesso le penne. Probabilmente per colpa mia. Un'altra è in coma al Lower Manhattan Hospital, forse tentato omicidio, forse per colpa mia."

"Cristo. Ti ho sempre considerato una persona molto prudente."

"Sì, lo pensavo anch'io. Forse sto invecchiando. Oh, e la mia agente è morta. Tra le mie braccia, una settimana fa."

"Stai scherzando? Dev'essere stato del sesso sfrenato."

"In realtà le stavo facendo la manovra di Heimlich."

"Stava soffocando per via del cibo durante il sesso?"

"No, ha avuto un infarto."

"La manovra di Heimlich è per il cibo, non per gli infarti."

"Lo so. Non c'era spazio. Eravamo in un piccolo ascensore. Ma perlomeno stavolta non è stata colpa mia. Purtroppo ho lasciato il mio libro nella sua borsa."

"Il libro intero?"

"Con i miei appunti e i contatti. Su una chiavetta USB."

"Non ne hai un'altra copia?"

"Sì. Ma il problema è che non so dove sia ora quella chiavetta."

"Spero che tu non debba metterti a rovistare nella sua borsa. Non si sa mai cosa si trova in certi posti." Scrollò le spalle. "Un vero peccato che sia morta, vero? Perché non è toccato alla Wolfson?"

T.K. annuì. "La vita è davvero ingiusta."

Arrivarono al Tout Va Bien, il loro ritrovo abituale, e scesero i gradini che portavano all'ingresso seminterrato. *"Bonjour messieurs!"* li accolse Mariel, la direttrice di sala francese di mezz'età. *"Ça va?"*

In realtà il ristorante era di proprietà di un italiano, il che spiegava le bandiere tricolore e gli striscioni con su scritto *Forza Azzurri*, ma i dipendenti erano *pied-noir* algerini, come in tutti i ristoranti francesi di New York.

"Plus ça change..." disse T.K., studiando le foto in bianco e nero appese alle pareti, che ritraevano conduttori televisivi locali degli anni Ottanta, le folte chiome ingellate e sospese nel tempo.

"Il cibo qui è ancora generalmente mangiabile ed economico" disse Richard. Presero un tavolino accanto alla parete e ordinarono due bottiglie anonime di Saint-Émilion.

"Comme d'habitude!" disse Mariel.

"Avete le animelle stasera?" chiese T.K.

"Bien-sûr!"

Sospirò e sorrise a Richard. "Ora sì che mi sento a casa."

"Facciamo un brindisi!" rispose il suo amico. "Ora raccontami meglio della Cina."

T.K. gli riferì tutta la storia, e in un lasso di tempo incredibilmente breve entrambe le bottiglie di vino furono prosciugate. Richard era così preso dal racconto che fu solo alla terza bottiglia, tra piatti di ostriche gelide e lumache bollenti, che riuscì a chiedere a T.K. del suo matrimonio.

"Ho firmato i documenti del divorzio il giorno in cui è morta Trixie" rispose lui.

"Mi dispiace molto" disse Richard.

"A me no, davvero. Non era destino che funzionasse."

"Quella donna in Cina. Quella incinta. Era destino che funzionasse, con lei?"

"Non lo so" rispose T.K. "Non ne abbiamo mai parlato. Non ce n'è stato bisogno. Richard, hai ancora il numero di Meg, vero?"

Lui tirò fuori il telefono e aprì la rubrica. "Questo?"

"Esatto" rispose T.K. "Non lo cancellare."

"Stai scherzando? Ora che avete divorziato ho intenzione di chiamarla per uscire nel weekend."

Richard si guardò intorno. I tavoli accanto al loro erano ancora vuoti, ma lui si avvicinò all'amico e parlò a bassa voce. "Se hai bisogno di compagnia, posso organizzare qualcosa."

"Chissà perché non ne dubito."

"Intendo solo dire... che sei stato lontano parecchio tempo."

"Forse la cosa ti sorprenderà, ma anche gli 1,3 miliardi di abitanti della Cina fanno sesso. Grazie Richard, ma sono a posto così."

"Ho un'amica speciale che sarebbe perfetta per te."

"Una professionista?"

"Assolutamente sì. Costosa, ma ne vale la pena."

"Capisco."

La porta si spalancò e un rumoroso gruppo di sette persone si accalcò nell'ingresso. Mariel e un aiuto cameriere unirono alcuni tavoli accanto a T.K. e Richard, e il gruppo si sedette: tre donne sulle sedie, rivolte verso la parete, e quattro uomini sulle panche.

"Guppy?" disse Richard, fissando l'uomo in fondo al gruppo.

"Richard Cerf! Accidenti, come stai?"

"Mai stato meglio. È passata una vita! T.K., ti presento Garamond Rockwell della rivista *Crown*. Abbiamo lavorato insieme al *Sun* una vita fa."

"Piacere" disse T.K. Conosceva bene l'editorialista "Guppy" Rockwell, ex capo dell'ufficio del *Times* a Roma, noto intellettuale e autore di memoir, romanzi, opere teatrali e libri per bambini di successo. Ogni mese, sulle colonne di *Crown*, si lasciava andare a digressioni rivelatrici, ma inevitabilmente controintuitive, su qualche ambito di studio autoreferenziale, come il modo in cui linguaggio e cibo evolvono di pari passo ("Si dice che siamo quello che mangiamo, ma la verità è che tendiamo a mangiare quello che diciamo"), che diventavano immediatamente *meme* culturali. Era basso e vestito in modo sciatto, con una camicia oxford piena di grinze e dei pantaloni cachi logori; ciuffi spettinati di capelli scuri gli scendevano sulle orecchie. L'impressione generale che dava era quella di una persona troppo assorta in pensieri importanti per curarsi della propria igiene personale. Ciononostante, a ulteriore conferma di quanto fosse ingiusta la vita, le donne cadevano ai suoi piedi. Era stato sposato con la dottoressa Jessica Stone, che conduceva un programma TV ed era stata nominata la più bella gastroenterologa del mondo dalla rivista *Other Half*. Aveva lasciato Rockwell dopo uno scandalo che coinvolgeva la loro tata.

"Vi presento il mio vecchio amico Richard Cerf" disse Rockwell "il quale, credo, è ancora il caporedattore di *Other Half*, giusto?"

"Ancora e per sempre" rispose Richard.

"E il tuo amico? Un altro ergastolano?"

"Sono fuori per cattiva condotta" disse T.K. "In realtà ho lavorato per la rivista per un nanosecondo qualche anno fa, abbastanza da capire che io e Richard amiamo entrambi il *vin ordinaire* e ancor di più i ristoranti francesi ordinari. Anzi, abbiamo trascorso gli ultimi quindici anni a fare ricerche per la guida definitiva ai ristoranti francesi mediocri, che in realtà non scriveremo mai. E cosa vi porta in questo locale da mezza stella?"

"Un piccolo festeggiamento" rispose Rockwell. "Abbiamo appena finito la prova generale del mio nuovo musical a Broadway; io ho scritto il testo, ovviamente, non la musica..."

"È un genio, cazzo!" lo interruppe una rossa leggermente ubriaca di fronte a T.K.

"... E questa è la mia squadra creativa" proseguì lui, tentando goffamente di ignorare il complimento. Rockwell presentò il compositore, un vecchio strimpellatore brizzolato di nome Sy, la cui fama teatrale era svanita da un pezzo e che si era ridotto a fare le colonne sonore per i film dei Puffi, e gli altri scribacchini assortiti dietro all'ultima novità nel canone di Garamond Rockwell. "È la storia di uno scontro culturale", proseguì Rockwell anche se nessuno dei due gliel'aveva chiesto, "che ha per protagonista un ebreo ortodosso di Brooklyn che si trasferisce nella Pennsylvania Dutch Country e scopre di avere tante cose in comune con gli abitanti del posto, oltre ai buffi copricapi."

"Si chiama *Hayseed Hasid*[2]*!*" intervenne la rossa, che era stata presentata come la costumista. "Geniale, cazzo!"

"È un punto di vista ironico sull'amore degli americani per le cose melense" spiegò Rockwell.

"Geniale!" disse di nuovo la costumista.

Rockwell si rivolse verso il bancone e parlò ad alta voce in un italiano approssimativo con il titolare, che stava guardando la partita del Milan. Pochi minuti dopo comparvero tre bottiglie di Barolo, per nulla *ordinaire*. Il vino girò tra i commensali, e presto quelli che erano due gruppi separati divennero un'unica grande tavolata, a capo della quale sedeva Garamond Rockwell, un uomo che a T.K. sembrava istintivamente uno stronzo colossale.

"Che cosa hai detto che facevi a *Other Half*?" chiese Rockwell a T.K.

"Non l'ho detto, ma ero un redattore senior. Molti anni fa."

"Quindi voi due siete praticamente gli ultimi Ragazzi del venerdì sera!" esclamò Rockwell.

"Che cosa?" chiese Richard.

"I Ragazzi del venerdì sera! L'ho appena inventato, ma si capisce cosa intendo: i vecchi redattori delle riviste del centro che uscivano il venerdì sera e si sbronzavano mettendo tutto sul conto spese."

---

2. Gioco di parole tra "hayseed", che significa "zotico" e "Hasid", un appellativo onorifico ebraico [N.d.T.]

"Me li ricordo, i conti spese" disse con aria nostalgica Richard. "Ora condividiamo le stanze d'albergo. L'ultima volta sono finito in camera con un rappresentante pubblicitario che dormiva con una retina per capelli."

"I Ragazzi del venerdì sera!" intervenne la rossa. "Geniale, cazzo, Guppy! Dovresti scrivere qualcosa su di loro!" Poi si rivolse a Richard e gli chiese, con gli occhi spalancati: "E quindi tu sei il capobranco di *Other Half*?"

"Sono il vice" rispose Richard. "È Susan Wolfson il capobranco."

"E che capobranco dev'essere, con quel nome!" fece Rockwell, scatenando l'ilarità dei commensali.

"E che cosa fa il vice di *Other Half*?" chiese la rossa.

Richard sospirò. "Sono il papà."

"Il papà?"

Lui annuì. "Quando qualcuno ha un problema, viene da me: 'Papà, Willie Nelson non si lascia fotografare sul bus se non può fumare una canna, cosa facciamo?' 'Papà, il Presidente non accetta di fare l'intervista nello Studio ovale se pubblichiamo un'altra foto dei suoi figli, cosa facciamo?' 'Papà, Julia Roberts vuole che doniamo centomila dollari alla sua fondazione in cambio delle foto esclusive di lei che insemina a mano un cavallo da sella con una pipetta, cosa facciamo?' E via discorrendo. Sono il papà di centotrenta persone in redazione; la metà è andata alla Bryn Mawr, l'altra metà alla Barnard. Tutti insieme hanno un debito studentesco più grosso del PIL della Costa Rica. Si potrebbe dire che è un enorme spreco, ma perlomeno loro *fanno* davvero qualcosa, al contrario di molta gente a New York, perché ogni settimana esce la rivista – quattro milioni di copie – e finisce sugli stand dei negozi e negli ambulatori dei dentisti di tutta l'America. Ogni copia viene tenuta in mano in media da undici persone, il che significa che ogni settimana circa quarantaquattro milioni di persone posano i loro chicken nugget per sfogliare con le mani unte quelle pagine che intorpidiscono la mente. E io sono il papà di tutto questo! Non è un granché come famiglia – una rivista – ma le cose stano così."

Tutti i commensali presero il menu e si finsero impegnati a studiarlo. "Vi consiglio le animelle" disse allegro T.K. "Il piatto migliore fuori menu, non le hanno sempre."

"Ho paura di chiederlo: cosa sono le animelle?" fece la rossa.

"Be', dipende" rispose T.K. "Ormai è un termine generico usato per indicare diversi lobi ghiandolari che si trovano nei bovini e negli ovini. Ma qui si riferisce specificamente al timo del vitello, impanato e saltato con capperi e limone. Un gusto molto delicato, forse troppo per il Barolo pesante che il tuo amico ha ordinato. Consiglio un Beaujolais prodotto direttamente in azienda."

La donna rabbrividì. "Suona decisamente rivoltante. Esiste qualcosa di peggio?"

"Di un Beaujolais prodotto direttamente in azienda? Forse un semplice Villages."

"No, di quelle... animette o come diavolo si chiamano." Fece una smorfia.

"Come preferisci", disse T.K., ormai piuttosto ubriaco, "ma non sai cosa ti perdi."

"Non ascoltarlo" intervenne Richard. "Lui è un intenditore di cibi disgustosi. Ti consiglio la tagliata di cervo con salsa al pepe verde. La servono con una bella porzione di patatine. Anzi, se vuoi possiamo dividercela." La rossa ebbe un sussulto al cuore nel sentire questa frase, ma mantenne gli occhi sul menu. *Ci sta provando con me,* pensò. *Potrebbe essere mio padre.* Richard sorrise. Secondo lei, quei baffi erano raffinati. Usò proprio quella parola nella sua mente: *raffinati.*

Però c'era sempre Garamond Rockwell, l'oggetto iniziale delle sue attenzioni, che tracannava Barolo e si era lanciato in un monologo sul suo prossimo libro, un romanzo. Le sue parole scorrevano rapide come un paragrafo di *Moby Dick*:

"Parla di un tizio forse inglese o forse americano ancora non so che è molto introverso non si sa proprio relazionare con gli altri è emotivamente ferito da alcuni eventi del suo passato non è un sociopatico prova empatia per gli altri anzi forse più che per se stesso ma è completamente perso nei suoi pensieri. Si trasferisce a Roma e ha un'epifania nella Basilica di San Paolo mentre si trova sopra la cripta di San Paolo che è stato decapitato dai Romani e all'improvviso perde la testa e diventa la persona più estroversa del mondo e ama tutti e non riesce a smettere di parlare con la gente."

"Ma è *geniale!*" commentò la rossa, stavolta in maniera meccanica. Ora guardava Richard.

Garamond si fermò un secondo per lasciare riecheggiare quel commento automatico sulla sua genialità, poi proseguì: "Ippocrate fu il primo ad affermare che nasciamo con uno di questi quattro umori, come li chiamava lui: malinconico, collerico, sanguigno o flemmatico..."

T.K. si soffiò rumorosamente il naso con un fazzoletto.

"... e le nostre reazioni emotive a tutto quello che succede sono in gran parte temprate da questo umore; da qui viene la parola *temperamento*. In altre parole, siamo ciò che siamo, e qualsiasi cambiamento della nostra personalità esiste soltanto sulla scala di questo temperamento di base. Se ci pensate, la psicologia moderna non ci ha dato molto più di questo. Ma ciò che mi interessa sapere è: cosa succederebbe se la cosa semplicemente non fosse vera, se si potesse davvero cambiare del tutto la propria personalità?"

"È a questo che serve il vino" disse Richard, alzando il bicchiere.

"Brindiamo!" dissero gli altri, e tutti lo fecero, con grande fastidio di Rockwell che sentiva di non essere preso sul serio, forse nemmeno dalla costumista rossa che, si augurava, si sarebbe tolta buona parte del proprio costume nella sua camera da letto più tardi, ma non troppo tardi, perché lui non era più così giovane.

"Ok, brindiamo", disse, "ma ovviamente non mi riferisco ai segnali della personalità all'esterno. Se una persona potesse proprio... sforzarsi di cambiare se stessa, che cosa succederebbe?"

"Come si chiama?" chiese l'attempato compositore. "Il personaggio che saresti tu."

Rockwell trasalì e si mise sulla difensiva. "Non sono proprio io. È più una traccia. Paul."

"Ma certo, Paul, come il santo" disse il compositore. "Come si intitola il romanzo?"

"*San Paolo senza le mura*."

"*San Paolo senza le mura*" ripeté la rossa aggrottando la fronte, pensierosa.

"È per via della chiesa" si intromise T.K. "Il nome della chiesa a Roma. *San Paolo Fuori le Mura*. Una declinazione particolare delle normali regole italiane per esprimere il genere, perché la parola *muro* è maschile, ma quando passa a indicare la struttura difensiva delle città, invece delle pareti di una casa, diventa femminile, *mura*, che tecnicamente sarebbe singolare ma viene trattata come plurale ed è preceduta dall'articolo femminile plurale *le*. Quindi *le mura*. È strano, ma l'italiano è così."

"Oh, adesso ho capito!" fece lei. "*San Paolo senza le mura!* Intende le mura nella sua testa!"

"Brava[3], tesoro" disse Rockwell. "Più vino[4]!"

La rossa si rivolse a T.K. "Quindi anche tu parli italiano?"

"Anch'io? C'è qualcun altro al tavolo che parla italiano? Oh, intendi Rockwell. Credo che lui parli solo la lingua delle carte

---

3. In italiano nel testo originale [N.d.T]

4. In italiano nel testo originale [N.d.T]

dei vini. Io me la cavo. Aiuta il fatto che ho studiato latino al liceo. Tutti dovrebbero studiare latino."

"Guppy, ma tu non avevi fatto un liceo latino?" chiese una delle donne.

"Il Boston Latin" rispose lui, facendosi tronfio. "Non è una scuola in cui insegnano il latino, ma è la più antica scuola pubblica degli Stati Uniti. L'ha frequentata anche Benjamin Franklin, ma senza diplomarsi. Lo stesso vale per Louis Farrakhan."

"A chi non si diploma!" esclamò T.K., alzando il bicchiere.

"A tutto ciò che viene dal latino!" disse Richard, facendo l'occhiolino alla rossa. Rockwell si unì al brindisi, furioso perché l'attenzione era stata distolta dal monologo sul suo romanzo, e incolpando vagamente T.K. per questo.

Arrivò il cibo. L'anziano compositore aveva ordinato le animelle. "Si vive una volta sola" si giustificò, spiegando il tovagliolo.

"Ci dividiamo il cervo" disse Richard al cameriere, indicando se stesso e la rossa. "Può portarci un altro piatto?" La rossa sentiva chiaramente che il cervo era l'unica cosa che avrebbe condiviso con Richard quella sera, anche se le faceva piacere flirtare. Ciò che si stava chiedendo era se sarebbe andata a casa con Guppy o con quel T.K., di cui non sapeva quasi niente, nonostante lo trovasse molto interessante. Non conosceva nemmeno il suo nome.

"Per cosa sta T.K.?"

"*To come!*" intervenne Rockwell dall'altro capo del tavolo, dissezionando una zampa di rana. "È un vecchio cliché del giornalismo; quando un reporter non conosce un'informazione, scrive *TK* sull'articolo, lo consegna e se ne va al bar. Perché si usi la *K* non lo so proprio. Forse dovrei scrivere un editoriale sull'argomento. Lo sapevate che l'alfabeto italiano non ha la *K*?"

"Mi sono sempre impegnato a riempire i miei *TK* prima di andare al bar" disse T.K. "Per orgoglio personale, immagino, visto il mio nome. Mi chiamo Theodore Kincaid. Teddy per gli amici. Anzi, Teddy Junior."

"Hai detto che eri un redattore junior?" chiese Rockwell.

"Io sono Diane" disse la rossa a T.K., ignorando Rockwell.

"Diane!" fece T.K. "Sai che non ho mai conosciuto una Diane in tutta la mia vita?"

"Non ci credo."

"Davvero!"

"Scommetto che lo dici a tutte le Diane."

"Be', potrei farlo, se mai ne incontrassi una. Per questo ci vuole una bottiglia di Beaujolais."

"Cameriere!" chiamò Rockwell. "Un volgare Beaujolais per il redattore junior!"

"Sai Guppy, ti propongo un'idea per un editoriale" disse T.K. "Potremmo chiamarlo un esperimento mentale."

"Sono tutt'orecchie."

"Mettiamo che tu vada dal medico, e lui ti dica: 'Signor Rockwell, mi dispiace informarla che ha un tumore all'uccello.'"

Tutti smisero di mangiare. "Un tumore *all'uccello!*" esplose Rockwell con allegria eccessiva mentre i suoi commensali ridacchiavano con fare complice. "Dev'essere davvero raro!"

"Voglio proprio sperarlo!" intervenne il compositore. "Anche se credo che nel tuo caso, Guppy, la diagnosi richiederebbe un esame al microscopio!"

Un'altra esplosione di ilarità. T.K. ignorò quei versi e proseguì: "Il medico ti dice 'Le restano pochi minuti di vita a meno che non amputiamo. Non c'è tempo nemmeno per l'anestesia.' Tiene in mano una mannaia. Tu chiedi: 'Posso avere un secondo parere?' Lui risponde: 'Be', possiamo chiamare la mia collega per dare un'occhiata.' Fa entrare l'altro medico, e salta fuori che è la tua ex moglie Jessica Stone, quella che ti ha beccato mentre ti facevi la tata ammanettato alla culla con un cappuccio di lattice in testa."

Prima che T.K. potesse dire "Che cosa faresti?" Rockwell era già saltato sul tavolo, Barolo e Beaujolais piovevano sulla tovaglia, le zampe di rana e le animelle volavano per aria, le sedie si ribaltavano e i commensali si sparpagliavano, mentre i due uomini si rotolavano sul pavimento cercando di strangolarsi. Rockwell sapeva di non avere la forza nelle braccia del suo più giovane avversario, quindi cercava di ottenere un vantaggio cavandogli un occhio.

E ci sarebbe riuscito, se Diane non avesse urlato: *"Aiutate Sy! Sta soffocando! Non riesce a respirare!"*

I due smisero di azzuffarsi e scattarono in piedi. L'anziano compositore stava suonando la sua ultima sinfonia: era ancora seduto, si teneva la gola e stava diventando viola in faccia. Aveva gli occhi strabuzzati per il terrore. T.K. spinse via il tavolo, sollevò Sy, lo fece girare e gli praticò la manovra di Heimlich. Dopo tre colpi, Sy sputò fuori un proiettile di animella che rimbalzò sul soffitto e atterrò nel taschino della camicia di Garamond Rockwell. La cena era finita.

Capitolo 22

"Be', è andata bene" disse T.K.

Lui e Richard camminavano verso est sulla Quarantanovesima Strada. Aveva iniziato a scendere una leggera pioggia. Le spesse lastre d'acciaio che ricoprivano le cripte dei perenni lavori stradali di New York erano lucide, e sottili strati di olio motore formavano motivi arcobaleno sotto i fari delle auto di passaggio.

"Quello sì che era il modo giusto di fare la manovra di Heimlich" fece Richard. "Hai salvato la vita a quel tipo, o ciò che ne rimane. Poteva essere la sua ultima cena."

"Mi sa che è stata la nostra ultima cena al Tout Va Bien. Mi dispiace."

"Non devi scusarti. Non avremmo mai finito quella guida in ogni caso. Devo dire che non mi divertivo così tanto con i pantaloni addosso da una vita. E comunque, ti ha aggredito lui. E non è morto nessuno."

"Perché di solito muore qualcuno se ci sono io nei paraggi" ribatté T.K.

Svoltarono sulla Settima Avenue e camminarono in silenzio per un isolato, schivando gli ombrelli. Poi Richard disse: "Lo sapevi che non ho mai visto una nuvola in tutta la mia infanzia?"

"Cosa?"

"Sono cresciuto a Los Angeles, dove non c'erano mai nuvole. Intendo le belle nuvole vaporose come quelle che si vedono andare avanti e indietro sull'Hudson dalla finestra del mio ufficio. Anche quando pioveva il cielo era semplicemente... grigio, come lo smog. Quando sono venuto a Est e ho visto le nuvole, sono rimasto meravigliato dalla loro bellezza. E da allora le ho adorate. Anche quelle scure. Immagino che per molti le nuvole siano una vista deprimente, ma mi hanno sempre messo di buonumore. Quando il cielo è limpido e splende il sole, mi annoio a morte. Strano, vero?"

"Non me l'avevi mai detto."

"A essere sincero, preferisco parlare di donne. Vuoi che ti metta in contatto con quella mia amica speciale di cui ti parlavo? Ti farebbe un gran bene. Sembri terribilmente distratto da tutta questa situazione. Devi vivere nel presente. Sei troppo ansioso."

"La gente ansiosa di solito sopravvive."

"È cinese, sai?"

T.K. si fermò. "La puttana? Intendi proprio cinese?"

"Proprio cinese. Si chiama Lao. Viene da un posto al centro della Cina, la città dove hanno trovato quei soldati di pietra."

"Xi'an."

"Esatto."

"L'esercito di terracotta. Migliaia di soldati a grandezza umana costruiti durante il primo impero. Dovevano proteggere la tomba dell'imperatore. Li trovò un contadino che scavava un pozzo negli anni Settanta."

"Esatto, viene da lì. A volte ne parla. Ha passato dei brutti momenti a quanto pare; uno di quegli aborti terribili, di cui stai scrivendo, ora che ci penso. Non ho mai insistito per conoscere i dettagli."

T.K. rivolse lo sguardo lungo la Settima Avenue, verso le pubblicità cinetiche di Times Square. Su un cartellone, una Lady Gaga gigante era distesa nuda con i seni brulicanti di minuscoli uomini che formavano un reggiseno a maglie. "Mi dai il suo numero di telefono?"

"Ti mando un messaggio."

"Niente messaggi. Dimmelo. Me lo ricorderò a memoria."

"Ok" rispose Richard, tirando fuori il telefono. "È un numero inglese, quindi il prefisso del Paese è +44." Lo lesse a voce alta e si salutarono; mentre scendeva dal marciapiede, Richard si girò verso T.K. e disse: "Agli ultimi Ragazzi del venerdì sera!"

"Hai presente l'esercito di terracotta?" ribatté T.K. "L'imperatore voleva che rimanesse segreto, così fece uccidere tutti gli artisti quando ebbero completato le sculture. Centinaia di artigiani hanno lavorato tutta la vita su quell'esercito, e poi sono stati semplicemente uccisi. Sepolti vivi."

"La vita è davvero ingiusta" fece Richard.

T.K. riprese a camminare verso sud, ripetendo a mente il numero di telefono per memorizzarlo, finché non incappò nella folla incurante di imbonitori e turisti instupiditi attratti, come l'acqua che scende a valle, verso la fessura fetida di Theatre Row.

Mentre attraversava la Quarantaseiesima Strada, sentì l'impulso di girarsi di scatto. Se gliel'avessero chiesto non avrebbe saputo dire perché, ma solo che aveva avuto il vago presentimento, riconoscibile solo da chi vive costantemente sul filo della preoccupazione, di essere seguito. Consapevole delle proprie tendenze paranoiche, non si aspettava davvero di trovare qualcuno alle sue spalle, ma doveva comunque controllare.

Ed ecco che, a meno di dieci passi alle sue spalle, vide Trotsky.

O meglio, non indossava la maglietta di Trotsky che aveva a Hong Kong (vista per l'ultima volta coperta di vomito a bordo del traghetto), ma era lo stesso tizio, con i capelli lunghi, lo sguardo distante e il tipico colorito pallido dei cantonesi, nonché l'apparente urgenza di pedinare Theodore Kincaid Dean in giro per il mondo.

"Figlio di puttana!" T.K. si lanciò verso Trotsky, che lasciò cadere una copia sgualcita del *New York Post* e si mise a correre sulla Broadway. Se avesse bevuto una bottiglia di vino in meno quella sera, T.K. sarebbe riuscito a raggiungerlo, invece calcolò male i tempi di un semaforo e si trovò dalla parte sbagliata di un autobus turistico rosso a due piani che avanzava pesantemente lungo la Broadway. Quando riuscì ad aggirarlo, Trotsky era già scomparso tra le ondate di folla che ora si riversavano fuori

dai teatri. *Perché quei cazzo di musical finiscono tutti alla stessa or a?* si chiese infastidito T.K. Girò per tre volte su se stesso nel tentativo di individuare Trotsky, poi si accorse di avere dei problemi più grossi. Più grossi di parecchi chili.

Dall'altro lato della Broadway, tre enormi uomini caucasici con dei completi larghi stavano tagliando la folla, gli occhi fissi su di lui. Pensò di andare in cerca di un poliziotto – ce n'erano sempre a decine in Times Square, soprattutto per impedire agli artisti di strada di disturbare eccessivamente i turisti – ma cosa gli avrebbe detto? *Aiuto! Ci sono degli omoni sconosciuti che mi seguono per motivi che non so spiegare bene ma che hanno a che fare con gli aborti in Cina!* Non riusciva a immaginarlo. Si diresse verso l'ingresso della metropolitana, ma mentre si avvicinava al primo gradino i tre ceffi si misero a scendere le scale dall'altra parte della strada. La stazione della IRT di Times Square era un enorme labirinto, e T.K. pensò che poteva seminarli laggiù – immaginò che non fossero di New York, visto che avevano le sopracciglia folte e l'aspetto imbronciato da europei dell'est, che lui sapeva riconoscere anche a un continente di distanza – ma poi vide la rastrelliera del bikesharing, con due Citi Bike blu elettrico disponibili. Passò una carta di credito sulla colonnina e ottenne il codice per sbloccare una bici, mentre due degli uomini si lanciavano verso di lui. (Il terzo era entrato nella stazione.) Corse verso la bici più vicina, a qualche metro dalla colonnina, inserì il codice e la estrasse dalla rastrelliera. *Cazzo!* Ruota sgonfia. A New York, se una cosa sembra troppo semplice, di solito è perché sei la milionesima persona a rendersi conto che in realtà è difficilissima. Gli uomini erano alle prese con il traffico sulla Settima Avenue. T.K. tornò di corsa alla colonnina e passò di nuovo la carta. Ma non aveva rimesso a posto la bicicletta sgonfia, quindi il sistema pensò che ne avesse già presa una e non fornì un altro codice. Cazzo, *cazzo!* Fece di nuovo il giro, rimise al suo posto quella stupida bici con la gomma a terra, attese di sentire il suono del blocco e tornò di corsa alla colonnina per ottenere un nuovo codice. La bici restante si trovava in fondo alla lunga rastrelliera. Gli uomini erano riusciti ad attraversare la strada quando lui raggiunse la bici, pregando che le gomme fossero piene di nitrogeno. Sì, grazie a Dio! Inserì il codice. *Luce rossa.* Di nuovo. *Luce rossa.* "Maledetti bastardi di Citi Bike!" Tentò una terza volta. *Luce verde.* Strappò via la bici dalla rastrelliera, ci saltò sopra – la sella era regolata per una persona bassa, quindi si sentiva come un clown al circo – e si lanciò oltre il marciapiede imboccando la Settima Avenue proprio mentre il primo dei tre gli arrivava accanto. L'uomo imprecò in una lingua a lui sconosciuta e poi si mise a urlare *"Taxi!"*

"Buona fortuna, stronzo!" gridò T.K. mentre si allontanava sulla bici, ringraziando la sorte perché i suoi aggressori cercavano di fermare un taxi a Times Square con la pioggia mentre la gente usciva dagli spettacoli. Sapeva però che prima o poi ne avrebbero trovato uno, o che avrebbero trascinato una vecchia signora fuori da uno già occupato. Pensò che sarebbe stato più al sicuro fra le traverse, che erano intasate da una sponda del fiume all'altra. Non potevano raggiungerlo in mezzo a quel traffico.

All'altezza della Sesta Avenue prese un semaforo rosso e si mise tra due furgoncini, scese e regolò la sella. Quando scattò il verde ripartì, facendo zig-zag tra le strade di Manhattan, diretto a sud a grande velocità. Quando era costretto a prendere i viali più larghi andava contromano, imboccando le arterie dirette a nord per evitare i suoi nuovi amici, in caso fossero riusciti a prendere un taxi.

"Ehi stronzo, sei contromano!" disse un uomo in completo che attraversava la Madison all'altezza della Trentaduesima.

"Scusa, ho fretta" disse T.K., sterzando per evitare il pedone.

"E chi non ne ha?" rispose l'uomo. "Fanculo il bikesharing e voi stronzi! Fanculo Citi Bike!"

Una città priva di vicoli non lascia molta scelta ai ciclisti che vengono inseguiti. Ma T.K. conosceva tutte le piazzette, i parchetti e i passaggi pedonali, che erano perlopiù concessioni delle imprese edili in cambio del "diritto" a costruire complessi di uffici e appartamenti ancora più alti e opprimenti rispetto a quanto i regolamenti urbanistici di Manhattan, già morbidi di per sé, consentissero. Gran parte di questi "spazi pubblici privati" avevano nomi vagamente aristocratici – Connaught Park, Brevard Place, Sterling Plaza, Dumont Plaza, Highpoint Plaza – nonostante fossero stati creati con intenzioni apparentemente democratiche. In realtà si trattava di considerazioni progettuali fatte in un secondo momento, che avevano un bell'aspetto sulla planimetria ma nella vita reale erano accoglienti come la cascata di ghiaccio di Khumbu. Entro un anno dalla costruzione, molte di quelle intercapedini urbane senza luce solare si trasformavano in desolate distese di cemento con un po' di verde avvizzito, cestini della spazzatura traboccanti e il tanfo nauseabondo dell'urina secca sui marciapiedi che non aveva alcuna via di scolo. Ma ce n'erano ovunque, e se conoscevi la città potevi fare da nord a sud e da est a ovest attraversando Bel Canto Plaza e Alliance Capital Park, Verizon Special Permit Plaza e Dag Hammarskjold Park, Murray Hill Mews, Madison Green, la Galleria commerciale Saatchi & Saatchi, Salomon Smith Barney Plaza, Zuccotti Park (dove era nato Occupy Wall Street) e il passaggio pedonale coperto J.P. Morgan, il tutto senza quasi incontrare traffico.

Il fatto che l'America fosse in mano alle grandi aziende giocava a suo favore in quel momento, pensò T.K. mentre aggirava un minuscolo accampamento di senzatetto di Parc East Park, con il suo nome ridondante. Oh sì, stava vivendo nel presente! In quel presente era un ragazzo, con la mente lucida prima dell'incidente con le cesoie e il primo sorso di whisky che aveva segnato la sua cacciata dal Paradiso, e pedalava in sella a una bici Schwinn, di notte, in un parco di una cittadina del Vermont. I cassonetti diventavano meli, carichi di frutti in autunno! Le buste della spesa e gli incarti dei fast food, portati dal vento, erano foglie d'acero cadute! L'odore acre di urina era un misto di terriccio e fumo di camino! Un ragazzo del New England diventato spia internazionale e inseguito da efferati agenti stranieri! Sì, era quella la realtà del ragazzo, il presente nella testa del dodicenne.

Pioveva più forte. T.K. proseguiva verso sud, liberandosi delle preoccupazioni un isolato dopo l'altro nel vedere che non c'era segno dei suoi inseguitori. Ma all'altezza di Houston Street li scorse a bordo di un taxi. Anche loro lo videro, e fecero un'inversione a U all'incrocio con la Prima Avenue. Lui si lanciò contromano su Orchard Street in direzione di Delancey, sapendo che l'avrebbero seguito lungo la Allen. Il Ponte di Williamsburg, con la sua corsia dedicata alle bici, rialzata rispetto alla strada e ai binari della ferrovia, emergeva dalla nebbia. Perfetto! Ovviamente i suoi inseguitori non erano molto lontani; il taxi imboccò Delancey Street proprio mentre T.K. entrava nella corsia per le bici.

Spinse forte sui pedali per risalire lungo il ponte. In alto, sopra l'East River, la pioggia batteva più forte. Arrivato in cima gettò il suo cellulare oltre il parapetto e lo vide scomparire nel vapore nero che ricopriva le acque del fiume. Poi sentì stridere le ruote di un treno in avvicinamento e intravvide un raggio di luce sulle rotaie che andavano in direzione Manhattan, e che correvano al centro del ponte, tra le carreggiate per il traffico su ruota, sotto alla corsia per le bici; un treno della linea J risaliva pesantemente la campata.

Il parapetto era alto solo un metro e venti, e la Citi Bike leggera a sufficienza perché T.K. riuscisse a sollevarla sopra la testa e lanciarla sui binari. L'autista, un sindacalista tutto d'un pezzo di nome Jesus Algorado che lavorava sulla linea BMT dal 1987, aveva visto un sacco di stranezze su quei binari, ma mai una bicicletta. Pestò sui freni, e quando il treno si fermò, a pochi metri dalla Citi Bike distrutta, T.K. aveva già scavalcato il parapetto ed era sceso dall'altra parte. Con un piccolo salto si ritrovò sul tetto del treno; qualche minuto dopo era tra un vagone e l'altro. Fece scorrere la porta e si mise a sedere vicino a un'infermiera, che stava discutendo al cellulare con il marito. La polizia ferroviaria ci avrebbe messo parecchio a rimuovere quella cazzo di Citi Bike dai binari. Sarebbero rimasti fermi lì per un po'.

Essenze
Quinto parte

Capitolo 23

K ong Lao estrasse dalla borsa un pacchetto di American Spirit. "Sigaretta?"

"Non fumo" disse T.K. Erano nel monolocale della donna, in un palazzo senza ascensore a Murray Hill. Tecnicamente era più uno studio, visto che gran parte dei suoi clienti la visitava lì, pagando ottocento dollari per un'ora di sesso in cui tutto era permesso. Dal ristorante al pianoterra arrivava un odore di curry.

Lao scrollò le spalle e si accese una sigaretta, poi gli mise le braccia al collo e gli soffiò il fumo in faccia. "Scommetto che posso convincerti a dividertene una con me, cosa ne dici?"

"Non faccio scommesse."

"Non fumi, non fai scommesse. Che cosa fai?"

"Ascolto."

Lao si girò. "Allora perché non ascolti il suono della cerniera del mio vestito?"

"Rimani pure vestita. Fammi vedere il tuo passaporto."

"Cosa?"

"Non preoccuparti, non sono dell'ufficio immigrazione. Per favore, fammi vedere il passaporto."

La donna afferrò la borsa e si alzò per aprire la porta. "Vattene."

"Aspetta un momento. Ecco." T.K. estrasse dal portafoglio dieci centoni e li lanciò sul tavolino. "Dimmi un po', quando è stata l'ultima volta che hai fatto mille dollari senza toglierti i vestiti? E dai."

Lei esitò, poi rispose: "Ti faccio vedere il mio se tu mi fai vedere il tuo."

T.K. alzò gli occhi al cielo. "Ok. Tieni." Le porse il documento.

Kong Lao frugò nella borsa e gli diede il suo passaporto cinese color porpora. Se li scambiarono con un movimento sincronizzato.

"Wow!" disse, sfogliando i visti di T.K. "Libia, eh? Sei una specie di terrorista?"

"Ero di passaggio... lascia perdere."

"Ehi, *persona non grata* in Cina! Devi essere proprio cattivo!"

"Il peggio." T.K. sfogliò quello della donna. "Non esci dagli Stati Uniti da oltre un anno; hai la green card?"

"Per chi mi hai preso? Secondo te ho imparato l'inglese per tornarmene a Xi'an? Spero di ottenere la cittadinanza. Sto studiando. 'Or sono ottantasette anni...' "

"Fammi vedere la green card."

Kong Lao sbuffò e gliela diede.

"E trentuno" disse lui. "È per i lavoratori specializzati."

"Non sembravi molto interessato alle mie specialità, un minuto fa. Hai mai sentito parlare di *Cinquanta sfumature di grigio*? Io ne conosco più di settanta. Alcune a colori."

"Hai dei parenti in Cina?"

"Nessuno di cui mi importi, o a cui importi qualcosa di me."

"Come sei arrivata qui? Chi ti ha pagato il viaggio?"

"Ho studiato con il programma Red Star alla Columbia."

"Sì, e io sono Charlie Chan. Dimmi la verità. Ascolta, sto cercando di aiutare una persona." Si scambiarono di nuovo i passaporti.

"Tutti hanno bisogno di aiuto" rispose lei.

"Un'amica, cinese. È scomparsa dal Guangxi."

"Dal Guangxi? Oh, non promette bene."

"Perché?"

"Be'... non so. Cioè, non ne sono sicura, ma so che anche la CIA ha le mani in pasta da quelle parti."

"Spie?"

"Di spie non so niente. Christian International Aid."

"Christian...? CIA? Non è possibile! Troppo semplice. Le spie non sono così stupide." Si bacchettò mentalmente per non aver pensato a quelle iniziali prima.

"Dici? Se sono così intelligenti, come spieghi l'11 settembre?"

"Cazzo."

"Sì, *cazzo*, è proprio la parola giusta. Non sono quello che sembrano, quei cristiani. Dopo che ho abortito mi hanno dato i soldi per andarmene da Xi'an, mi hanno procurato un passaporto e un biglietto aereo per Amsterdam."

"Amsterdam?"

"Esatto. Quella città è maledetta."

"Se non hai figli, perché hai dovuto abortire?"

"Non ho detto che è stato un aborto forzato."

Divenne improvvisamente seria e passò a parlare mandarino. "Hanno mandato un tizio a prendermi agli arrivi della KLM a Schiphol. Aveva un cartello con sopra il mio nome e un crocifisso. Ho pensato che forse mi sarei dovuta fare suora. E invece. In men che non si dica mi ritrovo in un bordello, in ginocchio, ma non proprio per pregare. I proprietari erano dei russi. Gente schifosa con i peli sul petto. Niente di personale se ce li hai anche tu, ma quelli li hanno anche sulla schiena." Fece una smorfia come se stesse mangiando un limone. "Per fortuna molti dei clienti erano inglesi, gente che veniva con l'Eurostar per farsi un weekend in città. È così che ho imparato l'inglese. Per prima cosa le parolacce: *tit, cunt, pussy, ass, cock, cum, suck, fuck*. Le so tutte anche in francese: *chatte, cul, baise, nichon...*"

"Ho capito."

"Potrei lavorare all'ONU."

"Stai dicendo che l'associazione cristiana ti ha venduta come schiava sessuale?"

"Schiavitù è un'esagerazione. Nel mercato di oggi, servono delle capacità. Ho capito che potevo fare più soldi di nascosto se me lo facevo mettere in culo, cosa vietata dalle regole della casa. E credimi, tutti quegli inglesi volevano mettermelo nel culo.

Non pensavano ad altro, mentre il treno attraversava la Manica. Lo sai perché? Perché sono tutti gay. Comunque, è così che mi sono comprata una via d'uscita. Prima sono andata a Londra, più vicina ai clienti. Poi ho messo su un'attività di vendita di mutandine online. Dovevo indossarle solo per un paio d'ore, quindi riuscivo a fare le scorte di una settimana in un giorno.”

“E sei diventata capitalista di punto in bianco.”

“Bianco? Ti piacciono le mutande bianche? Non sarai mica mormone? Alcuni dei miei migliori clienti sono mormoni.”

“Questa risparmiatela per l'esame di cittadinanza. Ti do un consiglio per studiare: ti chiederanno il nome di due tribù di indiani americani.”

“Apache e Geronimo?”

“Cerca su Google.” Si avviò alla porta.

“Ehi, dove stai andando?”

“Ad Amsterdam. Ho sentito che gli olmi sono splendidi in questo periodo dell'anno.”

“Ti servono delle mutandine?”

Capitolo 24

Il laboratorio di intaglio dell'avorio si trovava dall'altra parte della strada rispetto alla stazione di polizia; una vera comodità, perché significava che Nong Ning poteva ritirare la mazzetta mensile da Chou Yishan, proprietario e maestro intagliatore, poi percorrere pochi passi per incontrare il suo tuttofare, il vicecomandante della polizia Fang Dazhu. Ning detestava camminare quasi quanto detestava le piantagioni di riso, soprattutto nei giorni caldi, e questo era torrido.

Il laboratorio era un ambiente lungo e stretto con alte finestre a lucernario, molto simile a una piccola fabbrica, cosa che in un certo senso era. Dal suo banco da lavoro, posto a una delle estremità dell'edificio, Yishan supervisionava una mezza dozzina di postazioni, dove degli apprendisti con camici bianchi, mascherine antipolvere e fasce frontali da gioielliere con lente d'ingrandimento effettuavano piccoli intagli. Una radio a transistor sparava musica Cantopop, che a volte era coperta dallo scoppiettio di uno dei molti compressori ad aria. Entrandovi, un occidentale avrebbe potuto provare una vaga sensazione di ansia, non tanto per la vista delle zanne di elefante accatastate ovunque, quanto per il gemito stridulo dei piccoli trapani pneumatici impugnati dagli artisti, trapani che erano proprio come quelli usati dai dentisti sull'avorio umano. Sulla parete più lontana, era appeso uno striscione con sopra scritto a caratteri rosso acceso:

不要紧，你如何慢慢走，只要你不停止！

Era una frase di Confucio: "Non importa quanto vai piano, l'importante è non fermarsi."

Ning salutò Yishan, un anziano rinsecchito con una barba sottile come baffi di maiale, e gli chiese conferma della consegna della zanna dell'elefantino. "Per quanto riguarda l'aspetto narrativo, mi piacerebbe replicare alcune scene da *Il tappeto da preghiera carnale*" disse all'artista. "Partendo da quella in cui il mago mette un rene di cane nel pene di Wei-yang Sheng per ingrandirlo e renderlo più resistente. Poi ovviamente lo mostreremo mentre fa sesso con diverse donne, da sole o in gruppo."

"Una splendida scelta!" disse Yishan ossequiosamente. Le sue abilità di maestro intagliatore erano superate soltanto dalla sua capacità di condiscendenza verso i clienti più influenti. Entrambi i talenti si erano affinati col tempo. "E sua moglie Yuxiang? Mostriamo anche lei?" Yishan conosceva tutti i grandi temi classici, soprattutto quelli erotici; li aveva rappresentati un'infinità di volte, sebbene garantisse ai suoi clienti che ogni versione era la prima, e che si trattava di un tema narrativo brillante che solo un genio, ovvero quello specifico cliente, avrebbe potuto considerare, invece di dire la verità: che era l'ennesima orgia. D'altronde, il cliente ha sempre ragione, ma ben poca fantasia. Che spreco di avorio di qualità.

"Sì, ma non il suicidio. Mostrala prima, quando pratica la sue... abilità speciali."

"Ah, intende la sua destrezza con il pennello da calligrafia infilato nella vagina!"

"Esatto."

"Un'ottima idea, onorevole Nong!" Yishan si chiese quale fosse il principio della fisica newtoniana secondo cui un uomo delle dimensioni del signor Nong potesse chinarsi sul gabinetto senza rovesciarsi. Forse la sua stazza era come un'ancora gettata in mare, che lo teneva saldo nella corrente, per così dire. O forse a casa aveva un gabinetto alla occidentale, per sedercisi sopra. "Ambienteremo la scena nel bordello dove ha imparato il trucchetto. Come artista ho sempre sentito una certa affinità con il suo personaggio ma non ho mai avuto l'onore di rappresentarla."

"Dimmi Yishan. Nella tua carriera, hai mai incontrato una donna con una tale... vena artistica?"

Yishan si accarezzò la sottile barba, pensieroso. "Giravano alcune storie su una studentessa all'istituto d'arte. Si diceva che avesse tendenze saffiche. Sono solo voci, immagino. Ma se me lo consiglia, terrò gli occhi aperti!"

Risero entrambi, attirando lo sguardo di un giovane apprendista, un ragazzo la cui pelle scura era appena visibile sotto un velo di polvere d'avorio. Aveva una frangia lunga che gli nascondeva gli occhi, fissi su qualcosa che si trovava molto oltre i bottoni di camicia d'avorio allineati sulla sua postazione di lavoro, oltre le pareti del laboratorio, oltre la Cina stessa. Stava pensando all'algebra e a San Francisco.

"Chi è quel ragazzo?" chiese Ning.

"Suo padre era l'uomo ucciso dalla polizia. Ora non ha i soldi per comprarsi i libri scolastici. È un buon lavoratore, con un'inclinazione artistica. Questo significa che spesso è perso nei suoi pensieri."

"In tal caso, forse è meglio che eviti i libri scolastici!" I due risero di nuovo, poi Ning si congedò e attraversò la strada diretto alla stazione di polizia. Dall'asfalto del parcheggio provenivano ondate di calore, che si avvolgevano a spirale come onde gravitazionali intorno al buco nero della Buick di Fang Dazhu. Ning entrò, sorrise a Mei (che fece un leggero inchino) ed entrò nell'ufficio di Dazhu. Il vicecomandante si stava versando un bicchiere di *báijiŭ*.

"Onorevole segretario del partito!" disse l'agente. "Arriva giusto in tempo per la prima bevuta alla fine di una lunga giornata."

Ning controllò l'orologio. "È ancora mattina."

Fang guardò quello a muro. "È vero! Sa, iniziamo a lavorare molto presto da queste parti."

"Sono certo che le vostre giornate siano lunghe e le notti senza dubbio... più lunghe ancora" disse Ning, accomodandosi sull'unica sedia priva di braccioli, che Dazhu teneva in ufficio proprio per accogliere il suo enorme onorevole ospite. La sedia era robusta, addirittura rinforzata specificamente per Ning, ma non così comoda da spingere chi vi si sedeva a indugiare a lungo. "In ogni caso, ho caldo e vorrei un bicchiere d'acqua."

"Mei!" gridò Dazhu. "Acqua per il segretario!"

Ning si chiese per quanto tempo un vicecomandante della polizia che si ubriacava e violentava le sue sottoposte potesse mantenere il proprio incarico. I tempi stavano cambiando, e i funzionari tendevano a tollerare meno le indiscrezioni, soprattutto nelle grandi città. Ma valeva anche per la zona rurale del Guangxi? Era difficile a dirsi. E poi l'uomo era uno Zhuang, non un cinese come gli altri, e la tolleranza per gli idioti immorali era all'ordine del giorno da parte di Pechino.

"Come sta l'agente ferito?" chiese Ning.

"È in fase di guarigione" rispose Dazhu. "Per fortuna è destro e il proiettile l'ha colpito al braccio sinistro."

"E l'agente che si è fatto fregare l'arma?"

"Yun Jian. Uno sfortunato incidente. Sembra che il ragazzo si sia spaventato per gli spari, e questa distrazione ha consentito a Chen di prendergli la pistola. In ogni caso ha disonorato la propria famiglia e non sarà mai promosso."

Mei entrò con una bottiglia di plastica gocciolante, appena uscita dal frigorifero. "Grazie" disse Ning, e la guardò uscire ancheggiando dalla stanza. Poi si rivolse a Dazhu: "Proprio un bel fiorellino. Renderà davvero felice qualcuno... sempre che non succeda già." Sottolineò la frase con un occhiolino, per essere certo che l'altro capisse che era al corrente delle sue abitudini. Dazhu alzò il bicchiere di *báijiǔ*; Ning fece lo stesso con la bottiglietta d'acqua, poi si spostò sulla sedia con tutta la delicatezza che la fisica gli consentiva. "Niente è così buono come dell'acqua fresca in una giornata calda" commentò. "Sa, ho notato di recente che le carpe del fiume sembrano più piccole."

Dazhu si chiese se fossero i pesci a essersi rimpiccioliti o se semplicemente Ning fosse diventato più grosso rispetto a loro.

"E molta gente vieta ai figli di fare il bagno" proseguì Ning. "Pare che abbiano avuto degli sfoghi cutanei."

Dazhu ripensò all'americano, il signor Dean: anche lui aveva avuto uno sfogo ed era stato nel fiume. "Sospetto che quegli allevamenti di maiali stiano inquinando il Lijiang" proseguì Ning. "Dobbiamo condurre delle ispezioni ambientali. Se necessario, faremo sgomberare le rive del fiume."

"*Sgomberare?*" Dazhu guardò la sua bottiglia di *báijiŭ*. "Molte migliaia di persone vivono lungo il fiume."

Ning si diede un colpo sulla coscia e raddrizzò la schiena. "Ispettore Fang, a costo di dover ripassare la geografia delle scuole primarie, le ricordo che il Lijiang si immette nel fiume delle Perle e quindi nel bacino idrico di tutto il sud della Cina. Al di là delle nostre preoccupazioni a livello locale, la pulizia del Lijiang ha effetto sulla salute di centinaia di milioni di cittadini da qui a Hong Kong. Che scarichino quello che vogliono nel fiume delle Perle da Canton in poi; io ho la responsabilità del Lijiang al di sopra delle dighe."

"Molto bene, segretario" rispose Dazhu, desiderando di lanciare il bicchiere di *báijiǔ* in faccia a quello stronzo di un grassone, nonostante fosse uno spreco di alcol buono.

Ning tornò a sistemarsi sulla sedia, che scricchiolò e gemette. "Quel ragazzo Zhuang che adesso lavora dall'altra parte della strada" disse indicando con la testa il laboratorio di intaglio. "Che ne è stato di sua madre?"

"Non è uno Zhuang" si affrettò a precisare Dazhu. "I suoi genitori erano entrambi Han."

"È molto scuro."

"Chi vive sulle case galleggianti è sempre al sole" disse Dazhu. "Si abbronzano come i pescatori. In ogni caso, sua madre sembra essere scomparsa." Si allungò per prendere il pacchetto di Zhonghua, sperando di cambiare argomento. "Sigaretta?" Di solito Dazhu fumava le Hongtashan, economiche e dolci, ma teneva sempre delle costose Zhonghua sulla scrivania per impressionare i funzionari di partito.

"No, grazie" rispose Ning. "Il dottore continua a dire che non mi fanno bene al cuore. E poi, non ha visto i nuovi manifesti arrivati da Pechino?"

"*Regalare sigarette è come regalare il cancro!* Quanto è vero, eppure, come all'inizio di molti viaggi, quanto sembra lontana la fine."

"Proprio così" replicò Ning.

"Parlando di tabacco" disse Dazhu, "Di recente abbiamo intercettato dei camion che entravano nella segheria dove si lavora il legno di loto carichi di balle di tabacco provenienti dalla provincia dello Yunnan."

Ning si raddrizzò di nuovo sulla sedia.

"Visto che lo stabilimento non produce sigarette" proseguì Dazhu, "La cosa mi è sembrata strana. Inoltre, molti dei camion che escono dalla segheria sono carichi di fusti da duecento litri, non proprio adatti per trasportare il legno. Non so cosa farmene di questa informazione, ma ho pensato che dovesse saperlo."

"Interessante. Grazie per l'attenzione. Ora devo andare." Finì la sua acqua e si congedò.

Tornato nel parcheggio, Ning sentiva l'asfalto bruciare attraverso le suole delle scarpe. La papaya in vaso era afflosciata come un profeta crocifisso. Si chinò con attenzione dentro l'abitacolo della sua Audi – il tettuccio nero in metallo era troppo caldo per usarlo come appoggio – e si calò lentamente fino a crollare sul sedile, mentre l'auto si inclinava pesantemente a sinistra. Si sistemò le mutande che lo infastidivano, accese l'aria condizionata ed estrasse il cellulare.

"Signor Hu, sono Nong Ning."

"Onorevole Nong, la sua chiamata è davvero provvidenziale" disse Tianhua, che era bloccato nel traffico di Canton. "Ha ricevuto il mio regalo?"

"Sì" rispose Ning. "Proprio un gesto generoso. La stanno già intagliando. Le sono infinitamente grato."

"Il piacere è tutto mio. Fare affari con un collezionista dai gusti così raffinati è qualcosa di gratificante."

"La ringrazio" disse Ning, sicuro che Tianhua stesse mentendo. "Signor Hu, mi è stato riferito che la sua segheria di loto riceve grandi quantitativi di tabacco non lavorato, e spedisce camion carichi di fusti sigillati. Mi scusi per la domanda, che le assicuro non è di natura ufficiale, ma scaturisce semplicemente dalla mia innata curiosità..."

"Non è necessario che si scusi, Onorevole Nong. Comprendo benissimo che un uomo del suo enorme intelletto disponga di una altrettanto grande fame di conoscenza. Nelle mie attività sono sempre in cerca di nuove opportunità, e ultimamente credo di averne trovata una nel campo del tabacco."

Ning aggrottò la fronte. "Lungi da me voler mettere in discussione il suo fiuto per gli affari, ma il settore del tabacco non è già piuttosto maturo, e fortemente regolato? Non mi è chiaro quali siano le possibilità di ingresso per nuovi arrivati dalle idee innovative."

"Spero che questa sia anche la mentalità delle aziende storiche che producono tabacco" rispose Tianhua. "Ma credo che ci siano enormi opportunità nel settore delle sigarette elettroniche."

"Ah davvero?" chiese Ning con disinvoltura, senza dare a intendere di non aver mai sentito parlare di sigarette elettroniche."

"Enormi" ripeté Tianhua, immaginando che Ning non avesse mai sentito parlare di sigarette elettroniche. "Si ritiene che queste sigarette non provochino il cancro. Sa, si tratta di boccette di nicotina liquida che vengono vaporizzate creando un fumo che può essere inalato senza catrame."

"Ma certo" disse Ning, grato per la spiegazione di Tianhua che gli consentiva di salvare la faccia. "Quindi state producendo queste sigarette elettroniche alla segheria?"

"Oh no. Non abbiamo le attrezzature per fabbricarle nel Guangxi; non siamo in grado di produrre gli apparecchi o di realizzare lo stampaggio a iniezione, né tantomeno abbiamo gli addetti al montaggio necessari. Ci limitiamo a trasformare il tabacco in nicotina liquida, che poi vendiamo ai produttori."

"Capisco" fece Ning, non volendo dare l'impressione che la cosa lo preoccupasse più di tanto, nonostante fosse furioso per essere stato lasciato all'oscuro. "Non ricordo di aver visto alcun permesso per la produzione o il trasporto di questa nicotina liquida nel distretto."

"Ah, mi sembra che la sua innata curiosità abbia assunto un tono più ufficiale" commentò Tianhua. "Non c'è nulla di cui preoccuparsi: al momento mi assicurano che non sono richiesti permessi per la nicotina liquida. E poi, è del tutto innocua. Proviene da una pianta!"

Capitolo 25

Erano le undici di un caldo giovedì sera e le vetrine lungo Sint Annenstraat iniziavano a riempirsi di vita. Nel vero senso della parola, pensò T.K.: vetrine ornate di frange e neon rossi luminosi incorniciavano donne in carne e ossa e poco vestite, impegnate in pose suggestive su o intorno a sedie o pali, che invitavano i potenziali clienti. In alcune vetrine c'erano interi gruppi di donne, in posa come in uno di quei dipinti dei maestri olandesi che ritraggono i mercanti borghesi nella loro sala delle corporazioni, ma senza gli alti cappelli. Anche le prostitute erano mercanti e avevano una corporazione, ma il paragone si fermava lì. La maggior parte veniva dall'Europa dell'Est; la loro recente immigrazione era di dubbia legalità, ma una volta giunte in una vetrina del quartiere a luci rosse di Amsterdam erano contribuenti che lavoravano sodo.

I turisti del sesso uscivano barcollando dai bar e dagli speakeasy. T.K. parcheggiò la sua bici a noleggio lungo il canale Oudezijds Voorburgwal di fronte al Museo della canapa, della marijuana e dell'hashish, avvolgendo il pesante catenaccio intorno a un palo che avvertiva di non scattare fotografie alle prostitute nelle vetrine. In una città di tossici e biciclette, i lucchetti robusti erano uno stile di vita, e anzi richiesti dalla legge. T.K. pensò che forse Amsterdam aveva più regolamentazioni riguardo alle bici che ai locali dove si vendevano sesso e droga. Era una buona bici per essere a noleggio, una Workcycle, prodotta sul Lijnbaansgracht a Jordaan da un fabbricante che noleggiava pesanti biciclette olandesi nere in acciaio con portapacchi anteriori abbastanza robusti da reggere un passeggero, e non erano così esplicitamente turistiche come quelle della maggior parte dei noleggi, né tappezzate di loghi di sponsor aziendali come le biciclette di New York.

Il pensiero di New York fece rabbrividire d'istinto T.K., portandolo a guardarsi alle spalle. Non c'erano scagnozzi alle sue calcagna. Non aveva più comprato un telefono dopo che l'ultimo era finito giù dal ponte di Williamsburg a New York. Aveva ridotto in cenere la sua carta di credito – quella usata per noleggiare la Citi Bike gettata sulle rotaie – e aperto un conto corrente in una nuova banca online a nome di Meg. Sua moglie. O forse ormai era la sua ex moglie? In ogni caso sapeva di potersi fidare di lei, forse ancora di più ora che il bagaglio frettoloso del loro matrimonio era stato lasciato sul nastro trasportatore dell'aeroporto. Aveva caricato diecimila dollari su carte prepagate in sei diversi Walmart in New Jersey, Connecticut e a Long Island, il tipo di carte che i membri delle gang utilizzavano in carcere per corrompere le guardie. Aveva pensato di pagare in contanti il volo per Amsterdam all'ufficio della Delta a New York, ma gli era venuto il dubbio che questo avrebbe attirato maggiormente l'attenzione. Chi è che paga dei biglietti aerei in contanti? Avrebbero probabilmente segnalato il suo passaporto. I criminali sanno come fare: negli Stati Uniti del Capitale Americano, le carte prepagate di Walmart sono molto più sicure delle effigi di presidenti morti.

Non era riuscito a recuperare il manoscritto dalla borsa di Trixie. La sua cara defunta agente viveva sola e non aveva parenti, ma T.K. era riuscito a rintracciare Cleary, la sua assistente, che gli aveva detto di aver controllato tutte le cose di Trixie, senza trovare la chiavetta USB. T.K. non aveva un portatile né un telefono, e l'unica copia del manoscritto e degli appunti che gli rimaneva era nella chiavetta dentro il taschino della sua giacca. Appena arrivato ad Amsterdam si era diretto alla biblioteca pubblica per controllare l'e-mail su un computer.

Il signor Howe era ancora ricoverato al Lower Manhattan Hospital, dove il personale aveva iniziato a invocare il rispetto della privacy e a rifiutarsi di parlare con lui. Durante le sue visite T.K. aveva cercato di saperne di più su Blokov, il capo russo dell'uomo ad Amsterdam, ma il paziente si limitava a fissare la TV nella sua stanza. Se la Christian International Aid era davvero una copertura della CIA, perché a gestirla c'era un russo?

Molte delle migliori prostitute di Amsterdam erano russe; avevano l'aspetto di vere e proprie top model ed erano meno propense delle prostitute di taglie forti a offrire sconti ai

primi arrivati. In genere lavoravano nella zona VIP dietro la
duecentesca Oude Kerk, con le sue svettanti volte in legno
sotto le quali pregava Rembrandt, in vetrine dai nomi che
mescolavano inglese e olandese come Sex Paradijs; in effetti, a
giudicare dalle insegne di De Wallen, la parola olandese corretta,
seks, era ormai caduta in disuso in favore dell'inglese. Per fare
seks con africane o asiatiche bisognava prendere le strade laterali;
i travestiti lavoravano al di là del canale Achterburgwal, nel
cosiddetto quartiere a luci blu.

"Quanto vuoi?"

L'australiano barcollava, una sigaretta incollata al labbro
inferiore, e insieme a quattro amici guardava una russa alta in
una piccola vetrina. T.K. non beveva da quella disastrosa cena a
New York della settimana precedente, e si meravigliava di come
la sobrietà facesse apparire ubriaco fradicio anche chi era solo
un po' alticcio.

La prostituta russa, in perizoma, era abbastanza magra da
poter finire su una rivista. Nonostante le luci rosse, le sue pupille
dilatate erano evidenti, e T.K. aveva la certezza che fosse più
fatta dell'australiano; probabilmente era una tossica e forse pure
pazza, del tipo che morde l'uccello della gente. Gli abitanti
di Amsterdam si divertivano ad avvertire i turisti di questo
pericolo e a guardarli sgranare gli occhi, ma T.K. sospettava
che si trattasse della solita vecchia misoginia in circolazione da
quando Eva aveva dato un morso alla mela. In ogni caso alcuni
di quei clienti probabilmente se lo meritavano, un morso; ad
esempio Garamond Rockwell, se aveva mai pagato per fare

sesso. *Se? Tutti gli uomini pagano per fare sesso*, pensò, *è solo una questione di contesto.*

La russa aprì la porta laterale e si rivolse all'australiano. "Cinquanta euro" disse in un inglese accettabile. Il prezzo standard per venti minuti.

"Cosa comprende?" chiese lui.

"Pompino e scopata, missionario" rispose lei, recitando il menu base senza variazioni.

"Quanto per la pecorina?"

"Il pacchetto completo è cento euro. Tutto compreso e dieci minuti in più."

"Girati" disse l'australiano agitando il dito. Lei roteò su se stessa e lui la fissò.

"Bel perizoma, baby!" disse un altro turista.

T.K. stava pensando ai diorami al Museo americano di storia naturale, dove si poteva entrare nella Akeley Hall of African Mammals e vedere gli gnu delle pianure del Serengeti e i gorilla del Monte Kivu, le antilopi dell'Angola, gli orici del deserto libico e gli scimpanzé del fiume Cavalla in Costa d'Avorio, il tutto senza muovere un passo. Allo stesso modo, mentre si trovava nella zona più antica di Amsterdam, immaginava di essere in qualsiasi parte del mondo.

Questa prospettiva non era ordinata o razionale, non era come rimpicciolire la visuale su Google Earth per vedere il mondo intero, quanto piuttosto come vedere tutta Google Street View in una volta sola. Non c'era un modo morfologicamente umano di interpretarla, così come non si poteva immaginare come sarebbe stato elaborare la vista dei trentamila occhi di una libellula. Ma la sensazione era allo stesso tempo surreale e iper-reale, come la luce che si piega attraverso l'acqua, e T.K. giunse alla conclusione disorientante che quell'iper-mondo nella sua mente, in una strada di De Wallen, non era immaginato ma esisteva davvero, che il mondo reale andava in scena su un palco nel suo cervello e aveva una leggera curvatura.

Solo una questione di contesto.

"Cazzo, allora ci sto" disse l'australiano. Spense la sigaretta, entrò e fece un cenno ai suoi amici, uno dei quali disse: "Ci vediamo al Bulldog tra un'ora, bello." Poi si ritrovò dentro la vetrina, un altro mammifero nel diorama, finché la ragazza russa non richiuse la tenda.

T.K. si spostò verso Dollebegijnensteeg, il vicolo delle beghine pazze, che prende il nome dall'ordine religioso femminile che si diffuse in tutta l'Europa settentrionale nel tredicesimo secolo. Le beghine non erano suore, probabilmente perché le loro famiglie non erano abbastanza ricche da finanziarne l'ordinazione, ma vivevano in enclave monastiche dove vigeva il celibato; molte praticavano il misticismo ed erano ostracizzate dalla Chiesa in quanto folli. La beghina più famosa fu Marguerite Porete, autrice de *Lo specchio delle anime semplici,* un testo francese medievale che descriveva il processo di raggiungimento dell'unità con Dio attraverso l'amore divino. Ad attirare l'attenzione della Chiesa fu l'idea che il raggiungimento del più alto livello di unità ovviasse alla necessità di ricevere i sacramenti o persino di partecipare alla messa: un'idea che al vescovo di Cambrai piaceva come il pensiero di sentire dei denti sull'uccello. L'inquisitore Guglielmo di Parigi la dichiarò eretica. Il libro fu bruciato, e anche lei, su un rogo a Parigi nel 1310.

All'angolo dello stretto vicolo, un cartello su un edificio diceva *Camera Toezicht*, "Videosorveglianza". Era davvero necessario dire alla gente che veniva controllata nel quartiere a luci rosse di Amsterdam? T.K. svoltò nel vicolo e provò una vaga sensazione di invidia verso chi viveva in un'epoca in cui sorvegliare qualcuno significava leggere il suo libro, e in cui scrivere poteva portarti a bruciare sul rogo.

Alle vetrine di quella zona c'erano "modelle esotiche", ossia nigeriane e asiatiche. Il vicolo dava un senso di claustrofobia – largo a malapena per consentire il passaggio di due biciclette – e questo alimentava in lui la sensazione assillante di essersi allontanato notevolmente da un luogo accogliente di distacco per entrare in una zona spinosa di coinvolgimento personale. Ma in fondo non ne era consapevole? Non si era già avviato per quell'angusta strada nel momento in cui aveva conosciuto Ming sulla casa galleggiante? E credeva davvero che lei fosse lì? Su quali basi? Sui racconti di una prostituta cinese a Manhattan? Sul nome di un tizio russo che presumibilmente gestiva la Christian International? *Blokov*. Sembrava il nome di una spia in un film della Pantera Rosa. Avrebbe potuto pensare che la signora Howe l'avesse inventato, ma era praticamente sicuro che non conoscesse affatto le pellicole satiriche di spionaggio occidentali.

Si era raccolta una folla davanti a una delle vetrine, tanto che era impossibile attraversare il vicolo. Dentro, una donna asiatica stava eseguendo complicate posizioni yoga in perizoma. Alcuni uomini la incitavano.

"Sì, baby! Oh sì, così!"

Era scura di pelle, forse thailandese o vietnamita, ma forse anche del Guangxi. "Quanto?" T.K. chiese attraverso la finestra in zhuang. La donna abbandonò la posizione, fissò T.K. e aprì la porta.

"Parli zhuang?" gli chiese.

"Parlo meglio il mandarino, ma me la cavo. Vieni dal Guangxi?"

"Da Guilin" rispose lei.

"Sto cercando una donna di nome Zeng Ming. Vive lungo il Lijiang."

La prostituta serrò le labbra e incrociò le braccia sotto i piccoli seni. "Non abbiamo nomi, qui. Devo tornare al lavoro."

T.K. tirò fuori due banconote da cinquanta euro. "Ti pago il doppio. Per venti minuti."

La donna fissò le banconote per mezzo secondo.

"Per favore" disse T.K.

Poi gli chiuse la porta in faccia e ricomparve in vetrina.

T.K. si ficcò in tasca le mani e le banconote, poi si girò e tornò in mezzo alla folla. Ma mentre passava davanti alla porta d'ingresso dell'edificio notò una piccola targa d'ottone sopra la buchetta delle lettere:

V. BLOKOV

Alleen op afspraak

"Solo per appuntamento." Nessun telefono, ovviamente.

Si avvicinò e premette il campanello con il pollice. Niente. Batté sulla porta. Nessuno venne ad aprire.

Nella vetrina, la ragazza Zhuang aveva tirato fuori un tappetino di gomma e si era lanciata nella posizione Halasana, o "posizione dell'aratro", con le spalle a terra e le gambe sollevate fino a toccare di nuovo terra con i piedi dietro la testa.

"Così, baby!" disse un turista americano. "Cristo, scommetto che riesci a leccartela!"

"Sì che ci riesce, cazzo" fece un altro. "Quella puttana è una cazzo di acrobata. Forza bella, mettiti a pecorina!"

T.K. si fece largo in mezzo a quei guardoni. Raggiunse di corsa la sua bici, poi pedalò fino alla Piazza Dam, girando a ovest su Leliegracht, uscendo dal disgustoso quartiere delle puttane e della droga, attraversando la Spuistraat con le sue librerie buie, superando il Singel e i canali ad anello fino a Jordaan e ai suoi tranquilli canali fiancheggiati dagli olmi. Lì, sulla banchina nord dell'Egelantiersgracht, le luci ambrate brillavano attraverso le doppie porte in vetro piombato del 't Smalle, il suo bar preferito in città. Parcheggiò la bici, mise il lucchetto e aprì le porte. Tutto era esattamente come lo ricordava: i vetri colorati che rappresentavano unicorni e viti, i lampadari a gas dalla luce fioca, le nicchie con i camini rivestiti di rovere sotto le finestre.

Si sedette al bancone, con i gomiti sul corrimano d'ottone, e guardò il gestore.

"*Bier?*" chiese quello.

"Cognac, *bevallen.*"

Solo una questione di contesto.

Capitolo 26

Un Bloody Mary da venticinque dollari non era proprio giustificabile, pensò Richard Cerf, nemmeno nel bar di un hotel nel centro di Manhattan. In fin dei conti altro non era che un po' di vodka – che per quanto potesse essere di marca rimaneva un alcolico a base di grano con cui Richard non avrebbe lavato le sue palline da golf – e succo di pomodoro in lattina. In Africa c'erano bambini che morivano per non aver ricevuto una vaccinazione da cinquanta centesimi, e i newyorkesi con grandi orologi pagavano cinquanta volte quella cifra per un cocktail. Ma il King Cole Lounge dell'hotel St. Regis era frequentato dalle migliori prostitute, quelle di classe, che sembravano top model e scopavano con le stelle del cinema. Era qui che Richard aveva incontrato Lao, una delle sue frequentazioni abituali. O forse era lui a essere una frequentazione abituale di lei? Non faceva differenza. La varietà di donne al bar in ogni serata era sbalorditiva, eppure tutte bevevano dei dozzinali Bloody Mary, e dovevi ordinargliene parecchi. Puttane costose in un bar costoso: era una specie di relazione simbiotica, pensò, come quei batteri luminescenti che vivono sulle rane pescatrici e che con il loro bagliore attirano le prede per l'organismo che li ospita.

Poi c'era il famoso murale di Maxfield Parrish, una vasta tela dorata dietro il bar che raffigurava il vecchio re Cole sul suo trono, circondato da assistenti che gli portavano la pipa, la scodella (più che altro un'urna in questa rappresentazione in stile greco) e naturalmente i tre violinisti. Parrish, il grande illustratore di *Arabian Nights* il cui stile non seguiva alcuna scuola o movimento al di là di una vaga sensibilità neoclassica, trascorse gran parte della sua vita nella colonia di artisti di Cornish, lungo la valle del fiume Connecticut che divide Vermont e New Hampshire. Morì all'età di 95 anni a Plainfield, a due fermate di Amtrak dalla casa di T.K. a Bellows Falls. Richard si sedette su uno sgabello imbottito color zafferano, ordinò uno scotch da trenta dollari al vecchio barista con il gilet di broccato e brindò a T.K. e a Maxfield Parrish.

Erano solo le undici, ancora un po' presto per le signorine, quindi Richard non si scompose quando un uomo d'affari asiatico all'incirca della sua età prese posto allo sgabello accanto al suo e ordinò un cognac. Anzi, aveva la vaga sensazione di conoscerlo. Forse erano passati tanti anni? Vendeva spazi pubblicitari al *Toledo Blade*? No. Poi gli venne in mente.

"Toc toc."

L'asiatico si girò verso di lui.

"Harry?" disse Richard.

"Harry! Ha-Ha-Harry!" rispose Hu Tianhua, completando la battuta dei tempi della confraternita. "Richard Cerf?"

"In carne e ossa, soprattutto carne."

Si strinsero la mano e si guardarono. "Quanti anni sono passati?" chiese Tianhua.

"Credo ventotto. A prima vista direi che te la passi bene." Tianhua indossava i soliti mocassini Prada e un abito Kiton di sartoria napoletana.

"Ho un paio di aziende in Cina" disse Tianhua. "E tu?"

Richard scrollò le spalle. "Continuo a riempire gli spazi tra un annuncio e l'altro."

"Ah, ora ricordo, eri il direttore del *Daily Trojan* al nostro ultimo anno."

"Quelli sì che erano bei tempi" disse Richard. "In un certo senso è stato il miglior lavoro che abbia mai avuto. Eravamo davvero i primi sulla notizia all'epoca. Insomma, anche l'*L.A. Times* ci seguiva."

"E ora?"

"Be', ora faccio più soldi" rispose Richard, facendo roteare il suo scotch da trenta dollari. "Ma mi diverto molto meno." Si sentì improvvisamente in imbarazzo e non ebbe il coraggio di rivelare il nome della sua rivista al vecchio compagno di confraternita. La cosa lo colse di sorpresa, poiché in genere era piuttosto felice di sottolineare, in un modo che suggeriva una rassegnata soddisfazione per la sua deludente carriera, come la rivista *Other Half* facesse sorridere milioni di americani ogni settimana, alleviasse l'ansia di chi si trovava nello studio del dentista e, come ottimo materiale di lettura per il bagno, contribuisse potenzialmente anche al regolare transito intestinale della nazione. Fortunatamente il suo vecchio amico non insistette.

"Anch'io ho interessi nell'editoria" disse Tianhua. "Possiedo delle case editrici, lavoriamo principalmente per aziende occidentali, ma pubblichiamo anche libri in Cina."

"Davvero? Che tipo di libri?"

"Di tutti i tipi" rispose Tianhua, annusando il suo cognac. "Soprattutto saggistica, eventi di attualità, cose del genere. Perlomeno quello che ci consente la censura."

Risero entrambi. La censura cinese sembrava un fastidio da poco, al bar del King Cole Lounge. "Ho un amico che fa il giornalista freelance e sta scrivendo un libro in Cina" disse Richard. "Si chiama T.K. Dean."

Tianhua si raddrizzò e girò lo sgabello in direzione di Richard. "Ah davvero?"

"Mai sentito?"

"Oh no" mentì Tianhua con facilità; la Cina era molto grande. "Di che libro si tratta?"

"Parla degli aborti. A ripensarci, è probabile che non passi la censura. Posso metterti in contatto con lui, se ti va."

"Mi piacerebbe" disse Tianhua, estraendo il telefono. "Puoi darmi il suo numero?"

"Certo. Se non altro è un ottimo compagno di bevute." Richard prese il telefono e si mise a scorrere la rubrica, ma si rese conto che non aveva alcun numero di T.K. "In realtà non so come contattarlo al momento, ma posso darti il numero della sua ex moglie, qui a New York. Lei saprà come trovarlo.”

“Fantastico!” fece Tianhua. “È sempre bello conoscere gli amici degli amici.”

Brindarono alla loro fortuna e si scambiarono i numeri.

Capitolo 27

Erano passate da un pezzo le tre del mattino quando T.K. pagò il conto al 't Smalle e tolse il lucchetto alla bici. L'alcol gli aveva liberato la testa dalle luci rosse di De Wallen, e l'aria della tarda primavera gli scompigliava dolcemente le ciocche scure di capelli mentre pedalava oltre il Prinsengracht e verso sud, in direzione del suo hotel vicino al Westermarkt. Aveva piovuto mentre lui beveva e le pietre del selciato scintillavano sotto i lampioni. Tornò a essere un ragazzo nel Vermont, che andava in giro in bici di notte. Ma all'altezza della casa di Anna Frank si fermò. Non c'era più l'albero, detto *Anne Frankboom*, il gigantesco ippocastano nel cortile posteriore che la ragazza aveva descritto nel suo diario, e che era caduto durante una burrasca nel 2010, come previsto dagli esperti. L'albero, che aveva centocinquant'anni, era infestato dalle larve della minatrice fogliare e stava marcendo per via di un fungo parassita, il *ganoderma applanatum*; gli olmi di Amsterdam erano sopravvissuti alla moria, ma gli ippocastani non avevano avuto la stessa fortuna. Secondo gli esperti, quasi metà dell'*Anne*

Frankboom aveva ormai un carico di rottura pari a quello di una spugna bagnata. Ma l'abbattimento era un tema troppo controverso, così la città aveva speso qualche centinaio di migliaia di euro per puntellarlo e migliorare il terreno. Alla fine, era caduto su un capanno da giardino, senza ferire nessuno. Dal ceppo erano spuntati nuovi germogli e undici alberelli erano stati donati a musei e parchi negli Stati Uniti. T.K. ripensò ai coleotteri dell'ambrosia che a distanza di pochi anni devastavano gli aceri da zucchero di suo padre, consegnando al forno crematorio della baracca dello zucchero rami e alberi interi. Voleva credere che avessero trasformato l'*Anne Frankboom* in legna da ardere, ma sospettava che fosse stato triturato e trasformato in compost.

"Vivo o morto, vivo o morto."

Pensò al suo hotel, poi girò a est sulla Leliegracht e tornò a De Wallen. Legò la bicicletta davanti al Museo del sesso, sulla Damrak, e tornò a piedi a Dollebegijnensteeg. Nonostante l'ora, sui marciapiedi del quartiere a luci rosse risuonavano ancora potenti i passi di hooligan e turisti; pensò che si sarebbe potuto soffermare all'ingresso del vicolo fino all'alba e nessuno se ne sarebbe accorto. Prima o poi, qualcuno doveva entrare dalla porta di Blokov.

Il vicolo era così stretto che non si riusciva a vedere dentro le vetrine finché non ci si trovava proprio davanti a esse. Ma anche dall'angolo vicino al canale, T.K. notò una luce scarlatta che fuoriusciva dalla finestra della ragazza Zhuang, illuminando il vicolo e un gruppo di chiassosi turisti inglesi di un bagliore rosso sangue che gli fece rimpiangere le lanterne della Cina. Si incamminò lungo il vicolo e, avvicinandosi, si rese conto che la ragazza dello yoga se n'era andata; il turno era cambiato e al suo posto ne era subentrata un'altra. Mentre si avvicinava, T.K. capì perché dalla vetrina arrivava un bagliore ancora più rosso che dalle altre della zona: la nuova donna, alta, con le guance strette e gli occhi distanziati, indossava un *qípáo* rosso brillante, l'abito super aderente con lo spacco reso celebre a Shanghai durante l'età del jazz. Il vestito era rosso come la bandiera cinese, e avvicinandosi T.K. vide che si trattava davvero di una bandiera, con le cinque stelle nel cantone che giravano come in orbita intorno al suo seno.

"Quel vestito è una bomba, bellezza!" disse uno degli inglesi, con addosso una maglia da calcio rosso fuoco del Liverpool. "Sei dei nostri anche tu?" Sollevò la sua maglietta rossa per mostrargliela – scoprendo i boxer grigi che indossava sotto – e indicò il vestito rosso della donna: "Guarda, il colore del comunismo e dell'alcolismo!"

"Giusto!" disse l'amico, che indossava occhiali rotondi spessi e si credeva un esperto: "Quella è una passera di classe."

"E scommetto che ha delle bocce belle grosse" intervenne un terzo che, notando gli occhi distanziati, contorse il viso baffuto in uno sguardo strabico, fino a sembrare un riccio di mare. "Ehi ragazzi, ha un'autostrada in mezzo agli occhi. Dimmi bellezza, sono finte quelle bocce?"

Zeng Ming conosceva solo qualche frase in inglese, quelle necessarie per la sua nuova professione, e nessuna nello slang di

Liverpool. Sorrise, li salutò e socchiuse le labbra, sempre senza accorgersi di T.K., che era all'ombra della porta.

"Vieni via, dai" disse uno degli zoticoni all'amico, spingendolo in direzione del canale. "Sono quasi le quattro e sei al verde. Devo andare a pisciare." Si girarono per andarsene e quello con la maglia del Liverpool disse a Ming: "Se passi dal Merseyside vieni a trovarmi, bella! Non camminerai mai sola ad Anfield Way!"

Si allontanarono dalla vetrina mentre T.K. emergeva dall'oscurità. Le luci rosse gli illuminarono il viso. "Ming?" disse guardandola negli occhi.

Quando lo vide, il suo sorriso forzato svanì e si portò le mani al viso, come per difendersi da qualcosa di troppo reale. "Teddy?" Mimò la parola con la bocca ma non riuscì a emettere alcun suono. Le lacrime le rigarono le guance sotto quella falsa luce a infrarossi e si accorse che anche lui stava piangendo.

"Ming!" disse di nuovo T.K., poi spalancò la porta e finì nella vetrina. Si abbracciarono, si baciarono con passione e piansero. Lei odorava di gelsomino, ma si trattava di un profumo economico, non dei fiori del Guangxi. In ogni caso lui inspirò il suo aroma.

Gli inglesi ubriachi si erano girati a guardare quel trambusto, poi si fermarono barcollando davanti a quella scena color cremisi.

"Ve lo dicevo che era una passera coi fiocchi" commentò quello con gli occhiali.

"Scommettiamo" disse quello con la maglietta rossa "che riesco a farmela gratis?"

"È la sua ragazza, idiota!"

T.K., senza smettere di stringere Ming, allungò una mano e abbassò la tendina.

"Così si fa!" esclamò Maglietta rossa. "Ci vuole un po' di privacy." Con questa frase si allontanarono barcollando verso la Oudekerksplein, cantando: *"Down Anfield Way the world is gay, all Kopites are to tingle; with rows and rows of crimson flags from Bootle up to Dingle!"*

"Come hai fatto a trovarmi?" chiese Ming singhiozzando e toccandogli i lunghi capelli, sollevata di parlare nuovamente mandarino.

"Ne parliamo dopo. Ora dobbiamo andare."

"Dov'è Jintao?"

"Non lo so. Andiamo."

"I miei vestiti..."

"Lascia stare. Prendi solo il passaporto. Forza!"

"Il mio passaporto! L'hanno preso loro!"

"Cazzo."

Quattro rintocchi risuonarono dalla torre della Oude Kerk. Il vicolo si era svuotato e il canto degli inglesi, diretti al loro ostello, risuonava tra le pietre del vecchio quartiere: *"The toast is to eleven men who wear the scarlet jersey; their names will live forever more, along the River Mersey!"*

T.K. afferrò Ming e la condusse fuori dalla vetrina. Ma ormai era tardi: un uomo grosso e dall'aria torva bloccava loro il passaggio. *"Blokov!"* disse Ming.

"Signor Dean?" La voce di Blokov sembrava carta vetrata. "La stavo aspettando." Blokov era un'oliva umana: rotondo, verde e duro al centro. Indossava una tuta XXXL giallo-verdognola che gli andava comunque piccola; ciuffi spessi di pelo grigio arruffato gli spuntavano dal petto e dalla schiena, formando una specie di sciarpa d'angora intorno al collo.

"Signor Blokov, non indossa il crocifisso" disse T.K.

Blokov si guardò istintivamente il petto, e in quella frazione di secondo T.K. si gettò con tutto il suo peso contro il gigante, prendendolo in contropiede e facendolo cadere sul selciato, con le braccia che si agitavano. T.K. mise una mano nella tasca di Blokov e trovò ciò che cercava: un passaporto russo e un iPhone. Si mise il passaporto nel taschino interno della giacca di pelle. Attivò il telefono. *Impostazioni→Telefono→Il mio numero→Memorizza→Rimetti il telefono nella tasca di Blokov→Corri.*

"Da questa parte!" disse T.K., afferrando la mano di Ming e lanciandosi lungo il vicolo verso il canale. Ma dopo due passi videro l'imboccatura del vicolo oscurata dal profilo di tre uomini con dei completi larghi che non erano certo turisti.

"Ancora voi!" esclamò T.K. "Cazzo! Di qua!" disse a Ming, facendola girare su se stessa e ripartendo lungo Dollebegijnensteeg.

"Chi sono?" chiese Ming, strappandosi lo spacco del vestito fino all'inguine per poter correre più forte.

"Vecchi amici di New York." Superarono con un salto Blokov, che stava ancora cercando di tirarsi su come una tartaruga rovesciata, e ripresero a correre su Sint Annendwarsstratt, addentrandosi nel vicolo. "Aspetta!" disse Ming. "Questa strada è senza uscita!" T.K. si fermò di colpo e si girò. Gli scagnozzi avevano già superato Blokov.

"Di qua!" disse, tornando indietro su Sint Annendwarsstratt e correndo in direzione nord, dove la breve strada si apriva sulla piazza di fronte alla Oude Kerk. Da lì percorsero un isolato fino a Warmoesstraat, poi presero un breve vicolo che terminava senza uscita sul retro dell'enorme Beurs van Berlage, il vecchio edificio che ospitava la Borsa di Amsterdam, ora usato come galleria d'arte. T.K. afferrò la maniglia di una porta del Beurs e pregò. Si aprì. "Forza! L'altro lato dà sulla Damrak." Attraversarono di corsa il labirinto di corridoi bui, che conducevano alla sala colonnata principale. In alto, i lucernari ricavati nella struttura in ghisa del soffitto cominciavano a illuminarsi per l'alba. T.K. girò su se stesso; una serie di porte conduceva in ogni direzione. "Di qua" improvvisò, guidando Ming. Nel giro di pochi minuti uscirono sulla Damrak, correndo verso nord in direzione del Museo del sesso e della bici di T.K., che saltò sulla sella e infilò la chiave nel lucchetto.

Ming gridò: "Stanno arrivando!"

Gli inseguitori li avevano individuati, e ora si trovavano davanti al Museo della tortura medievale (ex Museo della vodka), a sole dieci porte dal Museo del sesso. T.K. agitò la chiave, ma il lucchetto non si mosse.

"Sbrigati!" esclamò Ming. Gli scagnozzi erano a un isolato di distanza.

Finalmente il lucchetto scattò, e T.K. tolse la catena. "Sali!" disse sollevando Ming sul portapacchi anteriore. Si mise sui pedali, ma la bici non si mosse. "Cazzo!"

"Che succede?" chiese Ming.

"Il blocca ruota!" Il maledetto blocca ruota, obbligatorio per legge su tutte le bici di Amsterdam. Chi pensa mai al blocca ruota, tranne gli olandesi? Saltò giù dalla bici, tenendola dritta perché Ming non cadesse dal portapacchi, si infilò una mano in tasca per cercare la chiave e la infilò nel blocca ruota sotto il sellino. *Clink!* Riuscì ad aprirlo proprio mentre gli uomini erano ormai su di loro; T.K. roteò la pesante catena della bici sopra la testa come una mazza, colpendone uno in faccia. Lo scagnozzo barcollò e gemette, mentre T.K. faceva un'inversione e si metteva a pedalare verso nord sulla Damrak, e Ming si teneva stretta al manubrio dietro di lei. Svoltarono a sinistra sulla minuscola Karnemelksteeg, schivando una coppia di turisti mattinieri, poi imboccarono Sint Jacobstraat. Su Nieuwezijds Voorburgwal sentirono il sibilo di un motore di piccola cilindrata crescere alle loro spalle. *"Cazzo!"* Uno degli scagnozzi aveva trovato uno scooter. "Tieniti forte!" gridò T.K. a Ming, poi attraversò di slancio il traffico su Nieuwezijds, schivando i tram in entrambe le direzioni. Uno di questi si fermò per far scendere i pendolari del mattino, bloccando lo scooter per il tempo necessario a T.K. per pedalare fino a Korsjespoortsteeg, oltre la Dominicuskerk.

Ma proprio mentre si avvicinavano al ponte sul Singel, la bici sbandò, scartando e girandosi di lato; Ming gridò: "Il mio vestito! È incastrato nella ruota!" La bandiera cinese aveva avvolto il mozzo e i raggi della ruota anteriore; Ming era bloccata tra il telaio e il selciato. T.K. rovesciò la bici e strappò quello che rimaneva del suo vestito, lasciandola con solo un reggiseno e delle mutandine di pizzo bianco da prostituta. I loro inseguitori non erano ancora entrati nel vicolo, ma T.K. sapeva che erano vicini.

"Forza" disse trascinando la bici danneggiata e il vestito attorcigliato alla ruota sulla parte più alta del ponte. La spinse oltre il parapetto rivolto a nord, gettandola nel canale, dove affondò nelle acque torbide. "Sai nuotare?"

"Penso di sì."

"Pensaci bene."

"So nuotare."

T.K. aprì la cerniera della sua giacca di pelle, se la fece cadere ai piedi, si tolse la maglietta e la diede a Ming. "Mettiti questa." Poi si rimise la giacca. "Dammi le tue scarpe." Ming si tolse le scarpette di raso. Lui le infilò in un piccolo cestino appeso alla balaustra in ferro del ponte. Poi gettò nel cestino anche la sua chiavetta USB, pregando gli dei del socialismo europeo che gli addetti alla raccolta dei rifiuti avessero indetto uno dei loro soliti scioperi.

"Salta dopo di me; tuffati di piedi, è profondo solo circa tre metri; cerca di non toccare il fondo, e non bere l'acqua." Poi si issò sul parapetto e si gettò nel canale. Non appena fu riemerso Ming lo imitò, e tornò a galla con i lunghi capelli scuri sparsi tutti intorno a lei. "Sotto il ponte" disse T.K., e nuotarono fin sotto la campata, dove un anello di ferro conficcato sulla banchina offrì loro un appiglio. Rimasero a ondeggiare abbracciati, tenendosi all'anello. Ming avvolse le gambe nude intorno a T.K.

"Hai ancora addosso le scarpe e la giacca" gli disse.

"L'ho fatto apposta. Quando inizieremo a nuotare, dovremo rimanere perlopiù sott'acqua. La vista di gente che nuota attira la polizia. I miei vestiti ci aiuteranno a restare sotto la superficie. Non ti preoccupare, ti tengo io. Per quanto tempo riesci a trattenere il respiro?"

"Non lo so. Dove andiamo?"

"Esercitati subito." Ming immerse la testa nell'acqua e la tirò su venti secondi dopo. "Provaci ancora. Di più. Aspettiamo qui finché non sentiamo passare lo scooter."

Tentacoli sottili di alghe verdi, come i capelli colorati di qualcuno che festeggiava San Patrizio, sporgevano dallo scalpo della banchina, ondeggiando nella corrente salmastra. L'acqua scura aveva l'odore di un panino con le aringhe affumicate. Una coppia di germani reali passò davanti a loro. Dei rondoni sfrecciavano sotto la campata, entrando e uscendo dal nido che stavano costruendo con delle pagliuzze nel becco. Dopo qualche minuto sentirono il ronzio dello scooter che attraversava il ponte; quando il suono si fu affievolito, T.K. disse: "Andiamo." Strinse Ming alla vita, premendone il corpo sinuoso e quasi nudo sotto il suo. "Se tocchi il fondo con i piedi, non cercare di tirarti su. Non c'è altro che fango e biciclette laggiù."

"Ho freddo. Dove stiamo andando?"

"Al mio hotel, vicino a Westermarkt. È a meno di un chilometro da qui. Ci muoveremo a zig-zag fino al canale di Keizersgracht." Si diressero a sud lungo il Singel per un isolato, poi svoltarono a destra sul canale di collegamento di Blauwburgwal e passarono sotto il ponte per entrare nell'Herengracht, dove proseguirono di nuovo verso sud. "Questo è il punto in cui siamo più esposti" disse T.K.. "È un canale principale, molto trafficato, ok?"

Ming annuì senza smettere di tremare.

"Quindi dobbiamo fare attenzione alle barche in movimento, e rimanere vicini a quelle attraccate alla banchina. Vedi il prossimo ponte? Passato quello c'è il Leliegracht, dove dobbiamo svoltare. Sono circa trecento metri. I fondi delle barche sono pieni di cirripedi; fai attenzione perché sono affilati. E rimani in silenzio, perché il suono vola sull'acqua."

Nuotarono accanto agli skiff attraccati alla banchina orientale del canale. D'improvviso uno scooter con una figura ingombrante alla guida diede gas e balzò fuori da Bergstraat, sulla banchina proprio sopra di loro. I due si immersero sott'acqua, ma quando riemersero T.K. si accorse che era soltanto una ragazza su una Vespa classica, con un violoncello sulle spalle. "Continua a muoverti" sussurrò. "Andiamo sotto il ponte, poi a destra."

Il piccolo canale alberato di Leliegracht era tranquillo e quasi idilliaco rispetto a quello di Herengracht, simile a un torrente di campagna, e per qualche minuto Ming dimenticò il freddo, mentre galleggiavano sotto agli olmi e a una colonia cinguettante di cardellini europei con le loro maschere rosse. Stava sorgendo il sole; la città ormai era sveglia, e un gruppo di scolari dalle uniformi blu e bianche marciava lungo la banchina, cantando la filastrocca del marinaio Berend Botje, prima in olandese:

Berend Botje ging uit varen
Met zijn scheepje naar Zuidlaren,
De weg was recht, de weg was krom,
Nooit kwam Berend Botje weerom.
Een, twee, drie, vier, vijf, zes, zeven,
Waar is Berend Botje gebleven?
Hij is niet hier, hij is niet daar,
Hij is naar Amerika.

E poi in inglese:

Bernie Butler went out sailin'
In his ship to Zuidlaren.
The way was straight, the tide was slack,
But Bernie Butler never came back.
One, two, three, four, five, six, seven,
Did Bernie Butler go to heaven?

He is not here, he is not there,

He went to America.

"Perché parlano tutti inglese?" chiese sottovoce Ming.

"Per la televisione."

"Che cosa stanno cantando?"

"È la storia di un marinaio che parte da casa per andare in America e non torna più indietro."

Le voci dei bambini le fecero pensare a Jintao, e sentì di nuovo freddo. Davanti a loro, sotto un piccolo ponte, c'era l'ultima curva, verso l'ampio Keizersgracht. "Ci siamo quasi" disse piano T.K. "Vedi quel triangolo sulla banchina opposta, prima del prossimo ponte?"

"Sì." Una serie di gradini scendeva fino a una piattaforma di pietra triangolare che si protendeva sul canale.

"Quello è l'Homomonument di Westermarkt. Usciremo dal canale lì."

"L'Homomonument?"

"È un monumento che commemora gli omosessuali perseguitati. È il punto perfetto per uscire dall'acqua."

Alcuni turisti erano già raccolti intorno al monumento e posavano corone di fiori. "Ci vedranno" disse Ming.

"Non abbiamo scelta. L'hotel è dietro l'angolo." Proprio in quel momento sentirono un tonfo sordo vibrare nell'acqua. T.K. si girò e vide una barca a fondo piatto con sopra due uomini in giubbotti gialli. "Una barca della polizia! Immersione!" disse, pentendosi di aver pronunciato una frase che sembrava quella del capitano di un sottomarino in un vecchio film. Ming inspirò tutta l'aria che poté e si immerse. Nuotarono in profondità, e T.K. la tenne sotto di sé con il suo peso. L'acqua scura sul fondo del canale era più fredda sulla sua pelle nuda, e Ming si trovò improvvisamente a temere per ciò che c'era là sotto; rannicchiò le gambe, non volendo sentire come fosse il fondo. Il motore fuoribordo della barca della polizia rombava sempre più forte, finché non si trovò proprio sopra di loro. Lei non riusciva più a trattenere il respiro. Poi il rumore del motore si affievolì; Ming stava per svenire e diede un calcio a T.K., che riemerse lentamente in superficie, dove entrambi ripresero fiato ansimando.

"Teddy!" gridò Ming. Lui si girò e vide un pedalò a tre metri di distanza, diretto verso di loro. Era progettato per quattro persone, ma a bordo ce n'erano almeno sei, e si inclinava e ondeggiava sotto il peso dei turisti e delle loro macchine fotografiche.

"Giù!" gridò, e inspirarono per poi immergersi di nuovo. Quando riemersero, il pedalò era passato, ma c'erano altre imbarcazioni in arrivo; si avvicinava l'ora di punta. "Dobbiamo attraversare il canale" disse T.K. "Sott'acqua. Sei pronta?"

"*Dui*" rispose lei. "Andiamo." Si tuffarono e nuotarono verso ovest, attraversando i quasi trenta metri del canale e riemergendo accanto alla banchina poco più a nord dell'Homomonument. Pochi minuti dopo si arrampicavano sul triangolo di marmo lucido, sotto lo sguardo esterrefatto dei turisti.

"Club di nuoto" spiegò T.K. alla folla, avvolgendo Ming con la sua giacca di pelle fradicia. "Tutte le mattine. Davvero rinfrescante. Poi facciamo una corsa. *Gezondheid!*" Poi, rivolto a Ming: *"Yùnxíng!* Corri!"

Pochi minuti dopo giunsero ansimanti all'hotel. Nell'atrio sorrisero all'incredulo concierge e lo salutarono con la mano, poi si lanciarono su per le scale fino alla suite di T.K., al terzo piano. In pochi secondi si tolsero i vestiti gocciolanti e si ritrovarono insieme sotto una doccia bollente, per la prima volta nudi e abbracciati. Fecero sesso in piedi e in fretta, mentre il fango di Amsterdam finiva giù per lo scarico. "Ora dimmi cos'è successo quella notte sulla chiatta" disse T.K., massaggiandole la schiena bianca e liscia con una spugna.

"Quando mi hanno trovata nella stiva mi hanno portata via" rispose lei. "Io e Jintao siamo stati separati. Due giorni dopo mi hanno rilasciata; Jintao era già tornato a casa. Lì ci aspettava qualcuno della Christian International che mi ha dato un passaporto con un visto per l'Unione europea e un biglietto aereo per Amsterdam. Hanno detto che lì ci sarebbe stato qualcuno ad aspettarmi, e che poi sarebbe arrivato anche Jintao. Quando sono arrivata a Schiphol, è stato quel Blokov a venirmi a prendere. Non parlava mandarino, solo russo e inglese. Non ho più saputo nulla di Jintao. Hanno detto che dovevo lavorare per Blokov, per ripagarmi il biglietto per Amsterdam. Ma io non volevo stare ad Amsterdam. Volevo tornare a casa! Hanno detto che anche per quello ci volevano dei soldi, e che... dovevo lavorare." Dopo aver pronunciato la parola *lavorare* nel contesto che entrambi conoscevano, si mise a piangere. T.K. smise di lavarle la schiena, ma non la abbracciò.

"Credo che tu non mi abbia detto tutto."

Ming si girò a guardarlo. "In che senso?"

"Cosa mi dici dell'aborto sulla casa galleggiante?"

Lei annuì. "C'eri anche tu."

T. K. strizzò la spugna fino all'ultima goccia. "Sì, c'ero anch'io. C'ero quando hai abortito il feto di un maiale."

Ming alzò lo sguardo, sorpresa. "Allora lo sai."

"Me l'ha detto Fang Dazhu. Hanno fatto delle analisi. Era un feto di maiale."

Sentendo il nome del vicecomandante della polizia, la donna ebbe un fremito e si incupì. "Sì, è vero. Non è stato un aborto spontaneo, *ma volontario!* Ho abortito il figlio di un maiale!"

T.K. colpì col pugno una mattonella, senza smettere di stringere la spugna. *"Dimmi la verità, maledizione!* Sono stanco di tutte queste bugie! Perché ti hanno trovata con il feto di un maiale?"

"Perché non potevo far nascere il figlio di un maiale!"

"Ho detto che voglio la verità!" gridò lui, scuotendola sotto il getto d'acqua.

"Questa è la verità!"

"Stronzate!"

"Lo giuro!" Poi crollò sul pavimento della doccia e gridò. *"Il padre del bambino era quel maiale di Fang Dazhu!"*

T.K. sentì mancare le forze. "Cosa?"

"Ero incinta di suo figlio! Quella notte sulla chiatta, sapevo che se mi avessero trovata incinta mi avrebbero praticato un altro aborto. Così ho finto di averne uno spontaneo con il feto di maiale. Il mio piano era di riuscire in qualche modo a fuggire, insieme a Yong, Jintao e il neonato, magari di andare nella provincia dello Yunnan o in Tibet, o più lontano. Magari anche a San Francisco, di cui Jintao stava leggendo nel libro che gli hai regalato. Ma quando mi hanno arrestata, Dazhu mi ha portata nel suo ufficio e mi ha detto che Yong era morto. Poi mi ha preso di nuovo con la forza, sulla sua scrivania. Gli ho detto di fermarsi, gli ho detto che non volevo avere figli da lui. Mi ha risposto che non gli importava, che mi avrebbero fatto abortire comunque. In quel momento ho capito che non potevo amare un altro figlio suo, soprattutto senza un marito."

"Un altro?"

Ming era ancora sul pavimento della doccia, rannicchiata in posizione fetale. Si sollevò e si mise in ginocchio, mentre l'acqua le scivolava sulle spalle e sui seni. "Jintao!" singhiozzò. "Jintao è figlio di Dazhu! Quel maiale mi ha presa con la forza per anni. Credo anche che lavori con quelli della Christian International, scaricandogli le donne di cui si è stancato. Visto che non fa nulla senza ottenere in cambio soldi o sesso, credo che lo paghino. Dev'essere per questo che ti stanno inseguendo, per via di quello che sai."

"Be', quando scoprirai quello che so ti prego di dirmelo. Cazzo." Fece alzare in piedi Ming e avvolse le braccia intorno al suo corpo minuto.

"Ho deciso che non volevo vere un altro figlio da lui" proseguì la donna. "Amo da morire Jintao, ma... ogni volta che lo guardo, vedo lo sguardo viscido di Dazhu su di me."

"Mi dispiace tanto" disse T.K., cercando di immaginare cosa volesse dire essere madre del figlio di uno stupro; ciò che più ci si avvicinava era il pensiero di sua madre, che aveva cresciuto il figlio di un alcolizzato maniaco depressivo. Non era difficile immaginare suo padre che la prendeva con la forza. E la verità era che non importa quanto i genitori si sforzino di considerare i propri figli come persone a sé stanti, finiscono sempre per vederli come due metà di loro stessi. "Che ne è stato del bambino?"

"Quando sono tornata alla chiatta, ho abortito da sola, mentre Jintao era a scuola."

"Da sola?"

"Non è difficile trovare i farmaci. Pensavo che sarebbe stato più semplice, ma i crampi erano insopportabili. L'ho gettato nel fiume, senza curarmi di lui."

T.K. chiuse l'acqua e avvolse Ming in un asciugamano. "Non ti toccherà mai più" disse. "Ma non abbiamo molto tempo. Ho pagato la stanza in contanti, ma prima o poi ci troveranno." Si vestì, prese la cornetta del telefono dell'hotel e digitò un lungo numero.

"Meg, sono io."

"Teddy? Dove sei? È notte fonda."

"Cazzo, scusa per l'ora. Sono in Europa. Senti, il divorzio è stato finalizzato?"

"Perché? Ci stai ripensando?"

"Ci abbiamo mai davvero pensato?"

"Sì. Cioè, no, non ci abbiamo mai pensato bene, e sì, il divorzio è definitivo."

"Grazie Meg. Ascolta, c'è una donna a Hong Kong. Una giornalista. Australiana. Voglio che ti appunti il suo numero."

"Perché?"

"Voglio solo metterti in contatto con lei."

Meg aveva sempre detestato l'aura di segretezza che T.K. manteneva riguardo al suo lavoro, anche quando aveva bisogno di lei, e questa volta la sua delusione prese la forma di un sospiro avvilito. "So che non è il caso di chiedere il perché" disse. "A proposito, mi ha chiamato un cinese chiedendo di te. Dice che vuole pubblicare il tuo libro in Cina."

"Ma non mi dire" rispose T.K. "Come ha avuto il tuo numero?"

"Richard Cerf. Dice che sono andati all'università assieme. Comunque gli ho detto la verità, cioè che non avevo idea di dove fossi o come contattarti. Gli ho detto di chiamare la tua agente."

"Trixie è morta" disse T.K.

"Cosa?"

"Gli hai dato il suo nome?"

"Sì. Insomma, è la tua agente. Che problema c'è?"

"È una lunga storia." Le diede il numero di Kathleen a Hong Kong e aggiunse: "Non posso restare in linea da qui. Ti richiamo tra un'ora." Poi riattaccò e sfogliò il passaporto bagnato di Blokov, recitando i timbri d'ingresso e i visti:

"*Amsterdam, Pechino, JFK, Shenzhen, Xi'an, Amsterdam, Kiev, Sofia, Amsterdam, Minsk, Bucarest, JFK, Lomé, Canton, Ho Chi Minh, Chongqing, Amsterdam*; questo tizio è un vero e proprio dominatore della Via della Seta, con un pizzico di contrabbando dell'avorio."

"Torno entro un paio d'ore" disse a Ming, lanciando sul letto il passaporto di Blokov.

"Dove vai?"

"A prenderti dei vestiti e un passaporto. E una licenza di matrimonio."

"Cosa?"

"Be', non puoi sposarti con una maglietta bagnata. Ah, dimenticavo: vuoi sposarmi?"

"Sposarti... abbiamo il tempo?"

Lui la prese tra le braccia. "Fidati di me. Ho quello che si può definire un piano."

Fuori, nel Westermarkt, trovò una delle poche cabine del telefono rimaste in città e compose il numero di cellulare di Blokov. L'uomo rispose dopo due squilli.

"Chi parla?"

"Signor Blokov, credo di avere qualcosa che le appartiene" disse T.K. "Per un uomo di mondo come lei, il passaporto dev'essere molto importante."

"Posso rifarlo."

"Certo che può. Denunci il furto. Ma tutti quei visti saranno costosi da rifare, e ci vorrà tempo. Per curiosità, il Togo ce l'ha un consolato nei Paesi Bassi?"

"Quanto vuole?"

"Niente denaro. Solo il passaporto della ragazza. Uno scambio alla pari."

"Dove ci incontriamo?"

"Davanti al Museo di Van Gogh tra un'ora. Non si prenda la briga di portare i suoi amici. Non avrò il passaporto con me. Una volta ottenuto quello della ragazza, le lascerò il suo alla reception di un hotel, poi la chiamerò per darle l'indirizzo."

Blokov fece una risata beffarda. "Perché dovrei fidarmi di lei?"

"Sono americano" rispose T.K. "E poi, non ha molta scelta." Riagganciò e chiamò Meg.

***

Presero un taxi dal Municipio di Amsterdam a Schiphol; il treno era troppo pericoloso. Quando si furono accomodati sui rumorosi sedili in pelle sul retro del SUV – Ming con addosso un nuovo tailleur in lino e delle espadrillas in stile kilim – T.K. studiò i documenti. "Ecco il suo certificato di matrimonio, signora Dean." Lei lo prese e si allungò per baciarlo. "Mi dispiace che non sia stato più romantico, o in mandarino. Ma è legale."

"I love you" gli disse lei in inglese. Era una frase che aveva imparato lavorando ad Amsterdam, ma questa volta era sincera, anche se non lo capiva davvero. Non era il significato delle parole a sfuggirle. Quello che non capiva era perché l'amore fosse sempre così carico di dolore, cominciando dal parto. Era come se l'amore non potesse esistere in forma pura e indipendente. Poteva amare Jintao ma solo odiando suo padre. Amava Teddy ma solo perdendo la sua famiglia. Forse l'amore era come una calamita che raccoglieva tutto ciò che incontrava, le cose preziose e la spazzatura. Quando si può passare in rassegna il mucchio dei rifiuti? Si chiese anche se il freddo aumentasse quanto più a fondo si andava, come per l'acqua del canale.

T.K. rispose: *"Wǒ yě ài nǐ.* Ti amo anch'io." Anche per lui quella frase conteneva tutta una serie di incertezze. Come spiegare la traiettoria apparentemente casuale che aveva portato il suo divorzio a coincidere così perfettamente con il desiderio di sposare Ming? L'amore era un gioco a somma zero, come la catena alimentare, dove la vita di una pastinaca o di un maiale doveva terminare per consentire a un'altra creatura di sopravvivere? E cosa guidava la sua fame emotiva, il fatto che d'improvviso si trovasse in cima alla catena alimentare? Il matrimonio avrebbe portato Ming via da Amsterdam, ma c'era dell'altro; era assalito da pensieri più profondi, non ultimo il senso di colpa per la morte di Yong, e per Jintao, finito chissà dove.

Si baciarono di nuovo. Tornò alla pila di fogli che aveva in grembo, aprendo il passaporto di Ming. "Qui c'è il tuo visto. È un visto K-3 per non immigrati, il che significa che per il momento puoi entrare negli Stati Uniti, e più tardi richiedere la residenza permanente. L'idea è di consentire ai coniugi di viaggiare insieme, anche se noi non lo faremo."

"Cosa? Non salirai sull'aereo?"

"Salirò su *un* aereo, ma non sul tuo."

"In che senso?" Per un momento Ming fu presa dal panico, e sentì di nuovo le acque fredde e profonde del canale.

"L'ufficio di immigrazione americano effettua dei controlli preventivi a Schiphol; sono certo che dopo la notte scorsa il mio passaporto sia stato segnalato dalla polizia olandese. È più sicuro per te viaggiare da sola. Meg verrà a prenderti al JFK; avrà un cartello con su scritto il tuo nome in cinese, quando uscirai dai controlli dell'immigrazione. Ti porterà al mio appartamento e ti aiuterà a sistemarti. Trasferirà i miei soldi su un conto congiunto a tuo nome. Puoi fidarti di lei."

"Ma tu dove andrai? Quando ti rivedrò?"

"Vado in Cina. A prendere Jintao."

"E come farai? Non puoi entrare nel Paese."

"Magari andrò a nuoto."

Il taxi entrò nella corsia di accesso alle partenze. T.K. disse all'autista di far scendere Ming, poi di fare il giro con lui sopra. "Tu scendi qui" disse a Ming. "Non dobbiamo farci vedere assieme." Si abbracciarono e lei scese piangendo dal taxi.

"Ming" disse T.K. Lei si girò e si chinò verso il finestrino. T.K. pensò di dirle che il suo libro era andato perduto; era tornato a piedi al cestino sul ponte, ma l'avevano svuotato; niente più chiavetta USB. Per tirarsi su di morale, ci aveva buttato il passaporto di Blokov. *Mi dispiace Blokov, ma ho mentito,* aveva pensato. *Sono americano!*

Non le disse che il libro non c'era più. Le sue parole furono: "Non parlare con nessuno che indossi un crocifisso. Neanche se fosse il Papa." Lei sorrise. Pensò che, quando avrebbe rivisto Jintao, gli avrebbe detto che non sempre la gente se ne va per sfuggire a qualcosa. E poi Ming, come il libro di T.K., scomparve.

Capitolo 28

Per scrivere correttamente "Vietato fumare" in cinese sono necessari dodici caratteri, e la frase si può tradurre più o meno così: "Onorevole utente, ti informiamo che stai per entrare in una zona in cui alle persone è vietato fumare." Questa enfasi scritta sull'onorevolezza e la formalità non ha un'equivalenza nelle lingue occidentali moderne e contribuisce a fare luce sulle difficoltà che rendono tanto ottuse le versioni tradotte dei menu cinesi. Ciononostante è necessario effettuare le traduzioni, e così il cartello appena serigrafato sulla porta della Yancao Lucky Essence Company del Guangxi elencava, in inglese e cinese semplificato, i seguenti divieti:

VIETATO L'INGRESSO AI NON AUTORIZZATI

VIETATO FUMARE

FARE SILENZIO

VIETATO SCATTARE FOTO

ATTENZIONE AL PAVIMENTO SCIVOLOSO

Entrando, Nong Ning prese atto del paradosso di un divieto di fumo in una fabbrica di nicotina liquida. L'area di ricevimento era immacolata e silenziosa, del tutto diversa dal caos polveroso che regnava dall'altro lato dell'edificio industriale, dove si continuavano a fare a pezzi gli alberi di loto con gigantesche seghe rumorose, per poi caricarli su camion diretti a sud, alla fabbrica di appendiabiti. La stanza aveva uno strano odore terroso e antisettico, come se qualcuno avesse messo un negozio di sigari in uno studio medico. Poco dopo una porta interna si aprì con un sibilo, e Hu Tianhua entrò a passo svelto, porgendo la mano. Indossava copriscarpe blu usa e getta sopra i mocassini Prada. "Onorevole Nong, è un vero piacere vederla." Fecero un inchino e si strinsero la mano.

"Il piacere è tutto mio" rispose Ning.

"Da questa parte" disse Tianhua, indicando la porta interna. "Oh, se non le dispiace, è necessario coprirsi le scarpe." Indicò un dispenser di copriscarpe sul pavimento. Ning faticò per un momento a inserire gli enormi piedi nel dispenser; non aveva mai visto dei copriscarpe, e in realtà non conosceva affatto il rigore igienico della produzione tecnologica moderna; le fabbriche di componenti elettronici si trovavano molto più a sud del Guangxi, e le cliniche locali che praticavano aborti imponevano a malapena l'uso dei guanti di lattice.

"Partiremo dall'inizio, come consigliato da Confucio" disse Tianhua, guidando il suo ospite lungo una scala che scendeva fino a una stazione di ricevimento dove alcuni operai stavano caricando delle balle di foglie di tabacco essiccate su carrelli. "Partiamo dalle migliori foglie provenienti dalle montagne. Vengono essiccate e selezionate con cura dai nostri rappresentanti nella provincia dello Yunnan e poi spedite direttamente qui." Ning annuì in modo ostentato per sottolineare il rispetto per quel processo. "Venga." La fermata seguente, superata un'altra porta, era la grande sala di estrazione, dove alcuni inservienti con addosso retine per i capelli e mascherine chirurgiche impilavano le foglie marroni in una dozzina di luccicanti vasche di fermentazione in acciaio collegate da tubi.

"Sembra un birrificio" commentò Ning.

"In effetti il processo iniziale è molto simile alla produzione della birra. Le foglie vengono fatte fermentare in acqua purificata; la conversione dello zucchero in alcol libera l'alcaloide nicotina dalle foglie. Ma a quel punto è eccessivamente diluito. Mi segua." Condusse Ning attraverso altre porte, fino a un'altra grande stanza con serbatoi più piccoli in acciaio inox e serpentine di tubi. "Questa è la sala della distillazione, dove il liquido di tabacco fermentato viene condensato in un concentrato puro. Esce da qui." Portò Ning dall'altro capo della stanza, dove un liquido trasparente gocciolava lentamente in un tubo di vetro sigillato. "Eccola qui" disse con orgoglio. "L'essenza più pura della nicotina!"

"Fantastico!" commentò Ning. "Un semplice processo di riduzione."

"Ho scoperto che molte cose, e molte persone, sono semplici quando vengono ridotte all'essenza" rispose Tianhua, chiedendosi quanti joule fossero necessari per ridurre un uomo della circonferenza di Ning alla sua essenza, qualunque essa fosse. "Ma non abbiamo terminato. Vede, la nicotina liquida purificata non ha alcun sapore, e a questo punto è anche *troppo* forte; la nicotina pura è una delle tossine più letali per l'uomo che si conoscano; anche una goccia sulla pelle può essere letale. Quindi la diluiamo con glicole propilenico, un integratore alimentare viscoso, e aggiungiamo vari aromi naturali, dal tabacco stesso agli aromi dolci per i fumatori più giovani."

"È molto importante considerare le nuove generazioni" disse Ning.

"Venga, proseguiamo" lo incalzò Tianhua, anche se intendeva dire *proseguiamo prima che il malsanamente obeso Nong Ning inciampi e rompa qualcosa*. "Il mio ufficio è da questa parte."

Mentre camminavano, Ning chiese: "Che cosa c'è di scivoloso?"

"Scivoloso?"

"Il cartello all'ingresso avvertiva del rischio di superfici scivolose. È possibile che il concentrato di nicotina fuoriesca sul pavimento?"

"Oh, direi proprio di no!" rispose Tianhua. "Il cartello si riferisce all'acqua usata per la fermentazione delle foglie di tabacco. Ovviamente disponiamo di piani per la gestione delle perdite e vasche di raccolta, ma di tanto in tanto è possibile che una valvola otturata faccia fluire l'acqua sul pavimento. Buona parte delle acque reflue vengono scaricate direttamente nel fiume. È del tutto naturale."

"Un sollievo" disse Ning. Voleva commentare che anche il cadmio e l'arsenico che gli impianti di metallizzazione del signor Hu scaricavano nel fiume delle Perle erano "naturali", nel senso che da qualche parte in natura esistevano tracce di entrambi i metalli pesanti, ma si morse la lingua, distratto da un tecnico con una tuta anticontaminazione che camminava rigido verso la boccetta di nicotina pura in fondo alla linea di distillazione, grande quanto una bottiglia di vino e ormai quasi piena. Con addosso il casco e il respiratore, l'uomo ricordava a Ning gli astronauti del film di *Star Trek* che era stato girato da quelle parti qualche anno prima. Il tecnico chiuse un grosso rubinetto valvolato, arrestando il gocciolio della nicotina, poi si chinò con attenzione e prelevò la boccetta. La posò sul pavimento e ne mise una nuova al suo posto, poi riaprì la valvola. Raccolse la boccetta piena e la portò con grande cautela oltre una porta automatica. L'intera operazione fu gestita in una maniera tale da far pensare che fosse stata provata e riprovata fino a raggiungere un protocollo; ogni movimento del tecnico sembrava coreografato alla precisione. O forse *coreografato* non era la descrizione giusta: andava oltre la danza, sembrava più un'esercitazione militare.

L'ufficio di Tianhua si trovava nella parte del complesso occupata dalla segheria, pertanto il livello di igiene era molto inferiore. Una coltre di segatura ricopriva ogni superficie, compresa la scrivania raramente utilizzata del capo. Il calendario sulla parete era di due anni prima. "Mi scusi per il disordine" disse Tianhua facendo un ampio gesto con il braccio sinistro, come a scusarsi per tutta la stanza. "Vengo qui di rado, come sa, e sono stato in viaggio, fuori dal Paese." Si sedettero entrambi su delle sedie imbottite intorno a un tavolino da tè; un assistente portò una teiera di Pu'er verde profumato. "Come procede l'incisione dell'avorio?" chiese Tianhua.

"Oh, molto bene. L'artista è attualmente impegnato nella scena dell'orgia al bordello di Yuxiang. La rappresenterà in maniera che potremmo definire estremamente dettagliata."

"Perfetto" disse Tianhua. "Non vedo l'ora di ammirarla." In realtà il suo interesse verso le orge nella letteratura cinese, e in generale per l'edonismo sessuale contemporaneo tendeva all'apatia e si avvicinava al disprezzo assoluto; trovava che le prostitute nei bar degli hotel di New York fossero una fastidiosa distrazione dai suoi incontri d'affari. Fare soldi era, in fin dei conti, molto più piacevole delle zanne d'avorio o delle erezioni, due cose che potevano essere ricreate in plastica, materiale più affidabile, in un laboratorio per la lavorazione a stampo con una macchina per lo stampaggio a iniezione, di cui possedeva migliaia di esemplari. Nella vita c'era molto di più, e di meno, di ciò che veniva pubblicizzato di solito come piacevole. Ridotto all'essenza, tutto ruotava intorno al denaro. "Ho notizie positive riguardo al progetto della sua diga" disse.

"Davvero?" chiese Ning, sorseggiando il tè con una studiata disinvoltura.

"Devo ammettere che quando mi ha detto per la prima volta del suo piano ero scettico, per tutte le ragioni che sappiamo entrambi. Pechino non si occupa più della costruzione di dighe, o di dislocare migliaia di persone. Ciononostante ho riscontrato interessi esteri non indifferenti, che potrebbero allearsi con noi ed esercitare una certa influenza su Pechino."

La notizia non sorprese Ning, che sapeva fin dall'inizio in che modo una diga potesse giovare a tutti i tipi di imprese, straniere e locali. Così, invece di esprimere gratitudine posò lentamente la tazza e disse *"Noi?"*

Uno stratega meno abile del signor Hu avrebbe potuto offendersi per la domanda, ma Tianhua riconobbe nella cautela di Ning le caratteristiche di un partner affidabile, e quindi non si scompose. "Forse l'entusiasmo mi porta a esagerare con le parole. Dal nostro pranzo della primavera scorsa, ho iniziato a immaginarci intenti a sfruttare tutte le opportunità insieme, unendo la sua conoscenza locale" – e per *conoscenza* intendeva il controllo che Ning esercitava a livello locale su permessi sui terreni, costruzione e immigrazione – "e la mia esperienza nel processo di produzione e distribuzione. In più, dopotutto, siamo cinesi. I nostri ospiti hanno bisogno di gente del posto, diciamo così, che li faccia sentire ben accolti."

"Da come ne parla sembra che stiamo aprendo una locanda" disse Ning.

Tianhua rise. "Il paragone è appropriato, soprattutto se pensiamo ai paesaggi pittoreschi del Guangxi e alla sua meritata reputazione in fatto di ospitalità. Ma non ho intenzione di proporle di dedicarci al lavaggio delle lenzuola." Ciò che stava proponendo, come Ning aveva ben compreso, era l'introduzione in quel remoto avamposto di un tipo innovativo di corruzione, ormai radicato nelle regioni più popolose della Cina. Questo nuovo meccanismo non comportava il palese pagamento di tangenti a funzionari, che al giorno d'oggi rischia di portare tutti in carcere se si incrocia l'uomo di partito sbagliato; non c'era alcun do ut des. Di fatto, non c'era nessun passaggio diretto di denaro tra le parti interessate. No, questa forma più sofisticata di corruzione, che era prevedibile da quando Deng Xiaoping aveva allentato il controllo sull'economia pur mantenendo stretto quello politico sui cittadini, aveva uno spirito imprenditoriale. In termini occidentali poteva essere considerato come una partnership pubblico-privato: le imprese ottenevano l'accesso alle risorse e ai lavoratori, mentre i funzionari di partito traevano profitto dalla vendita di terreni e dagli investimenti locali.

Per Tianhua, si trattava dei soliti affari. Per Ning, era un'occasione per ottenere finalmente ciò che meritava dopo anni al servizio del popolo.

Era vantaggioso per tutti.

"Questi interessi stranieri... sono americani, immagino." disse Ning.

"Sì."

"E per quale motivo vogliono l'energia prodotta dal Lijiang, esattamente?"

"Non lo so" rispose con onestà Tianhua. "Ma la desiderano ardentemente. Potremmo ottenerne ricompense considerevoli. Ovviamente rimane il problema degli abitanti del fiume."

"Su questo ci sto lavorando. Fortunatamente la natura è dalla mia parte. A quanto pare, i cristiani hanno inquinato l'acqua con i loro maiali. Le carpe sono più piccole e ai bambini che ci nuotano vengono degli eritemi. Sono impegnato insieme alla polizia per quantificare l'entità del danno. Numerosi villaggi usano l'acqua del fiume; quando la gente scoprirà la portata dell'inquinamento, chiederanno che si faccia qualcosa. A quel punto da Pechino esaudiranno i nostri desideri, ripulendo il fiume dagli insediamenti."

"Un ottimo piano" commentò Tianhua. "Ma sono preoccupato dall'americano che è stato sorpreso insieme a loro."

"Il signor Dean" disse Ning. "L'uomo è stato deportato per aver praticato la professione di giornalista con un visto commerciale. Il nostro vicecomandante l'ha scortato personalmente al confine."

"Ne sono al corrente. Ma temo che possa essere più pericoloso all'estero che dentro al Paese. Come saprà, sta scrivendo un libro sugli aborti."

"Be', non credo che questo libro troverà un editore in Cina!"

"Certo che no. Ma le cose sono diverse al giorno d'oggi. La gente ne sentirà parlare su Internet, forse troverà anche il modo di leggerlo. In ogni caso, se gli abitanti del fiume divenissero una specie di causa internazionale, Pechino potrebbe decidere che non è saggio cacciarli via. Le apparenze sono molto importanti di questi tempi. Abbiamo dei partner commerciali."

Mentre sorseggiava il suo tè, Ning ammise a se stesso di non aver considerato quella possibilità. Nemmeno sua moglie, che era solita vestire i panni dell'avvocato del diavolo, aveva sollevato la questione. "Dopotutto, però, non sappiamo davvero cosa stia scrivendo" disse.

"Al contrario" gli rispose Tianhua estraendo una chiavetta USB dalla tasca della giacca. "Abbiamo qui il suo libro, insieme agli appunti e ai suoi contatti. Rischia di fare molti danni."

"Il suo libro? Come l'ha ottenuto?"

"A quanto pare la sua agente a New York è deceduta all'improvviso. La chiavetta era in suo possesso. I nostri amici americani sono pieni di risorse."

"Dobbiamo distruggerla subito."

Tianhua rise. "Potrei gettarla nel Lijiang tra cinque minuti. Ma non sia così ingenuo da pensare che questa sia l'unica copia."

"Ma certo" replicò Ning, pentendosi di quel commento. Nonostante il suo acume tecnologico fosse prossimo allo zero, comprendeva vagamente il concetto di duplicazione digitale. "Molto meglio eliminare..."

"... Questo è meglio non dirlo ad alta voce" lo interruppe Tianhua, consapevole di dover mantenere un aspetto di legalità come uomo d'affari. "Il signor Dean ha fatto di tutto per proteggere la donna il cui marito è stato ucciso nell'operazione sulla chiatta. Ora sono sposati e lei è spuntata a New York con la residenza americana. Il signor Dean invece è scomparso, ma sospetto che se riusciamo a trovare il ragazzino troveremo presto anche lui."

"Quale ragazzino?"

"Il figlio della donna della chiatta. Sa dove si trova?"

"No" mentì Ning. Non aveva alcun interesse a proteggerlo, ma una sorta di sesto senso gli diceva che sapere qualcosa di cui Hu Tianhua non era a conoscenza poteva rivelarsi un vantaggio.

"Va bene" rispose Tianhua. "Perché non ci facciamo una passeggiata lungo il fiume?"

Discese

Ultima parte

Capitolo 29

Il funzionario dell'immigrazione di Chek Lap Kok sfogliò il passaporto di T.K. e si soffermò sul visto per la Cina continentale. Studiò il grosso timbro rosso che diceva *PNG* come se fosse una farfalla rara, alzò gli occhi su T.K., guardò di nuovo il visto, poi cercò una pagina vuota e vi appose il timbro di ingresso. "Benvenuto a Hong Kong" disse.

T.K. sorrise, felice di vedere che la soluzione "una Cina, due sistemi" resisteva, a quasi due decenni di distanza dalla restituzione di Hong Kong. Si chiese quanto ci avrebbe messo Pechino a porre fine a quella farsa, rendendo obbligatorio un visto per la Cina continentale per entrare a Hong Kong. Avrebbero scelto un fine settimana estivo in corrispondenza del matrimonio di qualche reale britannico dalle orecchie a sventola, nel quale tutta l'Inghilterra sarebbe stata distratta. La gente ha le sue priorità, dopotutto.

Comprò un biglietto della metro pagando in contanti alla macchinetta e viaggiò fino alla stazione di Kowloon. Su Nathan Road acquistò, sempre in contanti, un altro cellulare usa e getta (in un altro negozio, usando dollari di Hong Kong questa volta) e fece una chiamata.

"Kathleen? Sono io."

"Teddy! Dove sei?"

"A Kowloon."

"Brutta idea."

"Mi serve il tuo aiuto."

Dopo una pausa, lei rispose: "Vieni alla fermata Central. Prendi il treno, non la barca. Ci vediamo alla biglietteria su Garden Road per il tram diretto a Peak."

La scelta più furba sarebbe stata quella di non presentarsi. Il semplice fatto di incontrare in segreto Teddy, anche se in pubblico, le dava la sensazione di tradire George. D'altra parte, George non la stava essenzialmente tradendo con tutti i suoi segreti commerciali? Kathleen si occupava di verità, almeno questo era ciò che si raccontava, e il suo fidanzato le nascondeva senza dubbio verità di ogni tipo. A volte i piani tortuosi di George le causavano la rabbia di un'amante ferita. Ma nei momenti di maggiore apertura capiva perché le cose dovessero andare in quel modo: il lavoro è lavoro, il divertimento è quello che fai il sabato sera. Avrebbe dovuto scaricare Teddy come un appuntamento noioso. Poteva sempre giustificarsi dicendo che l'aveva perso in mezzo alla folla di turisti intorno alla fermata del tram. Ma non era in grado di farlo, per lo stesso motivo per cui Teddy aveva chiamato lei e non George. Perché, mentre prendeva la borsa e chiudeva la porta del suo appartamento di Robinson Road, intuiva la terribile verità nascosta al di sotto della ritrosia e del rimorso: lei sapeva perché Teddy non aveva chiamato George.

Un'ora dopo i due erano a bordo della funicolare che risaliva lentamente la montagna, stretti fra turisti dallo sguardo inebetito e bambini dagli occhi sgranati che guardavano allontanarsi i ripidi binari. T.K. era felice di vederla, felice di sentire la sua pronuncia delle vocali che gli faceva pensare a una pigra giornata estiva in Australia, felice di riflettere su come degli occhi di un blu tanto gelido potessero sembrare così caldi. La guardava come se fosse un regalo che lui non si meritava. Le torri del quartiere sotto di loro rimpicciolivano fino a somigliare ad aghi su un puntaspilli mentre T.K. parlava del matrimonio affrettato con Ming al Municipio di Amsterdam e della sua ricerca di Jintao. "Grazie per aver accettato" le disse.

"Non mi hai ancora detto cosa ho accettato di fare."

"Voglio che attivi i tuoi contatti in Vietnam per aiutarmi a portare il ragazzino oltreconfine. Sempre che lo trovi."

"Aspetta un momento. Vuoi rientrare in Cina?"

"Devo farlo. Lui è lì."

"Sei pazzo. Se ti prendono finirai in carcere, e ho sentito che le prigioni cinesi sono molto al di sotto delle bettole a una stella."

"Mi hanno detto che non hanno nemmeno il *báijiŭ*" commentò T.K.

"E poi" proseguì Kathleen, "i miei contatti vietnamiti si trovano a Hanoi, a centocinquanta chilometri dal confine con il Guangxi."

"Be', i tuoi contatti avranno a loro volta dei contatti. Qualcuno conoscerà qualcun altro al confine che sia un trafficante onesto, e che possa farlo arrivare a Hanoi; non posso farmi vedere con lui vicino al confine; è troppo pericoloso, e ci sono molte persone che farebbero qualsiasi cosa per i soldi. Deve mescolarsi tra la folla. Una volta che l'avrò fatto attraversare mi intrufolerò anch'io nel Paese, e ci incontreremo a Hanoi, dove gli procurerò un visto per New York."

"E come hai intenzione di entrare in Cina?"

D'improvviso il tram si fermò tra gli scossoni, sotto le colonne bianche della fermata a richiesta di Barker Road, poco frequentata. Le porte si aprirono e lasciarono entrare un singolo passeggero, un occidentale alto con un abito leggero in principe di Galles e delle scarpe eleganti in pelle con doppia fibbia.

"Ciao George" disse Kathleen con finta noncuranza, le labbra leggermente imbronciate. In realtà aveva il cuore in gola. T.K. guardò alle spalle del vecchio amico, per accertarsi che nessuno dei suoi nuovi amici fosse salito con lui.

"Kathleen! Teddy! Com'è piccolo il mondo!" esclamò George. "*Adoro* prendere il tram per Victoria Peak" disse in modo esageratamente espansivo. "È una meraviglia per cambiare prospettiva."

"Perché mi stai seguendo?" chiese T.K.

George fece un'espressione ferita. "È così che saluti un amico? Non prenderla sul personale, T.K. Per l'amor del cielo, io vengo seguito ovunque vado, è ovvio che cerco di tenermi allenato facendo qualche pedinamento."

"E gli sgherri russi che mi seguono da quando ero a New York? E il cinese con la maglietta di Trotsky? Quella specie di Fu Manchu sulla scala mobile? Immagino che siano tutti amici tuoi."

George trasalì. "Più che altro sono dipendenti dei miei soci in affari. Mi scuso per tutto questo casino. Ho cercato di fermarlo. Sono qui per aiutarti, in verità. Per aiutarti a restare vivo. Dovresti proprio tornare a casa, Theodore, e non intendo dire a New York per cercarti un altro agente letterario; direi che Bellows Falls sarebbe un'ottima idea, in questo momento. Questa storia è molto più grande di te, o del tuo libro. Non farti coinvolgere, perché temo che ci siano altri attori in gioco pronti a considerarti semplicemente come un danno collaterale."

"*In gioco?*" chiese T.K. "E quali sono le regole del gioco, George, sempre che ce ne siano? Perché si dà il caso che il tuo merdoso giochetto sia la tratta di schiave sessuali, e quando ti trovi ad avere a che fare con il cazzo di un estraneo ubriaco in una vetrina di Amsterdam, il gioco ti sembra leggermente truccato."

Alcuni turisti che parlavano inglese si girarono a fissarli. Una donna si affrettò a spingere il figlio verso il retro della carrozza.

"Be', te lo concedo" rispose George, mentre con gli occhi scandagliava il vagone. "Il gioco è truccato. Questi trattati di assistenza reciproca sono così complicati, ciononostante ignorano molti dettagli."

"Che trattati?"

"Ogni Paese ne ha; si tratta di accordi di assistenza reciproca per questioni legali, sia civili che penali. Non sono un avvocato, ma se vuoi la mia opinione non fanno altro che stabilire quali attività losche saranno tacitamente ammesse dalle parti, nell'interesse di una più ampia collaborazione. In fin dei conti, va nella direzione di un unico governo mondiale, anche se non proprio come lo immaginavano quelli delle cooperative alimentari."

Il tram entrò nel terminal di Victoria Peak; le porte si aprirono con un sibilo.

"Cosa sceglieranno secondo voi?" chiese George mentre scendevano e si allontanavano dai turisti. "Il Lion's Pavilion? O il Madame Tussaud? C'è una statua incredibile di Xi Jinping – sembra proprio vivo – anche se Obama è un po' troppo rigido per i miei gusti. Forse devo fare più attenzione a quello che dico del capo."

"Obama?" disse Kathleen, che ormai aveva gettato la maschera della giornalista insensibile ed era a bocca aperta. "O Xi?"

"Be', questa è una domanda sottile, e una linea ancora più sottile da tracciare" rispose George. "Immagino che non faccia una grossa differenza. Obama, Cina, Aunt Jemima, sono tutti marchi intercambiabili."

"E il venture capital?" intervenne T.K. "Qual è il tuo marchio? O si tratta solo di una copertura?"

"Niente affatto" ribatté George mentre passeggiavano senza apparente convinzione verso il belvedere. "Il governo degli Stati Uniti ha uno dei fondi di sviluppo del venture capital in tutto il mondo: un piano intero al consolato di Hong Kong, una superficie maggiore di quella assegnata alla NSA. Per non parlare di Langley."

"Alla CIA?"

"Ma certo. La tecnologia dell'informazione non aspetta nessuno; devi trovarla prima che lei trovi te. Come dicevo, è un gioco."

"Tipo la Christian International Aid."

George aggrottò la fronte. "Queste partnership tra pubblico e privato sono irte di pericoli. Avrebbe dovuto funzionare come la Voice of America ma temo che abbia avuto l'effetto contrario."

"L'effetto contrario?"

"Se vuoi saperlo, la Christian International ha avuto l'appoggio della CIA fin dall'inizio. Era considerata un modo per diffondere il sostegno per gli ideali americani, e questo ha fatto, per un po' di tempo. Ma per via di tutta la questione stato-chiesa dovevamo fornire una copertura; doveva essere gestita, almeno sulla carta, da interessi religiosi privati. E funzionava bene, finché a capo c'erano dei veri cristiani. Ma a un certo punto i cristiani sono stati gettati in pasto ai leoni e i russi hanno preso il loro posto. Non è certo successo sotto il mio controllo, ma ora temo che tocchi a me sistemare le cose."

Si fermarono ad ammirare il panorama. Oltre le guglie del quartiere, il Victoria Harbour scintillava di un verde smeraldo, la superficie segnata da centinaia di scie di schiuma delle navi portacontainer Maersk EEE, che portavano il carico di 18.000 camion, delle giunche da pesca, dei traghetti e degli yacht dal Mediterraneo. Dall'altro lato del porto, le gru si innalzavano sopra le enormi torri di nuova costruzione che spuntavano come funghi a Kowloon. A sinistra, i 747 discendevano sulla pista nell'isola di Chek Lap Kok. Nascosta da un velo di foschia, c'era la promessa, o forse la paura, di qualcosa di più: laggiù, oltre i Nuovi Territori si estendeva la metropoli cinese di Shenzhen, un ex villaggio di pescatori diventato due volte più grande di Hong Kong, con la sua dose di campanili di vetro specchiato.

"Sapevi che quando Mies e i suoi amici della scuola d'arte inventarono il grattacielo a Chicago, tutti la ritenevano una pericolosa idea marxista?" disse George. "Tutte quelle lastre scure, che ospitavano milioni di operai senza volto, simboleggiavano il tramonto dell'individualismo; i critici dicevano che era arrivato l'alveare socialista, direttamente dalla Germania nazista, pensa un po'! Chi avrebbe immaginato che quell'invenzione sarebbe diventata il simbolo definitivo del potere capitalista?"

"Mies lo sapeva" rispose T.K. "Era rosso quanto Goldwater."

"La cosa più rossa che aveva era il naso. Era una testimonianza del potere creativo dell'alcol: riusciva a sfornare edifici leggendari pur consumando una bottiglia di scotch e dieci sigari al giorno."

T.K. strinse gli occhi. "Cosa diceva Nietzsche? *Un po' di veleno di tanto in tanto: ciò fa fare sogni piacevoli.*"

"*E molto veleno alla fine, per un piacevole morire*" proseguì George. "Si riduce sempre tutto a Nietzsche tra noi due, eh? Non so se Mies l'avesse letto, ma di certo aveva capito che non si diventa ricchi sfondati progettando case dalle pareti in vetro per i collezionisti. Quelle le faceva per scoparsi le mogli dei clienti; i soldi veri venivano dai suoi committenti nel mondo aziendale. E ovviamente dai contratti con il governo. Che è lo stesso."

Si girò verso la città. "Quel nuovo grattacielo che stanno costruendo a Kowloon sarà il più alto dell'Asia, e ospiterà l'hotel più elevato al mondo. Ci trasferiamo lì l'anno prossimo, con tutto il consolato. Saremo nel piano sotto il Ritz Kowloon e due piani sopra la General Electric, una bella comodità." Rise sommessamente per la sua battuta. "L'americano medio pensa che i nostri consolati e le ambasciate esistano per svolgere doveri di stato vagamente ufficiali, ma la verità è che quasi tutti in questi uffici, me compreso, lavorano per far ottenere contratti all'estero ad aziende statunitensi."

George spostò lo sguardo verso la riva più vicina del porto, dove i traghetti attraccavano ai moli di Central. "Mi dispiace di lasciare l'isola, di non potere più raggiungere il club a piedi e tutto il resto. D'altra parte, avremo una *vista* spettacolare dell'isola. È questo che conta, ultimamente. È tutta un'illusione, no?"

"Come la democrazia a Hong Kong?" chiese Kathleen.

"Come la democrazia ovunque" replicò lui. "Quello che tutti gli hippie e i libertari e quelli di Occupy non capiscono è che la democrazia è simile al menu di un ristorante. Hai l'illusione della 'scelta' " – mimò le virgolette con le dita – "ma la verità è che il menu è stato progettato con cura per esprimere le tue scelte in un certo modo. Il cliente non scrive il menu. Non è mai successo."

"E tu saresti lo chef, George?" disse T.K.

Lui scrollò le spalle. "Temo che ci siano troppi chef che mescolano il brodo ultimamente. È questo il problema: nessuno è al comando. Io? Mi considero più il *saucier*. Il mio compito è evitare che la salsa si coaguli. Perché, se si riduce tutto all'essenziale, è una questione di stabilità. Un governo *stabile*, molto più di qualsiasi *forma* particolare di governo, è la salsa segreta. È nel migliore interesse della società. Il giornalismo come il tuo non fa altro che agitare le acque. E anche il tuo Kathleen, anche se dubito che il signor Murdoch si veda come parte della controcultura. Io ho deciso che era più importante essere un buon americano che un buon giornalista."

"L'unico modo in cui un giornalista può essere un buon americano è essendo un buon giornalista" disse T.K.

"*Bravo!*" esclamò George, battendo le mani. "Lo scriveranno sulla tua lapide, con l'inchiostro da stampa che cola e si lava via alla prima pioggia di primavera. Ti ammiro, T.K., ti ho sempre ammirato, sai. E non voglio che tu ti faccia male."

"Troppo tardi, George. La tua *stabilità* si è rivelata molto instabile per le persone che amo."

"Che ami? Theodore Kincaid Dean è innamorato? Fermate le rotatorie! Cos'è successo al distacco oggettivo?"

"Si è trasformato in te. Magari puoi dirmelo tu come ci si sente a essere distaccati."

George sospirò. "Prima che tu assuma quell'aria di superiorità nei miei confronti, lascia che ti dica cosa mi fa alzare dal letto ogni giorno." Si rivolse a Kathleen. "Cara, quello che sto per dire è in via del tutto confidenziale."

"Nel senso che non posso pubblicarlo?" chiese Kathleen. "Non posso prometterti come la prenderò in via personale. E questa è una comunicazione ufficiale."

"Va bene." Fece un respiro e raccolse i suoi pensieri. Kathleen aveva le braccia incrociate e lo sguardo incupito. T.K. lo fissava impassibile.

"È difficile quantificarlo con precisione" disse George "ma l'Illicit Finance Group della CIA stima che le frodi su Internet e lo spionaggio aziendale online, poco importa che provengano dalla criminalità organizzata, da canali governativi o da entrambi, costano alle economie mondiali un trilione di dollari all'anno, e non sto parlando di dollari di Hong Kong. Si tratta di più di un quarto dell'intero budget annuale degli Stati Uniti. Il costo diretto è sostenuto per lo più da aziende, banche e commercianti, compresi quelli di Main Street, ma viene trasferito ai consumatori sotto forma di prezzi più alti per qualsiasi cosa. E le violazioni della privacy, oltre a essere un grosso fastidio per i cittadini, possono anche costituire un pericolo mortale. Quindi si tratta di un problema vero con delle vittime vere. Come si fa a fermarlo? Negli ultimi anni il governo statunitense, attraverso il fondo per cui lavoro, ha condotto lo sviluppo di una nuova tecnologia chiamata BODG."

"BODG?" chiese Kathleen.

"Sta per Beijing Online Diplomacy Group, ossia Gruppo per la Diplomazia Online di Pechino, la città dove è stato presentato:

una serie di incontri multilaterali di alto livello per affrontare la pirateria online. Non sono cose che leggerete nel libro di Hillary Clinton – sono ancora informazioni riservate – ma c'era anche lei, ed era piuttosto agitata da quanto ricordo. Io mi trovavo alle sue spalle, appoggiato al muro. Comunque, il BODG deriva da una tecnologia che era stata sviluppata per la verifica su PayPal. Non vi annoierò con i dettagli, ma è molto più complesso di qualsiasi codice di sicurezza online attualmente disponibile, ed è considerato insuperabile. In pratica, ha un cervello autonomo che scrive continuamente un nuovo codice. La chiave è che, una volta acceso, non può essere fermato, sviato o spento, il che lo rende impenetrabile per gli hacker."

"E questo cos'ha a che fare con la tratta di esseri umani dei russi?" ribatté T.K.

"Vedete, c'è un elemento fondamentale da puntualizzare a proposito del BODG. Funziona soltanto se tutto il mondo è d'accordo. Una falla nella rete è come una crepa in una diga: dopo di lei, il diluvio."

"Aspetta un attimo" intervenne Kathleen. "Stai dicendo che questo affare BODG è come l'ordigno Fine di Mondo in *Dottor Stranamore*?"

"Nel senso di 'tutto o niente', sì. Ovviamente il BODG non è una catena di armi nucleari, e questa non è la Guerra Fredda. Il BODG è progettato per proteggere il commercio globale, per mettere tutti sullo stesso piano. Si passerà in un attimo dal caos in cui nessuno è al comando alla presenza di un'enorme app, se così si può dire, che controlla tutto."

"Stabilità" disse T.K.

"Se così vogliamo metterla."

"Stavi per collegare tutto questo alla tratta di esseri umani dei russi."

"Esatto. Vedi, come dicevo, il BODG non funziona a meno che non sia adottato da tutti, e i russi sono stati, per usare un eufemismo, un po' suscettibili sulla questione. Non lo ammetteranno mai, ma tutti sanno il perché: il governo russo è la più grande cleptocrazia del pianeta. Putin controlla la mafia russa, che a sua volta controlla il mercato globale multimiliardario dei dati delle carte di credito rubati, principalmente tramite il TOR."

"Il TOR?" chiese Kathleen.

"The Onion Router. È un software open-source che dirige il traffico web attraverso migliaia di relay e server anonimi in tutto il mondo."

"Il Dark Web" disse T.K.

"Esatto. È un buco nero, un universo alternativo ancora più grande della parte visibile di Internet. Traffico web impossibile da tracciare. Viene usato per molte cose, alcune buone come la ricerca accademica..."

"... e la sorveglianza governativa" intervenne T.K.

"Anche quella. Ma è anche un ottimo posto in cui nascondersi per i malintenzionati, tra cui terroristi e ladri di dati, che non sono poi molto diversi. Visto che le carte di credito sono la valuta del suo reame, Putin e i suoi amici hanno sostanzialmente messo all'angolo il mercato mondiale della contraffazione. Ci preoccupavamo della Corea del Nord, che produceva milioni di banconote da venti dollari false su carta svizzera molto sofisticata, ma ora tutto ciò sembra piuttosto antiquato. Non sorprende che la Russia si sia dimostrata alquanto riluttante ad abbracciare la tecnologia che avrebbe messo fine al suo racket. Naturalmente ricevono enormi pressioni internazionali e devono valutare la possibilità di sanzioni, ma è stato comunque ritenuto prudente, ai massimi livelli, lanciare loro un osso, per così dire. È qui che entrano in gioco i trattati di assistenza reciproca. La Cina e gli Stati Uniti hanno tacitamente accettato di chiudere un occhio per quello che riguarda i crimini tecnologicamente non avanzati della mafia russa, compresa la prostituzione. È un compromesso."

"Un sacrificio."

"In un certo senso sì. Non è una bella cosa, lo so, e personalmente non ne vado fiero, ma ci sono questioni più importanti da valutare."

Tre adolescenti cinesi, ragazze che indossavano uniformi scolastiche bianche e nere, si avvicinarono timidamente con una piccola fotocamera. "Per favore" disse una. "Ci fate una foto?"

"Ma certo" rispose Kathleen. Le ragazze ridacchiarono, le consegnarono la fotocamera e si misero in posa davanti al panorama di Hong Kong. "Sorridete!" disse Kathleen. Loro ridacchiarono di nuovo, e lei scattò la foto.

"Ora una con voi" propose la capogruppo, radunando le due amiche vicino a Kathleen, T.K. e George.

"Io mi chiamo fuori" disse George deciso, ma fingendo un certo umorismo. "Non sono molto fotogenico." Si allontanò dietro la fotocamera.

"Lo stesso vale per me" lo seguì T.K. La ragazza con la fotocamera fece una smorfia, ma scattò comunque l'istantanea con Kathleen e le sue amiche. Fecero un inchino e si avviarono saltellando lungo il sentiero, commentando con voce squillante quei buffi occidentali che non volevano essere fotografati.

"Be', basta fare i turisti per oggi" fece George. "Torniamo giù?" Mentre li guidava verso la stazione del tram, una coppia anziana di inglesi li interruppe, brandendo una fotocamera. "Mi scusi, signore" disse l'uomo a George, incoraggiato dal relativo successo delle ragazze cinesi. "Le dispiacerebbe scattarcene una?"

"Nessun problema" rispose distrattamente George, prendendo la fotocamera.

Mentre George scattava la foto alla coppia con la vista di Hong Kong sullo sfondo – "Sorridete!" – T.K. tirò leggermente Kathleen per un gomito e le sussurrò: "Cara, mi concedi questo ballo?"

"Cosa?" rispose lei.

"Quando arriviamo al tram, lascia che faccia strada io" replicò lui guardandola negli occhi. "Fai attenzione al gomito." Lei annuì e, scattata la foto, raggiunsero George ed entrarono nella stazione proprio mentre il tram caricava i passeggeri.

"Saliamo sul vagone in fondo" disse T.K. "Mi vengono i brividi se sto davanti durante la discesa."

"Come vuoi" rispose George, entrando per primo dalle porte sul retro e indicando una panca di legno. "È saggio non viaggiare davanti, immagino. Sapete, queste funicolari non hanno freni interni; l'unico meccanismo di arresto è un gigantesco tamburo che si trova nel terminale su in cima. Credo che, se il cavo dovesse spezzarsi, la carrozza precipiterebbe giù dalla montagna, dritta contro la Bank of America Tower su Connaught Road."

"Vincerebbe la banca" commentò T.K.

"Un'altra azienda troppo grande per fallire."

Kathleen sussultò.

"Non preoccuparti, cara, non può succedere. Il cavo è spesso quasi cinque centimetri e in grado di reggere centotrentanove tonnellate. L'errore umano è impossibile, ormai è tutto computerizzato; il conduttore è lì solo per far sentire più sicuri i passeggeri."

"Nessuno è al comando" disse T.K. "George, fai accomodare i turisti; noi possiamo stare in piedi." George annuì; presero posto nel vano delle porte posteriori. Su Barker Road, il tram si fermò e le porte si aprirono. T.K. non sapeva con certezza chi sarebbe salito, ma si aspettava brutte notizie. E infatti dalle porte anteriori salì Fu Manchu, sempre con addosso il vestito di seta beige e le scarpe a punta. Sorrise e si levò il fedora di paglia in direzione di T.K. mentre le porte si chiudevano.

"Credo che un tuo amico si sia unito a noi" fece George.

"O forse è amico tuo? Il signor Wang, il cristiano senza crocifisso. Ne ho incontrati alcuni come lui di recente; sembra che stiano facendo proseliti in giro per il mondo."

"I missionari hanno questa tendenza."

T.K. premette il pollice sul gomito di Kathleen. Il corridoio della carrozza era pieno di turisti. Mentre il tram iniziava la discesa più ripida verso la stazione di May Road, T.K. si guardò furtivamente intorno in cerca del pulsante per prenotare la fermata a richiesta. A meno che non ci fosse un passeggero che saliva a May Road – e nessuno saliva mai a May Road nella tratta in discesa, perché si poteva raggiungere a piedi la scala mobile di Mid-Levels – il tram non si sarebbe fermato. Vide il pulsante verde, alle spalle di una donna americana sovrappeso con dei bermuda e una maglietta lucida con su scritto I SURVIVED THE PEAK TRAM. Cercò di allungare un braccio dietro di lei, ma non c'era modo di aggirare la sua circonferenza senza toccarla in modo inappropriato.

Il signor Wang si faceva strada in mezzo alla folla, sorridendo e scusandosi in varie lingue: "Excuse me, *pardonnez-moi madame, duìbùqǐ.*" Gli occhi di George erano come palline da flipper, e rimbalzavano da un lato all'altro della carrozza che scendeva cigolando dalla montagna. I turisti chiacchieravano tra loro, ma T.K. non sentiva una parola; l'unico suono percepito dalle sue orecchie era il sibilo collettivo di un centinaio di fotocamere digitali dei passeggeri che scattavano continuamente foto fuori dal finestrino, e il mormorio, più una sensazione che un vero suono, del cavo della funicolare in tensione sotto al pavimento. Controllò l'orologio: le quattro e dieci. Il presidente Mao salutava con la mano.

Proprio mentre il tram discendeva nella stazione di May Road, T.K. sentì il cavo che si tendeva e portava lentamente la carrozza a fermarsi. Gli dei del tram erano stati benevoli: sulla banchina c'era un'anziana donna cinese rinsecchita, china su un bastone, che aspettava un passaggio per Central. T.K. esalò un profondo respiro e si appoggiò al gomito di Kathleen, guidandola con discrezione verso le porte. Quando queste si aprirono, lei si mosse per scendere, ma lui la trattenne stringendola forte, mentre sorrideva a George. Il signor Wang continuava ad avanzare nella calca chiedendo permesso e li aveva quasi raggiunti. L'anziana con il bastone salì lentamente i gradini della carrozza anteriore; T.K. la guardava dal finestrino. Finalmente la donna fu a bordo. Il signor Wang poteva quasi toccarli e si stava mettendo una mano nella tasca della giacca. Subito prima che le porte si chiudessero, T.K. si rivolse a George e disse: "Dunque si riduce tutto a questo." Poi spinse Kathleen in avanti e saltarono fuori proprio mentre le porte si richiudevano. George tentò di seguirli ma era troppo tardi. Rimase a guardare il vetro, furente, mentre il signor Wang scivolava al suo fianco e fissava T.K., che salutava con la mano dalla piattaforma.

"Muoviamoci" disse poi a Kathleen. "Di sicuro Wang scenderà a McDonnell Road per inseguirci, forse risalendo i binari. Prendiamo il Green Trail fino a Magazine Gap Road. Poi possiamo seminarlo nei giardini botanici."

"E poi cosa facciamo?"

"Poi ci dividiamo. Mi dispiace di averti coinvolta in questa storia, ma per il momento non conosci i miei piani, quindi non serviresti a nulla ai cattivi, di chiunque si tratti. Lasciamo le cose come stanno."

Kathleen si fermò, afferrandolo per un braccio. "No! Ora sono io che comando. Ti serve un contatto a Hanoi. Troverò qualcuno."

T.K. scosse la testa. "Se lo fai, per te qui è finita."

Il sole basso del pomeriggio filtrava tra i suoi capelli biondi e le proiettava ombre diffuse sul viso inquieto. "Per me qui è finita in ogni caso" gli rispose. "Non si può più scrivere niente a Hong Kong. Posso fare di più dall'Australia."

T.K. assunse un'espressione di sfida. "Non ti meriti questo tipo di problemi."

"E il ragazzino? Che cosa si merita lui?"

T.K. guardò l'orizzonte, poi la fissò negli occhi. Le prese le mani. "Dobbiamo continuare a muoverci."

Scesero di corsa lungo il Green Trail verso Mid-Levels, ma nessuno dei due aveva trascorso molto tempo in quel quartiere esclusivo dell'isola, con i suoi condomini di lusso recintati e i campi da golf terrazzati. E non si rendevano conto che, prima di curvare verso Magazine Gap Road, il Green Trail incrociava di nuovo i binari della funicolare.

Wang li vide per primo. Stava risalendo di corsa lungo i binari, facendo gli stretti scalini due a due, quando le loro strade si incrociarono. In pochi secondi Wang attaccò T.K. con abilità, facendolo piegare, stringendogli il braccio destro intorno alla gola e bloccandolo in una presa al collo. "Agitarsi peggiora solo le cose" disse con calma. "Ora dimmi dove trovare il ragazzino, quello che hai chiamato *Donald Duk*."

"Teddy, non ti muovere!" esclamò Kathleen. "Può spezzarti il collo; ho fatto judo."

"Anch'io" rispose T.K. strisciando con il tacco della scarpa lungo il polpaccio di Wang e pestandogli con forza il piede. Wang gridò e lo lasciò andare, barcollando lungo i binari. Ma non appena ebbe ritrovato l'equilibrio aprì uno stiletto dal manico d'avorio e si scagliò nuovamente contro T.K. Sul sentiero accanto ai binari, Kathleen cercava affannosamente un'arma: un bastone, un mattone, qualsiasi cosa. Riuscì a trovare solo una pietra nera e liscia; disperata, la lanciò a Wang. Lui si ritrasse e si abbassò uscendo dal sentiero, ma quel momento di distrazione gli fece perdere l'equilibrio mentre attraversava i binari. In quel punto il tram digradava dalla ripida discesa per attraversare una piccola valle, ed erano necessarie una serie di pulegge per tenere il cavo basso a livello del terreno. Mentre tentava di ritrovare l'equilibrio, Wang mise il piede destro proprio sopra il cavo in movimento, che in un attimo glielo trascinò sotto una puleggia rotante, la quale gli tranciò di netto la punta della scarpa, insieme alle dita. Con un lamento agonizzante, l'uomo lasciò cadere il coltello, che ormai era diventato inutile, perché il signor Wang non era in grado di proseguire l'inseguimento.

T.K. aggrottò la fronte. "Mia madre lo diceva sempre di non giocare sui binari."

Capitolo 30

Nonostante il suo spettacolare skyline, Hong Kong conserva ampie zone rurali e persino selvagge, con sentieri di montagna, riserve naturali e, nell'estremo angolo nord-occidentale dei Nuovi Territori, risaie. Queste ultime stanno perdendo terreno in favore di nuovi insediamenti abitativi con nomi come Palm Springs e Fairview Park, ma se si sale in taxi lungo la San Tim Highway avvicinandosi al confine con Shenzhen del Futian Checkpoint, poi si scende lungo Palm Springs Boulevard e si va a nord verso Wai Po, si arriva a una zona in cui le risaie digradano nella baia di Shenzhen Bay. Da quel punto basta nuotare per poco meno di cinque chilometri per raggiungere il parco ecologico litorale di Hongshulin, una lingua di terra con fitte foreste della Cina continentale, poco sorvegliata al contrario dei vicini attraversamenti urbani. Lo stretto passaggio è raramente popolato da squali, e un nuotatore allenato è in grado di attraversarlo in meno di tre ore.

Erano le due del mattino. La luna, quasi piena, era alta in cielo e il suo riflesso creava pugnali cromati sul mare e sopra gli steli di riso, che la brezza faceva sussurrare. Sul bordo della strada fra le risaie, alcuni cani randagi si contendevano rabbiosamente una pila di ossa d'anatra provenienti dal vicino mercato notturno. Kathleen studiava la costa cinese con un binocolo, senza vedere né dire nulla. T.K. fece un ultimo inventario del suo zaino impermeabile da kayak, pieno di sacchetti sigillati sottovuoto che contenevano il suo passaporto (con un nuovo visto per il Vietnam ottenuto al consolato di Hong Kong), un nuovo cellulare usa e getta con caricabatteria portatile, diecimina yuan, ottantamila dong vietnamiti, vestiti leggeri di tessuto scuro, difficili da individuare di notte e che non si sporcavano facilmente, un asciugamano di piccole dimensioni, un rasoio usa e getta, una saponetta e un paio di espadrilles.

"Hai preso le pillole?" le chiese.

Kathleen abbassò il binocolo e frugò nella borsa. "Ho dovuto dire al mio medico che soffro di attacchi di panico, il che non è molto lontano dalla realtà. Il farmacista le ha chiamate *le pillole per dimenticare*. Spero che tu non le prenda con dell'alcol." Gli consegnò una boccetta con quindici pastiglie di Rohypnol.

"Non sono per me." T.K. aprì il coperchio, si rovesciò il contenuto sul palmo e lo esaminò alla luce della luna.

"La Roche, soluzione rapida. Bianche."

"Mi dispiace, non ce le avevano a righine bianche e rosa."

"No, vanno benissimo. Negli Stati Uniti hanno iniziato ad aggiungergli del colorante blu quando questa merda è diventata la droga dello stupro. Il Martini ti diventa blu e il trucco viene scoperto. Le hanno anche rese più difficili da sciogliere. Ma le vecchie pillole bianche sono ancora vendute all'estero."

"Hai un appuntamento galante in Cina?"

T.K. trasferì le pillole in una piccola custodia impermeabile per tappi per le orecchie. "Chiunque abbia preso Jintao non me lo consegnerà con le buone."

"E quindi usi le armi chimiche."

"Non si sa mai. E poi, potrebbe venirmi un attacco di panico." Le restituì la boccetta vuota. "Pare che tu possa fartela riempire di nuovo."

"Facciamo un ripasso" disse Kathleen, alzando il binocolo per controllare di nuovo la costa.

T.K. sospirò e recitò a memoria. "Il tuo contatto è An Thanh, un commerciante nel villaggio di Cốc Mán, oltre il confine di Nongchao. Parla francese. Basterà fare il suo nome al mercato e tutti sapranno dove trovarlo."

"Ora parliamo dell'attraversamento."

"Compro uno smartphone Xiaomi con GPS a Nongchao, poi prendo la Yan Bian Highway per cinque chilometri verso sud. Appena superato il villaggio di Kugong, esco a destra dalla superstrada su una strada laterale; dopo il primo insediamento su entrambi i lati della strada, tengo la sinistra al bivio seguendo le coordinate ventidue gradi 34.13 nord, centosedici gradi 40.83 est."

"Quaranta punto ottanta*quattro*" lo corresse lei.

"Ottantaquattro" disse lui. "È un cazzo di decimale."

Lei lo fissò.

"Ottanta*quattro*" ripeté T.K. "Poi di corsa verso nord, seguendo quella longitudine per centoquaranta metri sulle risaie fino al fiume Guichin, sul confine. Non c'è alcuna recinzione; una breve nuotata e *good morning Vietnam*."

"Provincia?"

"Cao Bǎng. Seguo un valico tra due montagne verso nord; quella è la strada per Cốc Mán, provincia di Cao Bǎng, circa due chilometri."

"Perfetto."

"Credo che il merito della mia buona memoria sia da attribuire all'alcol" disse lui, bevendo una sorsata di cognac da una fiaschetta che poi ripose nello zaino impermeabile.

"Il fatto che tu riesca a bere così tanto senza diventare stupido è qualcosa che mi sorprende" disse lei.

"Il segreto è ricordarsi la stupidità la prossima volta."

"Porca puttana Teddy, non siamo in un romanzo di Raymond Chandler. Non puoi bere di continuo e aspettarti di essere funzionale."

"Lui ci riusciva."

"Philip Marlowe? Era un cazzo di personaggio immaginario."

"Chandler. Sto parlando dello scrittore."

"Ha mai attraversato a nuoto la Baia di Shenzhen?"

"Ha lavorato a Hollywood."

Lei lo ignorò e proseguì. "An Thanh ti aspetterà a Cốc Mán. Porterà Jintao a Hanoi; tu sarai da solo. Li incontrerai all'ambasciata americana a mezzogiorno in punto, due giorni dopo aver consegnato il ragazzino; aspettali dall'altra parte della strada rispetto all'ingresso laterale su Ngō Five Láng Ha. Supponendo che sua madre abbia già ha la residenza americana, non sarà necessario lo status di rifugiato; mi auguro con tutto il cuore che Jintao abbia con sé la carta d'identità cinese."

"Conoscendolo, avrà imparato a memoria il numero della carta" disse T.K.

"Perché è quello che faresti tu?"

"E questo esattamente cosa significa?"

"Scusami. Ascolta, so che vuoi bene a quel ragazzino. Spero solo che tu stia facendo la cosa giusta, per lui e per te. I cinesi non possono nemmeno scoreggiare senza dover mostrare la carta d'identità, e tu ti aspetti che lascino andare in giro un *wàiguórén* con il passaporto con su scritto *persona non grata*?"

"Non servono documenti per dormire all'aria aperta, o per prendere gli autobus locali. Io e il ragazzino non avremo problemi, il mio unico timore riguarda il tuo contatto." Si sorprese a pentirsi di quella frase; T.K. Dean non temeva *mai* nulla, al massimo si preoccupava. Ma quel lapsus rappresentava una nuova preoccupazione: la preoccupazione, non proprio un *timore*, che quella missione l'avesse portato a passare dalla preoccupazione al timore, cosa che, in tutta onestà, lo *terrorizzò* per un momento. Tranquillo. Se *timore* era una parola che lo rallentava, *tranquillo* era quella che lo spingeva sempre ad andare avanti. *Tranquillo*, e con quel pensiero si svestì fino a rimanere in mutande e si spalmò la vaselina sulle braccia e le gambe, che si era rasato qualche ora prima. "Puoi spalmarmela sulla schiena?" disse, passandole il vasetto. Quando lei ebbe finito, T.K. si allacciò lo zaino e si mise gli occhialini. Kathleen teneva un paio di pinne nella mano destra, e quando gliele porse aveva gli occhi rossi.

"Con queste mi squalificherebbero in gara" disse lui, infilandosele ai piedi. "Ti abbraccerei ma sono tutto unto. Anzi, ti abbraccerei e ti direi quanto ti voglio bene, ma sono tutto unto e indosso delle pinne e degli occhialini."

A quelle parole la diga cedette. Kathleen gli gettò le braccia al collo e scoppiò a piangere. "Ti amo. Oh cazzo, cosa sto dicendo? Amo il modo in cui la ami."

Lui la strinse più che poté. "Devo essere a riva prima che faccia giorno" disse alla fine, indicando con la testa la sponda opposta. Si staccò da lei, strinse la cinghia e si immerse nell'oscurità al di là delle risaie. Lei lo salutò con la mano per l'ultima volta, poi lui scomparve tra le acque.

Se non fosse stato per una dolorosa puntura di medusa e il sapore del sale in bocca, gli sarebbe sembrato di nuotare in una cava nel Vermont. Per T.K. il nuoto sulla lunga distanza non aveva nulla a che fare né con la distanza né con la località. Il segreto per andare avanti era non pensare a dove ci si trovava o a quanta strada si doveva percorrere. E per farlo era necessario concentrarsi sul momento: ogni bracciata, solo un'altra... bracciata. Durante queste nuotate, sentiva della musica in testa: sempre le prime sinfonie di Mozart, non perché fossero così grandiose, ma perché la loro cadenza era così semplice, prevedibile e adatta al nuoto, come ci si aspetterebbe da sinfonie scritte da un bambino di dodici anni, e nella sua testa

T.K. aveva dodici anni come Mozart e stava di nuovo nuotando nel New England e i suoi genitori erano ancora vivi, prima dell'orribile incidente alla capanna, e prima del terribile giorno in cui aveva trovato il corpo di suo padre nell'aceraia. Cosa poteva esserci di più amaro dello zucchero, e di più dolce dello zucchero trasformato in alcol? Dio, quanto amava la chimica!

In realtà T.K. non aveva più dodici anni né era particolarmente sobrio, e la nuotata lo sfinì. Quello che lo teneva saldo sulla rotta era l'attrazione magnetica di casa, e capì, come innumerevoli viaggiatori notturni in vista di una costa sottovento, che stava tornando a casa. E quando le sue braccia non riuscirono più a nuotare liberamente e sentì il fondale basso intorno alle dita, si sollevò sull'acqua, tossendo e ansimando fino alla spiaggia, seppellì la testa nella sabbia umida e pianse. Dio, quanto amava quel Paese!

Capitolo 31

Gli uomini e le donne, più di trecento in totale, provenivano da tutto il distretto. Lavoravano nel settore "informale", e per qualche giorno la loro assenza non sarebbe stata notata da un capo o un dirigente di partito che non fosse fedele a Nong Ning. Provenivano dalle tipografie di quartiere che sfornavano i Libretti Rossi per venderli nei mercati di "antiquariato" di Pechino; dai ponti di pietra, dai quali traghettavano i turisti giapponesi lungo il fiume su zattere di bambù; dai posteggi dei taxi, dove sostavano su scooter traballanti e senza freni, cogliendo di sorpresa gli americani sprovveduti che riuscivano a convincere a pagare cinquanta yuan per il breve tragitto fino al fiume; dai sentieri polverosi che conducevano alle vette carsiche, dove vendevano ventagli di carta e acqua in bottiglia agli escursionisti occidentali con costosi scarponi, giacche traspiranti e smartphone con GPS prodotti in Cina; e dalle fonderie da cortile in cui le donne lavoravano su pentole di ghisa incandescenti, sciogliendo bottiglie d'acqua di plastica riciclate provenienti dal Nord

America (dove, a differenza della Cina, l'acqua del rubinetto era potabile). Questo esercito dalla pelle bronzea di personale di servizio clandestino si riversò fuori dai camion disponendosi in fila nel cortile della casa di Nong Ning.

In piedi sotto la grondaia, Ning ammirava la processione e assaporava l'ironia di quella scena. Se l'economia formale cinese esisteva in gran parte per esportare oggettistica e attrezzatura in Occidente, quella informale era una sorta di attività di importazione, rivolta ai ricchi visitatori occidentali che portavano con sé oggetti e attrezzature cinesi, un po' come portare acqua al mare. Ma il numero dei turisti non era illimitato, ragionava lui, soprattutto visto che l'aria nel Paese continuava a peggiorare, pertanto anche i posti di lavoro per i loro culi pelosi erano destinati a finire. No, il futuro di tutti questi lavoratori era nelle fabbriche, decise Ning. E lui non era forse in una posizione sempre più favorevole per prendere quella decisione? Che buona fortuna... no, che buona *pianificazione*, si disse.

"*Onorevole marito!*"

Ju era sulla soglia, con aria torva. "Siamo a casa nostra o a piazza Tienanmen? Per quale motivo hai convocato questa marmaglia?"

Ning si girò e tornò in casa con la sua andatura da papera. "Cara moglie" disse con calcolata pazienza "queste brave persone non sono state convocate qui. Si tratta piuttosto di cittadini arrabbiati, decisi a marciare sul quartier generale del Partito. Chiedono che l'osceno allevamento di suini lungo il loro fiume sacro venga fermato. Io ho solo offerto loro la possibilità di esporre queste rimostranze qui prima di spostarsi in città, in modo che il messaggio possa essere... elaborato in maniera appropriata."

"E quanto li paghi per la loro collera?"

Ning rise e agitò un braccio grasso. "Si può dare un prezzo alla salute? Non hai visto i pesci stecchiti, le eruzioni cutanee sui bambini? Il fiume è malato."

Lei gli lanciò un'occhiataccia.

"La gente è occupata in questo periodo" proseguì lui. "Centoventicinque yuan a testa al giorno."

"Questo non porterà a nulla di buono" commentò lei. "Hai mai pensato che, dal canto loro, i maiali non sembrano malati? C'è qualcos'altro che inquina il fiume."

"La loro merda puzza."

"È sempre stato così."

"Ce ne sono di più."

"Più merda o meno merda, non cambia niente."

"L'ha detto Confucio?"

"Con tutto il rispetto, onorevole marito, faresti bene a rispettare le tradizioni. Non riesco a bruciare abbastanza incenso per entrambi ai piedi del Buddha. Se non vuoi visitare il tempio, perlomeno fai in modo di..."

"... liberare una creatura nella natura. Lo so, lo so! Prometto che getterò un altro pesce rosso nel Lijiang, supponendo che quel corso d'acqua fangoso possa ancora essere considerato natura! Nel frattempo devo occuparmi della mia folla inferocita,

prima che l'assenza di una guida li faccia veramente infuriare."
Con queste parole, attraversò la porta con la sua figura
ondeggiante per tornare nel bagliore, nella polvere e nel
frastuono del cortile.

***

A ben vedere, il pavimento in cemento della sala di distillazione
della Yancao Lucky Essence Company era davvero scivoloso.
E così, il fatto che un lavoratore locale Zhuang di nome
Huang Zhigao, con addosso una tuta protettiva, scivolasse, era
comprensibile e non avrebbe dovuto in alcun modo portare
disonore alla sua famiglia. E Zhigao cercò eroicamente di non
far cadere il litro di nicotina liquida pura mentre le sue gambe
perdevano l'appoggio, facendolo atterrare sui gomiti, che si
frantumarono entrambi come vetro, così come, purtroppo, la
boccetta di nicotina, che gli sfuggì di mano mentre si contorceva
in preda all'agonia per le schegge d'osso che gli frantumavano
la cartilagine delle braccia. A causa degli spasmi di dolore,
l'estremità frastagliata della sua ulna, che gli aveva lacerato la
pelle del gomito ed era esposta, squarciò il tessuto della tuta,
lasciando colare all'interno la nicotina pura, che formò una
pozza accanto al suo braccio insanguinato.

Il piano di gestione delle emergenze della fabbrica aveva
previsto la possibilità della fuoriuscita di nicotina liquida; la sala
di distillazione era dotata di una valvola a saracinesca ben visibile
che, se attivata da un operaio, chiudeva gli scarichi a pavimento

e conteneva la fuoriuscita. Purtroppo, il piano non teneva conto della possibilità che l'unico lavoratore nella stanza fosse a terra incapacitato, e presto morto a causa della massiccia esposizione alla nicotina. Quando gli altri lavoratori iniziarono a notare la mancanza del collega e si precipitarono nella stanza, il cadavere di Zhigao mostrava già i segni del rigor mortis e la nicotina era finita nel Lijiang e scendeva vorticosamente a valle verso gli allevamenti di maiali.

Capitolo 32

Fu l'odore.

Fu l'odore la prima cosa che colpì T.K. Dean, anche attraverso il casco, mentre percorreva una buia strada di campagna a bordo di uno scooter che aveva comprato da un rigattiere vicino alla stazione degli autobus di Guilin. Era un odore di umidità e sottobosco, l'odore del Vermont, e anche mentre il motore gemeva attraversando le vette carsiche avvolte dall'oscurità in direzione del Lijiang, lui si trovava a bordo della sua bici nell'aceraia ed era novembre; sì, era novembre quando pedalava in silenzio sopra le foglie scarlatte cadute al suolo che avevano formato un fitto tappeto, foglie che si decomponevano e diventavano parte dell'humus, che a sua volta era la fossilizzazione acida di eoni di foglie cadute.

Era odore di morte.

L'odore divenne più forte a mano a mano che si avvicinava alla zona degli allevatori di maiali lungo il fiume, finché l'odore di foglie marce non diventò una puzza di morte e marcescenza, come se fosse possibile sentire l'odore della storia del mondo.

E lui si trovava ancora a bordo della sua bicicletta nell'aceraia, perché anche quell'odore se lo ricordava: era quello di una morte recente, che aveva sentito mentre pedalava verso la collinetta dove sorgevano i vecchi alberi, il punto in cui suo padre si era diretto nel pomeriggio del giorno prima in cerca di rami avvizziti senza fare ritorno, né per cena, né il mattino dopo.

È il momento di concentrarsi. Un'ultima curva e poi il fiume. T.K. parcheggiò lo scooter nella radura a valle delle chiatte. Al di là degli alberi di litchi, i cui rami si piegavano sotto il peso dei frutti rosa corallo, le lampade a cherosene producevano un bagliore color ambra nelle cabine delle case galleggianti. Mandò giù un sorso di *báijiŭ* dalla sua fiaschetta per il cognac – cognac che era terminato prima del suo arrivo a Dongguan tre giorni prima – poi si piegò per vomitare. Barcollando, raggiunse la riva del fiume e si chinò per bagnarsi il viso, poi ebbe un nuovo conato alla vista rivoltante che gli si presentava.

Il Lijiang era pieno di maiali morti.

T.K. accese la sua torcia a penna e la puntò sull'acqua. Ma l'acqua non si vedeva. Fin dove il fascio di luce penetrava l'oscurità non c'erano altro che carcasse gonfie in putrefazione, una massa infinita di pance, zoccoli e musi rovesciati, rigida e spenta e ribollente di vermi. *"Porca di quella puttana."*

Si voltò e corse lungo il sentiero che portava alle case galleggianti. All'esterno della prima chiatta, una moto da carico a tre ruote reggeva un pallet pieno di bottiglie d'acqua. Salì di corsa sulla passerella e batté sulla porta della cabina.

"Dean *xiānshēng!*" L'anziano, pelle e ossa e con le pieghe della pelle che gli ricadevano sul colletto della polo unta, si inchinò davanti a T.K., poi gli gettò le braccia al collo piangendo.

"Cos'è successo?" chiese T.K.

L'anziano scosse la testa. "Non lo sappiamo. Due giorni fa, i maiali hanno iniziato a morire. C'è qualcosa nell'acqua. Sono morte anche cinque persone prima che smettessimo di bere dal fiume. I maiali sono tutti morti. Presto rimarremo senza cibo e acqua potabile. Grazie a Dio i litchi sono maturi, ma non osiamo mangiare i boccioli di loto sulla riva del fiume."

Alle sue spalle la moglie, bassa e raggrinzita, stringeva nervosamente il crocifisso che portava al collo. "Abbiamo tanta paura. Che cosa sta succedendo?"

"Non lo so" rispose T.K. "Dov'è Jintao?"

"Il figlio di Yong e Ming?"

T.K. annuì.

"Non è qui, ma nemmeno lontano" disse l'anziano. "L'hanno visto in città."

"Dean *xiānshēng*" intervenne la moglie "già da prima che i maiali morissero, la gente aveva iniziato a radunarsi in città per protestare contro i nostri allevamenti sul fiume. Ora fanno ancora più rumore, e gridano slogan contro i cristiani. La notte scorsa qualcuno ha tagliato le funi che tenevano ancorata una chiatta; per fortuna i maiali che intasano il fiume hanno evitato che andasse alla deriva. Si dice che vogliano costruire una diga sul Lijiang che inonderebbe tutta la valle." Si fermò e diede un'occhiata alla cabina angusta. Un piccolo fuoco di carbone brillava nella stufa, sotto una teiera di rame ammaccata. "Prima ci hanno portato qui perché siamo cristiani, e ora vogliono spingerci ancora più lontano. Siamo ai confini della terra. Dove dovremmo andare?"

"A loro non importa di che religione siete. Potreste essere musulmani o ebrei di Kaifeng per quello che gli importa. Vogliono solo l'energia prodotta dal fiume. Per cosa di preciso non lo so, ma è per fare soldi."

"Chi sono *loro?*" chiese l'anziano.

"Interessi commerciali stranieri e cinesi, ne sono certo. Sicuramente sono d'accordo con i funzionari locali che controllano i permessi per le terre. Secondo me sanno che Pechino si opporrà all'evacuazione completa della valle, quindi stanno tentando di creare artificialmente una crisi ambientale e dare la colpa a voi. Se questo offre a Pechino una scusa per reprimere dei cristiani che fanno troppi figli, tanto meglio."

"Che il Signore ci aiuti" disse la donna, stringendo il crocifisso.

T.K. rise. "Perché non vi puntate una pistola carica alla testa e chiedete a Dio di salvarvi la vita mentre premete il grilletto?"

"Solo Dio ha il potere" disse la donna.

"Voi avete il potere. Pechino non può ignorarvi. Organizzate la vostra protesta, fate una marcia in città per richiedere un'indagine sul fiume avvelenato, spargete la voce su Sina Weibo. Avete degli amici in città?"

"Qualcuno."

"Portateli dalla vostra parte; convinceteli a unirsi a voi nel chiedere che siano individuati i responsabili e spingeteli a coinvolgere i loro vicini. Una diga avrà ripercussioni sull'intera regione, non solo sulle comunità fluviali. Minacciate di rifiutarvi di lavorare in fabbrica. Nel frattempo trovate qualcuno che abbia l'elettricità e un congelatore; prendete il fegato di un maiale e congelatelo, perché possa essere analizzato in seguito. Dovete riuscire a dimostrare che non sono state le vostre pratiche di allevamento ad avvelenarli. Dovete anche organizzare la pulizia immediata del fiume. Portate quei maiali fuori dall'acqua e seppelliteli lontano dalla riva; trovate qualcuno in città che abbia un escavatore e possa farlo rapidamente. Quando avrete fatto tutto questo, potrete pregare Dio affinché onori i vostri sforzi. Ma non potete starvene qui sulle vostre barche, circondati di sangue puzzolente, e pregare che Dio sistemi tutto."

"Ha ragione" disse l'anziano a sua moglie.

"Ascoltate" riprese T.K. "vi aiuterò, in parte perché voi potete aiutare me."

"In che modo?"

"La vostra protesta dovrebbe tenere occupata la polizia abbastanza a lungo da consentirmi di trovare Jintao. Dobbiamo iniziare domattina."

"Non c'è tempo da perdere" fece l'anziano. "Andiamo a radunare gli altri."

I due discesero la passerella e si avviarono verso la fila di chiatte. Avevano percorso pochi metri quando un profilo scuro emerse dal buio e puntò il fascio luminoso di una torcia sugli occhi di T.K.

"Signor Dean" disse una voce da dietro la luce.

Era il vicecomandante Fang Dazhu.

"E così il cowboy americano è tornato! Posso vedere il suo passaporto, per favore?"

***

T.K. fissò il vassoio girevole in movimento e cercò di indovinare dove sarebbe finita la pancetta. Davanti a quel porco di Fang Dazhu? Davvero appropriato! A quell'enorme maiale di Nong Ning? *Perfetto!* E invece no, si fermò davanti a lui.

"Signor Dean, non ha assaggiato il *làròu*" disse Ning, puntando le bacchette unte contro il piatto di pancetta. "Forse la vista di tutti quei maiali in decomposizione le ha fatto passare la voglia di mangiare pancetta fatta in casa?"

Fang Dazhu rise, poi affondò le bacchette in quella massa di carne rosa, trasferendone un mucchietto sul piatto di T.K. "Sa, non fanno una pancetta così a Pechino; credo che il sapore venga dalla dieta particolare dei maiali allevati lungo il Lijiang." Studiò lo sguardo impassibile di T.K., cercando invano un segno di reazione. "Non si preoccupi, cowboy, questi maiali sono stati macellati settimane fa."

T.K. incrociò lo sguardo di Dazhu, guardò Ning, poi ingoiò un boccone di pancetta, viscida e fredda. Aveva fame – durante la notte in cella gli avevano dato solo riso, e niente *báijiŭ* –

e sul vassoio girevole non c'era molto altro. La situazione del fiume aveva mandato in crisi i pranzi al ristorante Longzhou, specializzato nella cucina locale, che in buona parte attingeva dal Lijiang. Non erano disponibili le famose lumache di fiume ripiene di peperoncino e menta, la zuppa tradizionale di pesce in agrodolce, il pudding dolce di semi di loto, qualsiasi cosa con maiale fresco. Anche la classica insalata *zhè ěrgēn* era scomparsa, anche se le radici acquatiche croccanti provenivano dalle risaie dell'entroterra e non dal fiume; nessuno voleva mangiare niente che fosse collegato all'acqua. T.K. guardava la ruota della fortuna girare e girare: tofu con riso, noodle di riso con fagiolini sottaceto, agnello piccante... tofu con riso, noodle di riso con fagiolini sottaceto, agnello piccante... tofu con riso, noodle di riso con...

"Dell'altro tè, signor Dean?"

T.K. uscì dalla trance e batté due dita sul tavolo, il gesto tipico cinese per chiedere altro tè. Ning rovesciò il contenuto della teiera nella sua tazza, ma ne uscirono solo poche gocce. *"Cameriera!"* gridò. "Altro tè!"

"E anche un po' di *báijiŭ*, per favore" aggiunse T.K.

"Lasci stare il *báijiŭ*" disse Ning alla cameriera, ridendo. "Le ricordo che è in arresto, signor Dean. Viaggiare per la Cina senza i documenti adeguati è un grave reato, anche per i nostri cittadini. Siamo un Paese ordinato, e lei ha dimostrato una fastidiosa mancanza di rispetto per l'ordine, e per le nostre leggi."

"Una nazione con delle leggi, questo sì che è progresso" rispose T.K.

All'esterno del ristorante si sentiva montare un frastuono dalla strada: prima un brusio, che si ingrossava lentamente come un'onda lontana e raggiungeva l'apice all'angolo di Guihua Lu in uno strepito di voci e un battere di piedi sull'asfalto, il tipo di rumore che non fa presagire nulla di buono per gli indecisi sul suo tragitto e fa desiderare di trovarsi in sella a un cavallo, al di sopra di tutto e diretti lontano da lì.

"Si direbbe che il Parlamento sia riunito là fuori" disse T.K.

"La gente esprime il proprio diritto a farsi sentire" commentò Ning. "Sembra che gli abitanti del fiume abbiano inquinato il nostro prezioso corso d'acqua, il che è contro la legge."

Mentre il rumore della folla si avvicinava, Dazhu si muoveva nervoso sulla sedia. T.K. allungò le bacchette sul vassoio girevole e trasferì un po' di noodle di riso sul suo piatto, notando il revolver 05 in dotazione alla polizia cinese di Dazhu nella fondina sul suo fianco destro. Si trattava di una dotazione standard, l'unica pistola da nove millimetri al mondo a sei colpi, in contrapposizione al modello a dodici colpi con caricatore ad astuccio utilizzato in Occidente. I poliziotti cinesi in passato non erano armati. A cosa sarebbe servito? I cittadini non avevano armi da puntare contro di loro, e i leader del Partito a Zhongnanhai non si sentivano molto tranquilli a sapere che c'era qualcuno con delle armi da fuoco, neanche se era la polizia; fornire armi all'Armata Rossa era stato un male necessario. Poi però folle di uiguri iniziarono ad attaccare gli uffici governativi nella regione dello Xinjiang, e Pechino iniziò a pensare di fornire pistole alla polizia. Poi ci furono vari casi importanti di squilibrati armati di coltelli; le televisioni mostrarono alcune immagini dei poliziotti che li reprimevano maldestramente con manganelli ed estintori. Quando Pechino decise finalmente di armare la polizia, i leader del Partito commissionarono un modello a prova di incapace, che fosse semplice da usare e, contenendo solo sei proiettili, causasse meno danni possibili, oltre a poter sparare sia proiettili di gomma che veri. Ordinarono una quantità di proiettili di gomma doppia rispetto a quelli di piombo. Ovviamente, le pistole semplici da usare per i poliziotti sono semplici anche per i cittadini comuni, e in quel modo un poliziotto era stato ferito con la pistola dell'agente Yun Jian alla chiatta, e Chen Yong era morto.

"Quale legge cinese richiede che i presunti criminali vengano portati fuori a pranzo?" T.K. si rivolse a Ning, e al contempo notò che il revolver di Dazhu era agganciato alla fondina e privo di chiusura rapida. Si chiese se quel bastardo fosse equipaggiato di gomma o piombo.

"Non capita tutti i giorni di essere onorati della presenza di un famoso scrittore occidentale" disse Ning. "Forse vorrà intrattenerci con alcune delle sue gesta letterarie, per esempio raccontandoci cosa è successo ad Amsterdam il mese scorso."

"Volete parlare del libro? Chiedete alla mia agente."

"Purtroppo ho saputo che non se la passa bene" disse Ning.

"Dov'è il ragazzino?"

"Jintao? Un bravo lavoratore, anche se ha spesso la testa tra le nuvole, o tra le pagine di un libro, fa qualche differenza? Credo che potrebbe aver preso da lei."

"Non è a scuola?"

"È abbastanza grande da imparare un mestiere."

"E immagino che con questo intenda un lavoro in fabbrica."

"Al contrario" rispose Ning, "il ragazzino ha mostrato una predisposizione per le arti. Il suo maestro dice che diventerà un grande intagliatore di avorio."

T.K. posò le bacchette e fissò Ning.

"Ho sempre pensato che sia un paradosso" proseguì Ning, accarezzando le bacchette. "L'avorio è così friabile e duro, eppure coloro che sono chiamati a interpretarne le forme sono di norma delicati." Impalò un pezzo di tofu con una bacchetta e se lo portò di scatto alla bocca come una rana che mangiava una mosca. "La sensibilità artistica è un enigma, non crede?" chiese, schioccando le labbra e puntando le bacchette in direzione di T.K. Un pezzo di tofu vagante atterrò sul tavolo. "Ma essendo un artista lei stesso, forse può capire. Lei è delicato, signor Dean, o duro?"

"In quale stagione?" chiese T.K.

"Stagione?"

"In primavera, quando scorre la linfa, i germogli di acero sono teneri. In estate si induriscono, e in autunno hanno la consistenza dei rami secchi."

"E in inverno muoiono!" intervenne Ning.

"No" lo corresse T.K. "Solo le foglie muoiono. I rami rimangono inattivi fino a quando la linfa in aumento non li risveglia in primavera. Merito dello zucchero. Adrenalina per gli alberi."

"Quindi lei si considera un albero?"

"Quando penso agli alberi penso a me stesso."

Il rumore all'esterno era aumentato, e ora la folla passava proprio di fronte al ristorante. Era strano, pensò Ning. C'era un'urgenza nel passo vibrante di coloro che marciavano, e allo stesso tempo un'ansia debole ma percepibile, come la coltre che precede la pioggia e che avverte troppo tardi del diluvio. Quelli non sembravano i manifestanti che aveva radunato nel suo cortile.

Ning si girò verso Dazhu e chiese: "Cosa sta succedendo?"

La cameriera fece ritorno con una grande teiera fumante di tè Pu'er.

"Quella è la gente del fiume" disse il poliziotto.

Ning fece cadere le bacchette. "Che cosa stanno facendo?"

T.K. si allungò per prendere la teiera.

"Devo andare a vedere" disse Dazhu, facendo per alzarsi. Ma prima che ci riuscisse, T.K. gli lanciò la teiera sulla faccia gonfia. Il pesante contenitore di porcellana esplose sulla fronte dell'uomo. Gli frantumò il setto nasale e rovesciò una cascata bollente di Pu'er verde White Dragon Whiskers (raccolto del 2005, solo germogli) sulle sue guance butterate, su cui presto sarebbero sbocciate ustioni di secondo grado. Si potrebbe discutere se le sue grida di agonia fossero dovute più alle ossa facciali fratturate o alle bruciature, ma né Ning, a cui la violenza aveva provocato un attacco ischemico transitorio, né T.K., che uscì dalla porta e si perse tra la folla prima che Dazhu potesse estrarre il revolver, furono in grado di discuterne.

Capitolo 33

"*Jintao! Fai attenzione!*"

Yishan calò il frustino sul banco di lavoro accanto a Jintao, spaventando il giovane. Jintao lavorava duro e cercava sempre di concentrarsi, ma aveva tante cose per la testa, e forare i bottoni d'avorio stava diventando noioso. Avrebbe voluto iniziare a scolpire figure in pezzi più grandi, ma i bottoni erano molto richiesti e Jintao era veloce. Presto, pensò il ragazzino, avrebbe chiesto al maestro se poteva provare qualcosa di più difficile, ma non era ancora il momento. Il giorno prima, mentre sognava a occhi aperti, il trapano gli era scivolato, provocandogli un taglio in un dito, che già era una sciagura, ma purtroppo il bottone si era rotto, facendogli meritare una frustata sulle spalle. Yishan faceva attenzione a non colpire mai gli apprendisti sulle mani.

Jintao detestava la frusta del maestro, ma c'erano lavori peggiori in Cina per un dodicenne. Perlomeno Yishan gli lasciava prendere in prestito i libri della sua collezione, per lo più libri d'arte sulla storia dell'intaglio dell'avorio. Il suo preferito era un grande volume illustrato su una scultura a rilievo chiamata avorio Barberini che era stata realizzata a Costantinopoli nel sesto secolo. Era così preziosa che nemmeno i ricchi potevano possederla; doveva essere tenuta dietro un vetro in un famoso museo in Francia. Il Barberini era una tavoletta piatta di circa trenta centimetri per trenta – doveva essere stata intagliata da una zanna di elefante enorme – divisa in cinque rettangoli. La grande immagine centrale rappresentava un imperatore trionfante, probabilmente Giustiniano, a cavallo. L'artista sconosciuto era stato così abile da far sembrare che il cavallo stesse saltando fuori dalla scultura. Alle spalle dell'imperatore c'era un barbaro che somigliava un po' a un contadino cinese, pensava Jintao; era chino in segno di deferenza verso il sovrano, che doveva aver appena conquistato la sua terra. In alto era raffigurato Cristo circondato dal sole, dalla luna e da una stella, il che rattristava Jintao perché gli ricordava il padre, che pregava sempre Gesù, ma tutto quello che ne aveva ottenuto era la morte. Forse ora si trovava con Gesù tra le stelle.

Secondo il libro, l'autore del Barberini suggeriva che Cristo regnava in cielo e l'imperatore sulla Terra. Per Jintao era meglio regnare sulla Terra, perché il cielo sembrava freddo e non c'erano i bastoncini di caramello croccante. In ogni caso la sua parte preferita dell'avorio Barberini era il pannello inferiore, che raffigurava una processione di esotici barbari a torso nudo e con copricapi piumati, nell'atto di offrire il loro tributo all'imperatore. Marciavano con una tigre e un piccolo elefante, e uno di loro portava sulle spalle un'enorme zanna d'avorio. A Jintao sarebbe piaciuto andare in Africa e vedere gli elefanti, un giorno.

In una teca di vetro polverosa accanto al suo banco di lavoro, il maestro teneva una piccola collezione personale di oggetti che, come aveva detto a Jintao, erano fatti di un materiale simile all'avorio ma proveniente da denti di balena e zanne di tricheco. Yishan diceva che erano stati creati da uomini che andavano in mare con le navi per catturare le balene, da un luogo chiamato New England, più di cento anni prima. Jintao sapeva che quello era il luogo di provenienza del signor Dean, e ogni volta che guardava quegli oggetti pensava a lui e si chiedeva cosa gli fosse successo, e se fosse ubriaco in quel momento. In mare, quei marinai passavano il tempo bevendo e intagliando immagini di balene e navi nei denti di balena. Yishan aveva anche un libro con immagini di denti di balena di proprietà di un americano famoso di nome *Kěnnídí*. Il libro era in inglese e Jintao non riusciva a leggere granché, ma Yishan gli aveva detto che quel *Kěnnídí* non era un baleniere, bensì un presidente americano di molti anni prima, dell'epoca di Mao e della grande carestia, una cosa di cui era proibito parlare. A volte Yishan gli lasciava tenere in mano i pesanti denti intagliati, e Jintao amava scorrere le dita sui disegni incisi dei velieri, inclinati contro il vento su un mare in burrasca e diretti verso terre lontane. Dentro di sé recitava il Salmo 107, che gli aveva insegnato sua madre:

Quelli che scendono in mare sulle navi e che fanno commercio sulle grandi acque;

vedono le opere dell'Eterno e le sue meraviglie negli abissi del mare.

Poiché egli comanda e fa levare un vento di tempesta, che solleva le onde del mare.

Essi salgono fino al cielo e sprofondano negli abissi; la loro anima viene meno per l'angoscia.

Barcollano e traballano come degli ubriachi, e non sanno più che fare.

Jintao si chiedeva se sua madre avesse viaggiato su una nave come la loro chiatta per arrivare dov'era ora, e se anche lei non sapesse più che fare. Si chiese se fosse su in cielo.

Ma nella loro avversità gridano all'Eterno, ed egli li trae fuori dalle loro angosce.

La porta del laboratorio si spalancò. I rumori della folla in strada irruppero nell'edificio come se qualcuno avesse appiccato un fuoco, e la sagoma di un uomo alto bloccò la luce esterna. *"Dov'è?"*

Alla domanda di quello strano occidentale, gli apprendisti fecero cadere gli attrezzi e si girarono sugli sgabelli. Jintao non riusciva a credere ai suoi occhi. "Signor Dean!"

Quando T.K. vide il ragazzino entrò di corsa nello stretto laboratorio. "Jintao!"

Yishan fece scudo con il corpo alla zanna di elefante che stava intagliando per Nong Ning e alzò le mani. "La prego, non può entrare qui dentro!" balbettò, accarezzandosi i baffi da maiale sul mento e cercando invano di mantenere l'autorità sulla sua bottega. T.K. lo spinse bruscamente di lato; l'anziano artista fece una capriola all'indietro e si accasciò sulla teca che conservava i denti di balena, che gli caddero in testa. Un capodoglio maschio può superare i diciotto metri di lunghezza e pesare oltre cinquanta tonnellate; i suoi denti a forma di cono sono parzialmente cavi, ma pesano comunque più di un chilo ciascuno. E così, quando un dente di capodoglio del diciannovesimo secolo (su cui era incisa una scena di lotta tra quello stesso capodoglio e un calamaro gigante) cadde dritto sulla fronte segnata dal tempo di Yishan, l'uomo perse subito i sensi.

Jintao corse da T.K. e gli affondò la testa nel petto. "Dov'è mia madre?"

"È al sicuro. Sta bene. Andiamo."

"Si vergogni, signor Dean."

T.K. si girò verso la porta, da cui proveniva la voce. Fang Dazhu era così grottesco di suo che la fronte insanguinata e fratturata e la faccia ustionata non ne peggioravano molto l'aspetto. Eppure era visibilmente contrariato. "Si è alzato da tavola prima di finire il tè."

"L'ho rovesciato" rispose T.K. in zhuang, allentando la presa su Jintao. Dazhu puntava il suo revolver 05 della polizia cinese, che non era carico di proiettili di gomma, tra gli occhi di T.K. Jintao, intuendo che si trattava di una situazione più grave rispetto ai suoi problemi e galvanizzato dalle notizie ricevute sulla madre, si lanciò verso la porta sul retro. Dazhu si girò e sparò in alto, mandando in frantumi una lampada fluorescente, che fece piovere polvere di fosforo bianco sulla testa di Jintao.

"Jintao! Fermati!" gridò T.K.

"Ottimo consiglio, signor Dean" disse Dazhu. "Perché se uno di voi due si muove sarò costretto a sparare a entrambi."

T.K. rivolse uno sguardo torvo a Dazhu. Mentre l'agente si avvicinava, sentì il *báijiŭ* che aveva nell'alito ed emanava da tutti i pori. Guardò la canna della pistola e ripensò all'odore di whisky nell'alito di suo padre, all'aceraia. "Sparerebbe a suo figlio?" gli chiese.

Jintao rimase a bocca aperta e sentì la testa che gli girava. "Figlio?" disse.

Dazhu rise. "Ce l'ho già, un figlio." Armò il revolver.

"Piano con quella pistola, agente Fang."

Nong Ning, ripresosi dall'attacco ischemico transitorio (di cui non si era nemmeno reso conto) ma ansimante per il fiato corto, avanzò faticosamente oltre la porta. "Li vogliamo vivi." Dazhu fece una smorfia, ma spostò di nuovo la canna della pistola su T.K.

Jintao era spaventato. Il suo maestro era svenuto sul pavimento; il signor Dean stava fissando la pistola impugnata da un poliziotto arrabbiato con la faccia spappolata che non poteva essere suo padre, era impossibile; e quell'importante uomo grasso, il signor Nong, che veniva sempre in laboratorio per occuparsi del suo avorio, cosa voleva? *Dov'è mia madre?* Prima che chiunque potesse reagire, si lanciò fuori dalla porta, tra i profumi rancidi del vicolo di Xiu Shui. Oltre il cancello, sulla strada principale, centinaia di abitanti del fiume occupavano la strada e avanzavano verso il centro della città; altre persone si stavano unendo alla marcia.

Il pranzo in laboratorio si consumava sempre di corsa, e quel giorno non era un'eccezione. I lavoratori e Yishan si erano riuniti sul pavimento attorno a una pentola di riso comune con le loro bacchette d'avorio lisce e avevano buttato giù qualche boccone insieme a foglie di ravanello al vapore e zampe di gallina preparate dalla moglie di Yishan. C'era una teiera di raro tè giallo Jun Shan, che era il preferito del maestro. Poi Yishan aveva fatto schioccare la frusta sul pavimento e indicato l'insegna sulla parete con una massima di Confucio *("Non importa quanto vai piano, l'importante è non fermarsi!")*, così erano tornati al lavoro; la moglie di Yishan avrebbe pulito più tardi. Ma quel momento non era ancora arrivato, e la bacchetta d'avorio caduta dal grembo di un intagliatore arrivato da Shanghai di nome Min Lisan era ancora al centro del pavimento. Dazhu faticava già a vedere attraverso il sangue rappreso intorno agli occhi, e le fratture al setto nasale avevano compromesso il suo equilibrio. Così, quando calpestò la bacchetta e questa gli rotolò sotto la scarpa, provocò l'effetto di un tronco che scendeva lungo il fiume Androscoggin, solo che Dazhu non era un boscaiolo e non si trovavano nel New England.

Mentre barcollava all'indietro, il revolver gli volò via di mano e finì a girare sul pavimento, rilasciando il cane armato e spedendo un proiettile da nove millimetri in un compressore ad aria da cento litri, che esplose e fece andare in frantumi le finestre del lucernaio sul lato nord. Gli intagliatori cercarono riparo sotto le postazioni di lavoro. T.K. scattò verso la porta, ma Dazhu si rialzò in pochi secondi, bloccandogli la strada. Mentre i due lottavano corpo a corpo – con Ning acquattato in un angolo – T.K. afferrò l'arma più vicina che riuscì a trovare, che casualmente era la zanna dell'elefantino, sulla quale stavano ancora incidendo la scena dell'orgia da *Il tappeto da preghiera carnale.*

Se si cerca uno strumento spuntato, le zanne di cucciolo di elefante non sono la scelta giusta; il giovane animale non ha avuto tempo di smussare la punta d'avorio sfregandola contro gli alberi. Così, quando T.K. la affondò nell'addome di Dazhu, la zanna gli perforò i vestiti, la carne, la milza e lo stomaco con la facilità di una lancia, uscendogli dalla schiena. Dazhu barcollò all'indietro senza parole e crollò sopra la pentola del riso, ancora mezza piena. La punta della zanna, sporca di sangue, che gli sporgeva dalla zona lombare, affondò nel riso tiepido. Ning sussultò e si chiese, in primo luogo, se Dazhu sarebbe sopravvissuto e, in secondo luogo, se l'avorio potesse essere salvato. O forse l'ordine fu il contrario. Istintivamente lanciò un'occhiata a Yishan, sperando che la reazione dell'artista potesse preannunciare il destino della sua magistrale opera di intaglio. Ma questo, che era rinvenuto dopo l'esplosione, si stava ancora scrollando di dosso lo stordimento.

Dissanguamento è il termine tecnico per indicare che una persona muore per sanguinamento e, sebbene sia presente nel lessico medico, si applica più tipicamente alla macellazione dei maiali. L'obiettivo è tagliare in modo rapido e netto le vene giugulari e le arterie carotidi per indurre una rapida perdita di sangue e la morte cerebrale del maiale entro dieci secondi. Le ferite da taglio all'addome sono molto meno efficienti, sia nei maiali che negli umani, e si ritiene che il tempo aggiuntivo necessario per drenare il sangue dall'intestino provochi una notevole ansia. Fortunatamente per Fang Dazhu, il suo fegato martoriato dall'alcol impedì la coagulazione, e nel giro di venti secondi metà del suo sangue era finito dentro la pentola del riso. Arrivati a trenta secondi la moglie, dopo tante sofferenze, era ormai vedova.

Capitolo 34

L'agente Yun Jian, addetto al controllo del traffico, sentì lo sparo e poi l'esplosione. Era di pattuglia fuori dal laboratorio di intaglio dell'avorio, dopo essere stato sollevato dalle sue mansioni per seguire la marcia che si snodava lungo le vie della città. Presto i manifestanti avrebbero incontrato la folla improvvisata messa assieme da Nong Ning, la gente che credeva che gli abitanti del fiume inquinassero le acque con i loro maiali. Questo rischiava di comportare più problemi di quelli che entrambe le parti avevano previsto. Gli allevatori di maiali erano ripugnanti, pensava lui, anche peggio dei giapponesi, o di suo padre. Il lato positivo era che molti di loro, soprattutto i cristiani, erano almeno cinesi Han e non sudici Zhuang come il vicecomandante, che probabilmente non si lavava mai. In ogni caso, la marcia era sicuramente più emozionante dei rilevatori di velocità. Ciononostante, la cosa lo rendeva nervoso, non perché non aveva la pistola per far valere la sua autorità (Dazhu gli aveva confiscato il revolver dopo l'incidente alla chiatta, e lui era segretamente felice di non averla con sé) ma perché aveva una vaga idea che l'autorità stessa fosse ormai agli sgoccioli e che il vecchio potere della polizia, del Partito e di suo padre stesse rapidamente svanendo di fronte a una nuova e potente forza che non capiva, ma che sospettava avesse a che fare con i computer e gli smartphone e non prendesse ordini dal Ministero della Sicurezza. Che cosa rendeva i computer diversi dai libri, che esistevano in Cina dalla dinastia Tang? Che tipo di energia poteva scaturire da un ammasso di chip di silicio? Suo fratello lavorava in una fabbrica di componenti elettronici a Dongguan dove producevano i circuiti stampati per i telefoni Samsung, e non gli aveva mai parlato di forze esoteriche.

Si scrollò di dosso le preoccupazioni e aprì con cautela la porta del laboratorio. All'interno, in mezzo al fumo e ai detriti dell'esplosione, c'era il cadavere del vicecomandante, fatto allo spiedo e servito su un letto di riso glutinoso e sangue rappreso. I lavoratori erano ancora nascosti sotto le loro postazioni. Yishan, intontito e con in fronte un livido color melanzana, non poté far altro che indicare la porta sul retro, che si era appena chiusa.

"Li prenda!" gridò Ning, chino su se stesso in un angolo, ansimante.

Jian attraversò di corsa il laboratorio e uscì sul retro. Nel vicolo c'erano un uomo alto e un bambino a cui sembrava avessero cosparso la testa di farina, e correvano verso la strada. *"Fermatevi!"* gridò.

L'uomo che correva afferrò il bambino per il colletto, si fermò e si girò lentamente.

Possibile? pensò Jian. Sì, quello era l'occidentale omosessuale con l'orecchino! In mano stringeva un revolver 05 della polizia cinese. E il bambino era quello che viveva sulla chiatta, il figlio dell'uomo morto per avergli rubato il revolver. Sentì i fuochi d'artificio esplodergli in testa, rivide le immagini di quella terribile notte sul fiume e capì che il suo futuro era arrivato.

"No, fermati tu" disse T.K. puntandogli la pistola alla testa. Erano a meno di otto metri di distanza; riconobbe il poliziotto che l'aveva arrestato l'inverno precedente. *"Ancora tu?"*

"Ancora tu!" ripeté Jian.

"Dov'è la tua pistola?" chiese T.K.

"Non ce l'ho" rispose Jian.

La strada in fondo al vicolo era ormai vuota: la protesta si era spostata verso gli uffici governativi eppure sembrava, anche da lontano, più rumorosa.

Theodore Kincaid Dean era *preoccupato* per la piega presa dagli eventi. Sì, lo preoccupava il fatto di aver impalato un agente di sicurezza statale con una zanna d'elefante – un agente che si dà il caso fosse il padre biologico di Jintao – aggravando ulteriormente la sua già precaria posizione in Cina. Non avrebbe ucciso un altro poliziotto (prima di uscire dal laboratorio aveva rimosso i quattro proiettili rimasti nella pistola di Dazhu, ricaricandola con quelli di gomma trovati addosso al vicecomandante) ma era pronto a infliggere alcune contusioni da impatto cinetico, se necessario. Ciò che forse lo preoccupava maggiormente era il tono della folla in strada; conosceva troppo bene gli allevatori di maiali cristiani;

avrebbero sposato la loro causa con fervore religioso, ma si sarebbero ispirati a Gesù; erano seguaci, e nessuno sul fiume era un leader per natura, tanto meno per elezione. Anche un cattivo leader può essere meglio del caos, pensava, ed era con quest'idea in mente che si dispiaceva, per quanto marginalmente, della morte di Fang Dazhu. Perché in quel momento sentiva nettamente che la polizia locale sarebbe stata molto più pericolosa e imprevedibile senza Fang che con lui. E poi c'era quel grasso uomo del Partito, Nong Ning: cosa cazzo aveva in mente?

"Sei mai stato in Vietnam?" chiese T.K.

Yun Jian scosse la testa. Quei vietnamiti erano dei cani bastardi.

"Be', ora ci andrai. Dov'è la tua volante?"

"Alla centrale. Dall'altra parte della strada."

T.K. agitò la pistola in direzione della strada. "Andiamo."

***

Sun Ju era così ansiosa che rischiò di rovesciare l'infuso di astro caldo addosso al marito. Ning era disteso ansimante sul divanetto, e riusciva a malapena a sventolarsi davanti alla faccia un ventaglio di carta. La sua generica irritabilità causata dal caldo pomeridiano era stata aggravata dagli eventi di quella giornata, e si sentiva la febbre. Mentre si faceva aria, lembi di grasso simili a calamari crudi gli penzolavano dal braccio e oscillavano avanti e indietro, generando un movimento maggiore rispetto al ventaglio stesso.

"Questo ti aiuterà a raffreddare i bollenti spiriti" disse Ju dolcemente, passandogli la tazza con l'infuso curativo. Bisognava dire qualcosa, ne era certa, ma cosa? *Te l'avevo detto?* Se l'avesse fatto sentire in colpa non sarebbe finita bene, e non sarebbe cambiato nulla. Di certo la vergogna di Ning era maggiore di qualsiasi senso di colpa su cui lei potesse fare leva. Era meglio lasciarlo sbollire, e riposare. Così si limitò a dire "Mi dispiace molto."

"*Ti dispiace?*" rispose Ning. "E per che cosa? Per i miei bollenti spiriti? Si tratta semplicemente degli ingranaggi che si muovono nella mia testa. Cara moglie, sappi che domani sarò più fresco, e le nostre fortune saranno molto migliori!"

Ju trasalì istintivamente. "Ma oggi hai rischiato di morire... come Fang Dazhu!"

"Non è una perdita così grave, anche se le modalità della sua morte sarebbero causa di dolore per un appassionato di avorio."

"Mi permetto di dissentire, onorevole marito. Sai che non nutrivo sentimenti di clemenza nei confronti di quell'uomo orribile, ma portava disciplina nella polizia, e la disciplina è ciò di cui abbiamo bisogno ora. La gente è arrabbiata e divisa; finora si sono radunate più di diecimila persone. Non senti che baccano, lì disteso dove sei? La città è sull'orlo del precipizio."

Ning sbuffò e posò con fatica la tazza vuota ai piedi del divanetto. "Ti è mai capitato di pensare, cara moglie, che la vista dall'orlo del precipizio è sempre magnifica?"

"Ho paura di cosa accadrà stanotte."

"*Bùyī!*" disse Ning. "Non voglio sentire neanche una parola! Dispute territoriali e inquinamento sono problemi che hanno ispirato moltissime proteste, infatti sono le due cause principali di rivolta nel nostro Paese, ma a che scopo? Un altro giorno, un'altra folla inferocita."

"Però questa è la prima volta che vediamo delle folle inferocite protestare per la confisca delle terre e l'inquinamento in contemporanea. Insieme, queste due questioni hanno un peso considerevole, forse più di quanto anche Pechino possa sopportare."

"Al contrario. Questa combinazione di fattori gioca brillantemente a nostro favore."

"Perdonami, onorevole marito. Non sono perspicace come te."

"Mi basterà richiamare i miei manifestanti per prendermi il merito agli occhi di Pechino di aver attenuato gli effetti di una possibile situazione pericolosa. Entro domani la mia posizione all'interno del Partito sarà dieci volte migliore. Che cosa direbbe di questo il tuo amato Confucio?"

"Direbbe *Non vergognarti degli errori, rendendoli così dei crimini.*"

"A proposito di crimini, dobbiamo trovare quell'americano con l'orecchino."

***

Yun Jian guidava la volante Ford. Il puzzo di sudore e di sigarette dell'uomo dava la nausea a T.K., che gli sedeva accanto con la pistola in pugno. Jintao era sul sedile posteriore. Mentre svoltavano su Pan Tao Lu, T.K. vide la clinica per la pianificazione familiare, pensò a Ming e fu sul punto di vomitare. Sarebbe stato il degno culmine della sua catena di crimini nel Guangxi: vomitare in un'auto della polizia. Bevve una sorsata calda di *báijiǔ*, che placò il suo stomaco e gli infuse un po' di prontezza di spirito. Era quello che gli dava l'alcol, prontezza di spirito, anche se doveva ammettere che era stata la prontezza da sobrio a spingerlo a recuperare la fiaschetta dal corpo trafitto di Dazhu. Esisteva l'attenzione cosciente senza alcol? Forse nella morte, ma Dazhu non diceva niente. Allontanò il pensiero dalla sua mente. "Prendi la strada per Jimacun" disse agitando il revolver in avanti.

Due curve, poi si usciva dall'estremità occidentale della città e la strada iniziava a salire intorno alle vette carsiche. Oltre la terza curva, un veicolo corazzato Shaanxi Baoji Wolf 4x4 mimetico era parcheggiato al centro della strada, con le luci rosse lampeggianti. Sul tetto c'era una torretta, da cui un mitragliere dell'esercito cinese puntava un cannone da 12.7 millimetri proprio al centro della strada. Yun Jian fermò l'auto e fece retromarcia in una strada laterale.

"Non promette bene" disse a T.K. "O stanno cercando te, o vogliono fermare i manifestanti, o entrambe le cose."

"Sei un poliziotto. Puoi attraversare il blocco."

Jian rise e indicò il minaccioso veicolo corazzato verde. "L'esercito non prende ordini dai poliziotti che dirigono il traffico. Dentro quel Wolf ci stanno sei soldati armati di Bullpup, più il mitragliere, e un comandante che ha sentito tutte le stronzate possibili da qui al Tibet. Non c'è da scherzare."

Aveva ragione e T.K. lo sapeva. Sapeva anche che, al contrario dei poliziotti cinesi, i soldati dell'esercito erano in grado di usare le armi.

"Tutte le strade che escono dalla città saranno in questa situazione" disse Jian.

Aveva di nuovo ragione, pensò T.K. "Cazzo."

"*Le grotte*" disse Jintao dal sedile posteriore. Jian e T.K. si girarono verso di lui. "Possiamo usare le grotte. Almeno credo che possa funzionare. Ma non credo di sapere la strada."

"Io sì" intervenne Jian. "Il ragazzino ha ragione. Posso mostrarvi la via d'uscita. Ci serve una lampada, del cibo e dell'acqua."

T.K. fissò Jian, chiedendosi se poteva fidarsi di lui, e se avesse altra scelta. Tirò fuori dalla giacca delle banconote macchiate di sangue – tutti i soldi che aveva trovato addosso a Dazhu – e consegnò un rotolo di yuan a Jintao. "Scendi davanti a quel negozio sulla sinistra, compra una lampada e del cherosene. Poi attraversa e vai a quel chiosco e prendi dei noodle di riso e dei ravioli, e tutte le bottiglie d'acqua che riesci a trasportare. Non parlare con nessuno sulla strada. Noi ti aspettiamo qui. Hai con te la carta d'identità?"

"Sì."

"Bravo."

Yun Jian li portò fino al sito di sepoltura dove T.K. era entrato nelle grotte insieme a Ming. "Conosci questo posto?" chiese T.K.

"Sono l'unico poliziotto del Guangxi che lo conosce." Poi spalancò la porta e fece strada.

T.K. fece una pausa davanti alla pozza sotterranea accanto alle tombe dei figli di Ming. "Aspettate." Jian si fermò e si girò. I pipistrelli disegnavano parabole sopra di loro, proiettando ombre astratte alla luce della lampada sull'acqua blu della pozza. T.K. guardò le piccole pile di pietre e le due croci. La vita è breve per tutti, pensò. Se si riduceva tutto all'essenziale, la sua vita, quella di Ming o di Fang Dazhu non era poi tanto più lunga di quella di un neonato, o di un feto, d'altronde. Era come un medley di canzoni, no? Mai una melodia completa. Iniziava e finiva in un luogo buio, e così proseguiva. Fu in quel momento che comprese che tutti si trovavano nella grotta e non c'era via d'uscita, e smise di preoccuparsi.

"Li conoscevi?" Jintao stava guardando le tombe.

"No, ma ora li conosco."

"Non c'è bisogno che mi punti quella pistola" disse Yun Jian. "Potrebbe partire un colpo. Mi fa paura. Hai tu la lampada; quanto pensi che possa andare lontano da solo?"

"Non lo so. Quanto è buona la tua vista?"

"Non c'è luce nelle grotte. Neanche una gazzella vedrebbe niente."

T.K. alzò la lampada e fissò negli occhi Jian. Aveva sempre pensato di poter riconoscere un bugiardo dagli occhi, fino al giorno in cui si era reso conto che Meg gli stava mentendo da due anni sui suoi amanti. Lo guardava dritto negli occhi e mentiva. E lui non l'aveva mai immaginato. Quella era una cosa per la quale non si sarebbe mai *preoccupato*. Ma Jian sembrava abbastanza vulnerabile da poter dire la verità. T.K. rise. "Proiettili di gomma" disse, infilandosi la pistola nella tasca della giacca. Dall'altra tirò fuori una manciata di proiettili da nove millimetri.

"Quelli veri" disse, e li gettò nella pozza.

Camminarono, e strisciarono, per ore attraverso le grotte fino a quando non raggiunsero un grande anfiteatro, il cui soffitto era così alto che la lampada non riusciva a illuminarlo. Riuscivano solo a distinguere le punte delle stalattiti da cui colava del calcio blu-verdastro. In alto sopra di loro, strillavano dei pipistrelli della frutta che non riuscivano a vedere. Jian si fermò e guardò intorno, ai bordi della luce. Tirò fuori un pacchetto di Hongtashan. "Di solito venivo qui a nascondermi da mio padre. Sigaretta?"

"Non fumo. Ora dove ti nascondi da lui?"

"È morto" disse Jian.

"I padri lo fanno sempre. Quindi dove ti nascondi?"

Jian strinse gli occhi. "Non posso farlo."

"Lo so."

"E cosa dici di *mio* padre?" intervenne Jintao. "Com'è possibile che quel poliziotto fosse mio padre? Non lo conosco nemmeno."

"Molte persone non conoscono il proprio padre" rispose T.K. "È meglio per te che sia così."

Yun Jian era a bocca aperta. "Fang Dazhu era il padre del ragazzino? Non l'uomo sulla chiatta?" Quello l'avrebbe reso per metà uno sporco Zhuang.

"Chen Yong era mio padre!" esclamò Jintao. "Mio padre è morto!"

"Tuo padre è morto, Jintao. Ma tua madre è viva e ti aspetta a New York." Inclinò la lampada. "Stiamo per finire il cherosene. Andiamo."

Dopo altri venti minuti, durante i quali attraversarono strisciando uno stretto passaggio nella roccia, una flebile luce grigia iniziò a penetrare tra le fenditure. Divenne sempre più intensa, fino a quando non comparve uno squarcio luminoso di sole pomeridiano, come un raggio che penetrava fra nuvole dorate in un dipinto barocco. "Ci siamo" disse Jian. "L'uscita è dall'altra parte dello spettacolo di suoni e luci. Ora cosa facciamo?"

"Ora fai fermare una macchina per noi. Requisisci un'auto. Questioni ufficiali di polizia."

"Non va bene" rispose Jian. "Intensificheranno i posti di blocco. Allargheranno la rete. Dovete rimanere sui percorsi in mezzo alle risaie. Vi serve una motocicletta. Dovete muovervi di notte."

Capitolo 35

C ai Shenfu, un sarto con una piccola bottega nel centro della città, diede gas sulla sua Vespa Sprint Veloce del 1969 e affrontò in piega la curva. Gli piaceva tornare a casa in motocicletta nel suo villaggio di coltivatori di riso, trovava che la velocità e l'aria fresca fossero esaltanti dopo dodici ore dietro alla macchina da cucire. Suo padre era sarto, e gli aveva insegnato ad aggiustare le macchine da cucire, che non erano poi così diverse dalle motociclette, pensava. Così, quando il disco della frizione della sua Vespa si era rotto, aveva capito come realizzarne uno nuovo usando una latta di caffè. Sì, si era fatto consigliare da un amico che lavorava in un'officina, ma aveva fatto tutto il lavoro da solo. Aveva anche aggiunto delle cromature personalizzate e stemmi alati, oltre a farla riverniciare, donandole una splendida livrea bicolore gialla e nera. Era stato necessario cucire un sacco di camicie per pagare la riverniciatura, ma ne valeva la pena per avere una moto così esclusiva che attraeva molte donne. Sperava di poter incontrare un giorno la sua futura moglie a bordo della Vespa, e di portarla in giro per la città ogni sera. Quando stai seduto tutto il giorno alla macchina da cucire, hai tempo di sognare. E poi, era un sogno piuttosto modesto. Anche un povero sarto si merita una motocicletta e una bella moglie, no?

Stava pensando alla moglie immaginaria quando superò la curva e vide un poliziotto fermo in mezzo alla strada con le braccia alzate nella posizione che voleva dire universalmente stop. *Che cazzo succede?* Accostò e spense la Vespa.

"Il tuo fanale funziona?" chiese Yun Jian.

"Certo" rispose Shenfu. Lo accese.

"Mi serve il tuo scooter. Attività di polizia."

"Cosa? Vuole prendere la mia Vespa? E io come ci torno a casa?"

"Dove sei diretto?"

"A Jimacun. Vivo lì."

"Aspetta qui." Jian tornò al centro della strada. Pochi secondi dopo, un SUV nero a diesel della Great Wall Motors sbucò dalla curva ronzando come un'ape. Quando accostò a lato strada, un uomo di mezz'età con una polo e degli occhiali da sole avvolgenti abbassò il finestrino elettrico oscurato. Una ventata d'aria gelida uscì dall'abitacolo.

"Buon pomeriggio" disse Jian.

L'uomo annuì, rigido.

"Operazione di polizia. Deve dare un passaggio fino a Jimacun a quest'uomo."

Il conducente fece una smorfia e annuì senza parlare, senza nemmeno guardare Cai Shenfu. Yun Jian fece segno al sarto.

"Sali" disse. Shenfu si mise sul sedile del passeggero e il SUV si allontanò a gran velocità.

Dopo qualche minuto, Jian fece fermare una berlina Hongqi granata che andava in direzione opposta, verso la città, e salì senza salutare T.K. e Jintao.

T.K. guardò con disprezzo la Vespa giallo brillante. Sembrava un bombo. "È il mio giorno fortunato" disse. "Proprio un bel trabiccolo, che pasticcio."

"Che cosa vuol dire?" chiese Jintao. "Funzionerà?"

"E chi lo sa. Forse per un po' sì." Spostò la Vespa dalla strada, sistemandola dietro a un gelso in modo che non fosse visibile, e i due attesero un'ora prima che facesse buio. Partirono appena scesa l'oscurità, procedendo lungo le strette strade fra le risaie in direzione sud-ovest, verso il confine. Avevano ancora 482,5 yuan, circa ottanta dollari, che T.K. aveva preso dal portafoglio di Fang Dazhu. I soldi sarebbero serviti tutti per la benzina e lo smartphone che li avrebbe guidati alle coordinate GPS del confine; non restava nulla per cibo o acqua in bottiglia, ma potevano trovare della frutta lungo la strada. Non avrebbero avuto tempo per mangiare, comunque. E poi, pensava T.K., molta gente nel mondo vive in uno stato costante di fame latente. Considerava il concetto di cibo pronto da consumare come una novità recente introdotta dagli occidentali, che in realtà era piuttosto sconosciuta alla vita sulla Terra nel suo complesso. E se la condizione naturale della vita è la fame, come può non essere innaturale la capacità di mettersi in bocca qualcosa al primo accenno di appetito? Avere fame significa essere attivi. Avere fame significa essere vivi.

E fu così che vissero. Durante il giorno si rintanavano nei templi lungo le risaie e i corsi d'acqua, dormendo a turno dopo aver ripassato le coordinate GPS della via di fuga; T.K. voleva accertarsi che Jintao memorizzasse la strada. Scrisse le indicazioni in cinese, semplificato e tradizionale, oltre che in inglese e francese, e le fece recitare a Jintao più e più volte, finché non ebbe memorizzato le istruzioni. "Quella sera sulla chiatta ti ho promesso che avremmo letto insieme di nuovo."

Di notte proseguivano, evitando le città più grandi con semafori e poliziotti. Sulla Vespa Jintao cingeva le braccia intorno a T.K. e premeva la testa contro la sua schiena. Compravano il carburante da rivenditori al lato della strada che conservavano la benzina in bottiglie di plastica di 7 Up. Per fortuna Cai Shenfu aveva una bottiglia di olio sotto il sedile, da miscelare alla benzina. Senza olio, il minuscolo pistone a due tempi si sarebbe inceppato in poche ore. Di tanto in tanto trovavano papaie, anone e gelsi sugli alberi lungo i sentieri e i corsi d'acqua. All'alba dopo la terza notte raggiunsero i margini di Nongchao e la frontiera. Le vette carsiche nei pressi del confine con il Vietnam erano più dolci, erose e arrotondate come giganteschi sassi di fiume, e i declivi erano terrazzati in piantagioni di tè, le cui foglie migliori crescevano a quote più elevate. T.K. uscì dalla strada e si mise al riparo dietro alcuni cespugli di tè che gli arrivavano alla vita. Le foglie luminose erano ricoperte dalla rugiada del mattino, che produceva minuscoli arcobaleni sotto la luce bassa del sole. Sarebbe stata una giornata calda, pensò. Un cartello sbiadito dipinto sul lato di un capannone per l'essiccazione del tè diceva *"Visitez Vietnam 4 km."*

Courage, pensò in francese T.K. *Courage*.

Diede il denaro a Jintao. "Vai in città e prendi uno smartphone Xiaomi. Compra cento mega di dati; dovremmo averne in abbondanza. Accertati che sia attivato e la batteria sia carica, poi spegnilo e torna indietro. Con i soldi che rimangono, compra da mangiare. Non parlare con nessuno in strada, e tieniti alla larga dal posto di controllo al confine; è il punto in cui ci sono i camion in fila. Ci stanno cercando alle frontiere. Hai capito?"

"Dui!" rispose il ragazzino.

"Jintao!" disse T.K.

Jintao si fermò e si girò.

"Ripeti le coordinate della mappa mentre cammini."

Lui sorrise e fece il saluto militare, poi disse in inglese: *"Sissignore!"*

"Ah, Jintao… Spegni il telefono."

Guardò il ragazzino saltellare lungo la strada in direzione della città. *Signore*, pensò. *Mi ha chiamato "signore"*. T.K. aveva sempre chiamato suo padre "signore". *Suo padre?* Lui non era il padre di Jintao! Ma si sentiva come tale. Provò a dire *papà* per sentire come suonava, e decise che gli piaceva. Più di *signore*.

Jintao aveva denaro a sufficienza per comprare il telefono, un po' di polpette di tofu fritte ripiene di maiale (mangiare maiale da quelle parti non era pericoloso) e, per dessert, due bastoncini di caramello croccante, uno per lui e uno per il signor Dean. Da bravo dodicenne, mangiò prima il suo bastoncino, mentre tornava dalla città. Vedeva i camion in attesa al confine. L'idea di un posto di controllo ufficiale alla dogana lo affascinava. Aveva sentito parlare solamente di persone che contrabbandavano cose attraverso il confine: zanne di elefante per l'avorio, scaglie di pangolino per la salute delle donne, bile di orso per i postumi dell'ubriacatura, eroina per i tossicodipendenti. Non aveva mai immaginato che alcune persone potessero attraversare il confine legalmente, sotto gli occhi delle autorità. Di certo non lui e il signor Dean. Stava pensando a tutte quelle attività al confine e si chiedeva come l'avrebbero attraversato loro, così dimenticò di spegnere il telefono.

***

Nong Ning si sentiva molto meglio. Nonostante il caldo torrido, che già a metà mattina si espandeva dalle risaie in ondate simili a miraggi, si sentiva fresco e ringiovanito, come se avesse trascorso una settimana alle sorgenti termali di Longshen, dove i turisti giapponesi si immergevano nelle vasche e si facevano smangiucchiare la pelle da migliaia di minuscoli pesci Garra rufa. In realtà la sua calma era la tranquillità di chi è ignaro, perché è un dato di fatto che chi teme qualcosa è chi sa di più e quindi ha più cose da temere. Da sempre, Ning aveva l'abitudine di non cercare di sapere più del necessario. Per lui era una forma di meditazione, non che desse molta importanza alle tradizioni buddiste di consapevolezza convenzionali. Anzi, non ne sapeva abbastanza di buddismo, che associava alla petulanza di Sun Ju, per rendersi conto di quando era consapevole, anche quando lo era chiaramente. Si poteva essere inconsapevolmente consapevoli? Non era abbastanza consapevole da saperlo.

Un esempio perfetto: ignorava del tutto come fosse possibile tracciare l'americano attraverso i dispositivi elettronici, se non una vaga idea che erano coinvolti i satelliti. Si limitava a credere che ci volesse un americano per trovare un americano e che l'americano George Chambers, l'ambiguo socio in affari di Hu Tianhua, sapesse molto bene come funzionava il tutto. Quel Chambers era un personaggio strano. Ning aveva la certezza che fosse una spia e che andasse maneggiato come un wok incandescente. Non che la cosa facesse alcuna differenza per lui. Dava per scontato che tutti gli uomini d'affari fossero in qualche modo in combutta con il proprio governo, e questo dopotutto era ciò che rendeva possibili gli affari. Come poteva andare diversamente?

Ad ogni modo, quando l'inetto agente di polizia Yun Jian ricomparve e ammise, dopo un pestaggio e un po' di olio di peperoncino negli occhi (perché Ning era un tradizionalista che credeva nei metodi poco tecnologici della vecchia scuola), che l'americano e il ragazzino erano diretti in Vietnam a bordo di una motocicletta, Nong Ning andò insieme a un agente della sicurezza di Stato di Nanning fino al confine, prendendo immediatamente alloggio nella Villa del Buon Cittadino a

Shuolong. L'hotel, che sorgeva su un'ansa fangosa lungo il fiume Guichin, era una discarica con bagni intasati e stanze piene di zanzare; era un miracolo che gli ospiti non se ne andassero con la malaria. Ma il cibo era sorprendentemente buono, e si trattava della città più vicina alla frontiera a ovest di Nanning; era probabile che il signor Dean avrebbe cercato di attraversare il confine da qualche parte nelle vicinanze. L'agente di sicurezza, un uomo sulla trentina dalla faccia simile a una lastra di ardesia di nome Duan Kanghu che aveva l'espressione corrucciata e i capelli unti, diceva che l'americano di nome Chambers stava cercando di localizzare il signor Dean attraverso i dispositivi elettronici. C'entravano la triangolazione e la tecnologia militare statunitense sviluppata per localizzare Osama bin Laden, utilizzando server che avevano memorizzato informazioni precedenti sugli spostamenti del signor Dean; grazie ai dati esistenti qualsiasi nuovo dispositivo in suo possesso, anche un computer portatile con il wi-fi, poteva essere identificato e poi tracciato, ma era necessario che il sospettato fosse in possesso di un dispositivo acceso, almeno per qualche minuto.

Immaginarono che il signor Dean avrebbe comprato un telefono nei pressi del confine, e che avrebbe mandato il ragazzino ad acquistarlo. Jintao avrebbe dovuto mostrare la sua carta d'identità da residente, che i bot del server avrebbero identificato al momento della scansione; non era necessario sorvegliare tutti i negozi di telefonia mobile lungo il confine Guangxi-Cao Bǎng. Non si trattava di ingegneria spaziale, spiegò l'agente di sicurezza Duan Kanghu. In realtà, un po' lo era.

***

Sun Ju era molto preoccupata. Non condivideva la felicità di suo marito di fronte all'ignoto. E l'ignoto era così vasto! La morte di Fang Dazhu la spaventava; lo stesso valeva per l'americano coi capelli lunghi (aveva visto la sua immagine al telegiornale dopo l'arresto) che l'aveva ucciso. Perché i maiali morivano? Di certo non era colpa della loro merda. Quella faceva senza dubbio schifo e poteva farti sentire male, ma non così male e così velocemente, pensava. E poi i boccioli di loto, e i pesci piccoli? La marmaglia cristiana in città si era calmata quando Ning aveva richiamato i manifestanti da lui assunti – aveva fatto in modo che le telecamere dei notiziari di Pechino lo inquadrassero mentre conduceva le masse lontano dalla piazza cittadina – ma quanto sarebbe durata? Qualsiasi cinese che potesse permetterselo comprava delle proprietà all'estero e mandava i figli a studiare in America. Persino il Presidente Xi sapeva leggere l'inglese! Forse la "vera rivoluzione", come la chiamava Ning, era vicina? Di certo nessuno l'avrebbe detto in pubblico. Nessuno credeva nell'attuale sistema, ma tutti credevano che chiunque altro ci credesse. Quando la gente avrebbe smesso di credere nelle credenze degli altri chissà cosa sarebbe successo?

Sun Ju non sapeva più in cosa credeva, tranne che nel fatto che Confucio e Siddhartha, vissuti nella stessa epoca, fossero persone reali, non divinità, e che in quanto tali avessero raggiunto un tipo di liberazione che era a portata di tutti gli esseri umani. I sentieri che conducevano alla liberazione erano numerosi e quel giorno, in assenza di suo marito, Ju si trovava su un sentiero che attraversava le risaie diretta al Tempio dell'acqua, oltre le porte della città. La sua intenzione era quella di bruciare un bastoncino d'incenso ai piedi del Buddha. Lungo la strada incontrò un bambino piccolo con un orzaiolo pieno di pus in un occhio e un grosso grillo verde legato a un filo rosso che aveva strappato da un calzino. L'insetto era appollaiato sul suo avambraccio. Un capo del filo era avvolto intorno al dito indice del bambino, e quando il grillo tentava di saltare via il filo si tendeva come il guinzaglio di un cane e lo trascinava all'indietro, cosa che divertiva un mondo il piccolo.

Ju estrasse una banconota da dieci yuan dal foulard e la diede al bambino. "Mi venderesti il tuo grillo?" disse.

Lui sorrise raggiante e slegò il filo dal dito, consegnandole l'insetto e il guinzaglio. Si infilò la banconota in una tasca sporca e se ne andò saltellando lungo il sentiero tra le risaie, in direzione del negozio che vendeva rotolini dolci. Ju avvolse con cura il grillo nel foulard.

Al tempio comprò dal guardiano un bastoncino d'incenso, ne accese un'estremità e sistemò la fascina fumante sotto l'immagine in legno di Siddhartha. Si inginocchiò, fece un inchino, e aprì il foulard sul pavimento di pietra polveroso. Il grillo saltò sulle dita del Buddha, portandosi dietro il filo rosso.

***

"Jintao! Hai lasciato il telefono acceso!"

Jintao – le guance gonfie per via di due polpette di tofu fritte ripiene di carne – si bloccò, poi sussultò d'istinto, come se si aspettasse di sentire lo schiocco di una bacchetta. *"Duìbuqǐ!* Mi dispiace tanto! Stavo... mangiando mentre camminavo, avevo tanta fame e..."

"Non importa" disse T.K. "Andiamo." Inforcò la Vespa, saltò sul pedale di avviamento e diede gas. Il motore sputacchiò e protestò, poi emise un ruggito colpevole. Quando una Vespa faticava a mettersi in moto, non era chiaro se dipendesse dal circuito del minimo che era sporco o dal semplice fatto che era italiana. Se fosse stato a casa avrebbe pulito il carburatore e maledetto gli italiani, senza escludere nessuna delle due possibilità; in quel momento, poteva solo pregare. Jintao salì a bordo e si allontanarono lungo Yan Bian Gong Lu.

Vide l'Audi S6 nera nello specchietto a circa tre chilometri a sud di Nongchao. Guadagnava terreno rapidamente: nessuna legge della meccanica dei fluidi poteva favorire una Sprint Veloce a tre travasi del 1969 contro una berlina tedesca del ventunesimo secolo con un motore biturbo V8, per quanto fosse tecnicamente prodotto dalla Volkswagen. Se solo fosse riuscito ad arrivare allo svincolo, poteva farsi strada tra i sentieri lungo le risaie, che con un po' di fortuna l'avrebbero portato fino al fiume e al confine, all'incirca nell'area delle coordinate. Cazzo, e se il fiume fosse stato recintato ovunque tranne alla longitudine esatta che gli aveva indicato Kathleen? *Uno-zero-sei e quaranta-qualcosa est, giusto?* I cinesi non sarebbero mai stati così arbitrari. Ma i vietnamiti? Chi cazzo lo sapeva? *"Quei bastardi erano pazzi"* diceva suo padre. "Completamente fuori di testa. Praticamente tutti quelli che ne sono usciti vivi hanno imparato che prima si sparava e poi si facevano le domande, e chiunque dica il contrario è un fottuto bugiardo, con la B maiuscola. Ovviamente i mangiarane non sparavano un colpo; scappavano a gambe levate sul lato opposto della barca quando li vedevano arrivare; *beaucoup dinky dau*, li chiamavano. Questo non è canadese, è proprio francese per dire che erano fuori di testa."

T.K. girò la manopola del gas e abbassò la testa sul manubrio. "Tieniti forte!" urlò a Jintao per farsi sentire sopra il ruggito del motore. Il ragazzino affondò la testa nella parte bassa della schiena di T.K. e strinse forte le braccia intorno alla sua vita. Kugong... Kugong... *dove cazzo era Kugong?* Eccola lì: proprio davanti a loro, un gruppo di tetti con tegole grigie e polverose, superato il quale c'era il bivio che conduceva al fiume. L'Audi si trovava a meno di trenta metri da loro; nello specchietto T.K. vedeva il logo con i quattro cerchi sulla griglia, spalancata come la bocca di uno squalo. Si trovava di nuovo sulla sua bici nel Vermont e fuggiva dai cattivi, ma ora sentiva il calore della padella sotto di lui, aveva la sensazione di stare per cadere dal bordo. Allentò la presa sulla manopola e poi diede gas al massimo, nella speranza di spremere qualche altra goccia di vapore dal carburatore. Ma invece di acquistare velocità, la motocicletta gemette e rallentò, poi fece un saltello in avanti, una pausa e un altro saltello.

"*Cazzo!*" Lo sapeva.

La frizione di una Vespa classica è costituita da una serie di sottili dischi d'acciaio racchiusi tra dischi di sughero all'interno di un cilindro, il tutto tenuto insieme da molle e messo in movimento dall'albero motore. La pressione del sughero contro il metallo fa girare i componenti e ruotare l'asse posteriore, fino a quando il pilota non aziona la leva della frizione, che comprime le molle e allontana le piastre d'acciaio dal sughero, liberando l'assale. È un tipo di tecnologia piuttosto semplice – il principio operativo è la frizione – ma molte cose possono andare storte quando il metallo inizia a girare e sfregare.

Prima o poi le frizioni si guastano, perché tutti i metalli sottoposti a sollecitazioni di trazione e cicliche sono soggetti a usura. Alcuni metalli, come l'acciaio utilizzato per forgiare pentole e dischi della frizione, possono sopportare quantità di calore e tensione estremi prima di essere soggetti all'usura. Altri invece no, come l'acciaio stagnato da due soldi di cui sono fatte le latte di caffè. Ed è per questo che la Piaggio di Pontedera non ha mai realizzato dischi della frizione con le latte di caffè. T.K. sentì la Vespa, che in quel momento rappresentava la sua vita, girare sempre più lentamente e scendere in fondo alla padella incandescente.

Scalò per dare potenza. Lo svincolo era proprio davanti a lui; riusciva a vedere le risaie più in là, e alcuni sentieri che passavano in mezzo alle risaie. *Dai... dai, brutta stronza!* Prese lo svincolo, superò l'insediamento, svoltò a sinistra al bivio. Ora non c'era nient'altro che riso. La frizione slittava parecchio. Prese il primo sentiero che scompariva in un pendio lontano, in fondo al quale immaginò che dovesse esserci il fiume. La motocicletta sobbalzava e arrancava; Jintao si strinse forte e cercò di evitare che la testa ondeggiasse avanti e indietro a ogni rimbalzo. L'Audi si fermò di colpo davanti al sentiero. Duan Kanghu saltò fuori dal sedile del passeggero a pistola spianata, e si arrampicò sul tettuccio. Nong Ning si alzò lentamente da dietro il volante e rimase fermo sulla strada, strizzando gli occhi. La Vespa gemette e sferragliò, poi grippò. Era finita.

"Dobbiamo filarcela!" disse T.K. mentre faceva scivolare la motocicletta su un fianco. "Entra nella risaia, stai basso!" Jintao si gettò nell'acqua poco profonda. T.K. si accovacciò dietro il telaio della Vespa rovesciata ed estrasse la pistola di Dazhu. Prese la mira contro il bersaglio più grosso che trovò, che casualmente era il petto di Nong Ning. Sparò – un colpo preciso – ma il proiettile di gomma rimbalzò senza fare danni contro l'impenetrabile strato di grasso del commissario. L'uomo obeso continuò a camminare, come Godzilla che affrontava colpi di mortaio in miniatura. In ogni caso il colpo ebbe effetto su Kanghu, che non si era reso conto che T.K. fosse armato e non sapeva che i proiettili fossero di gomma. Strisciò rapidamente giù dall'auto come Jackie Kennedy dopo l'attentato a Dallas, poi si nascose dietro al tettuccio. Ning si lanciò a terra quando Kanghu aprì il fuoco.

T.K. estrasse lo Xiaomi e controllò le coordinate. *Est uno-zero-sei, quarantuno punto tre. Abbastanza vicino, cazzo! Il fiume dev'essere distante circa duecento metri a nord. Dio ti prego, fai che non ci sia la recinzione.* "Jintao, scendi lungo la collina! Rimani tra le risaie."

"Dui!" Il ragazzino avanzava nell'acqua mentre T.K. si scambiava colpi con il poliziotto, che non aveva una buona visuale dalla strada e aveva iniziato ad avanzare lungo il sentiero. "Sono qui dietro di te" disse T.K. a Jintao, e in pochi secondi i due si trovarono a correre in mezzo alla risaia come ratti d'acqua, in direzione del fiume. Quando raggiunsero il versante della collina, le risaie si interruppero e videro il sentiero che scendeva in mezzo alla foresta. T.K. riconobbe lo scintillio del fiume tra gli alberi.

"Andiamo!" gridò. "Corri!" Jintao ruzzolò praticamente giù per il sentiero con T.K. dietro di lui che si guardava alle spalle in cerca di segni della presenza di Kanghu, il quale li aveva persi di vista. Si fermarono a riprendere fiato sulla riva. T.K. indicò l'altra sponda. *"Vietnam."* Non c'era alcuna recinzione da nessuno dei due lati. Nessuna guardia. Scrutò le colline terrazzate oltre il fiume. "Quello è il valico. Dall'altra parte c'è Cốc Mán. Andiamo."

Suo padre aveva sempre definito il Vietnam l'inferno in Terra; ora lui stava disperatamente cercando di arrivarci. Ma mentre entravano nelle vorticose acque grigie, Jintao urlò: "Non so nuotare!"

T.K. era senza parole. Vide Kanghu comparire in cima alla collina e iniziare a scendere lungo il pendio. "Aggrappati alla mia vita" disse a Jintao, e scivolarono tra le acque fredde.

La corrente era forte e nonostante Jintao fosse piccolo, il suo dimenarsi li rallentava. T.K. faticava ad avanzare. Il fiume, placido e stretto dall'alto, ora incombeva ampio e pericoloso. Poi arrivarono i proiettili. "Trattieni il respiro!" disse T.K. "Andiamo sott'acqua!" Si immersero nell'esatto momento in cui Kanghu abbassava la pistola e si tuffava.

Kanghu si rivelò un ottimo nuotatore. Raggiunse T.K. e Jintao al centro del fiume, poi trascinò via il ragazzino. T.K. si girò nel mezzo di una bracciata, si immerse in profondità e nuotò fin sotto di lui, lanciandosi direttamente contro l'inguine del poliziotto. L'uomo gridò ma non mollò la presa su Jintao, che sputava acqua. "Lo faccio annegare!" gridò Kanghu mentre T.K. riemergeva. I tre andavano rapidamente alla deriva lungo il fiume, in direzione di una piccola cascata sopra a un masso. "Stai indietro o lo faccio annegare!" Mise una mano sulla testa di Jintao e lo spinse sotto.

"Basta!" disse T.K. "Ok! *Basta!*"

In quel momento Kanghu e Jintao scivolarono oltre la cascata e scomparvero nella schiuma. T.K. si allungò per afferrare un tronco semisommerso e rimase aggrappato sopra l'acqua vorticante. Il tronco era caduto dal lato vietnamita, e in pochi secondi T.K. raggiunse la riva, e cercò di individuare gli altri due.

Due minuti più tardi Kanghu e Jintao ricomparvero più a valle, sulla riva cinese. Ning era in attesa e impugnava la pistola di Kanghu. Per un minuto si limitarono a guardarsi da una sponda del fiume all'altra.

"Potremmo sparagli ora" disse Kanghu.

"È in Vietnam" rispose Ning.

"Diremo che c'è stato un inseguimento."

"Lasciatelo andare!" gridò T.K. "Fate attraversare il ragazzino e io tornerò indietro."

Ning rise. "Ma signor Dean, lei non ha il visto."

"Ne chiederò uno al consolato."

Ning rise più forte. "E va bene, signor Dean. Lei torna qui e il ragazzino può andare."

"Jintao non sa nuotare. Devo venire da quella parte e riportarlo di qua. Poi tornerò indietro."

Ning rise di nuovo. "Kanghu! Accompagna il ragazzino di là dal fiume."

L'agente di sicurezza fece una smorfia.

Jintao guardava le piantagioni di tè del Vietnam. Si rendeva conto che non era un buon momento per sognare a occhi aperti, ma non riusciva a non pensare a sua madre, che si trovava da qualche parte oltre quelle acque. Poi Kanghu lo afferrò e rientrò nel fiume. Dall'altro lato, Theodore Kincaid Dean, preoccupato, si avviò verso la riva cinese.

Arrivò in Cina prima che Kanghu e Jintao riemergessero in Vietnam. "Benvenuto nella Repubblica Popolare, signor Dean" disse Ning. "Dov'è il revolver dell'ispettore Fang?"

"Nel fiume."

"Sono grato che il Partito abbia avuto la saggezza di fornire i proiettili di gomma."

"E io sono grato per il tuo culone" rispose T.K. "Non volevo proprio uccidere un altro di voi bastardi."

La risata di Ning fu interrotta dai gorgoglii e le urla di Jintao. Dall'altra parte del fiume, proprio sul margine della riva vietnamita, Kanghu teneva la testa di Jintao sott'acqua. Si vedevano solo i capelli lunghi del ragazzino, arruffati e aggrovigliati come la testa della Medusa, e le braccia che si agitavano.

"Ma che cazzo!" gridò T.K. "Maledetto bastardo, ti ammazzo!" Si lanciò verso l'acqua.

"Fermo!" disse Ning, puntando la pistola prima su di lui, poi su Jintao. "Un passo e vi uccido entrambi!"

"Figli di puttana! È solo un ragazzino! State annegando un ragazzino!" Pregò che Jintao riuscisse a trattenere il respiro più a lungo... solo un po'.

Ning cambiò posizione; per via della gotta, camminare e stare in piedi gli causavano bruciore alle piante dei piedi, e la biancheria intima gli si era fastidiosamente incastrata nello spacco del sedere. Gli sarebbe piaciuto poter andare a nuotare nel fiume. I muscoli della sua guancia ebbero uno spasmo. "Lascialo andare!"

Kanghu sogghignò. "Cosa?"

"Lascia andare il ragazzino!" gridò Ning.

Il poliziotto alzò la testa di Jintao dall'acqua, ma continuò a tenerlo stretto.

"Non capisci il mandarino?" chiese Ning. *"Ràng nánhái qù!"*

"No." In maniera metodica, come se fosse in trance, Kanghu spinse di nuovo la testa di Jintao sott'acqua.

Ning alzò il revolver puntandolo in mezzo agli occhi di Kanghu. *"Ràng nánhái qù! Xiànzaì!"*

"Vuoi sparare a un agente della sicurezza nazionale?" gridò Kanghu, sforzandosi di tenere sott'acqua la testa del ragazzino. "Ho i miei dubbi."

"Sei in Vietnam" rispose Ning. "Forse stai disertando."

Kanghu scosse la testa. Le braccia di Jintao avevano smesso di agitarsi.

"Vorresti annegare il figlio dell'ispettore Fang?" intervenne T.K.

"Cosa?" disse Kanghu.

"È vero" rispose Ning. "Se anneghi il ragazzino getterai la tua famiglia e la tua carriera nel disonore."

Kanghu alzò il ragazzino dall'acqua e lo lanciò a riva come un pesce preso nella rete. Jintao era cianotico, ma tossì e fece un respiro affannoso.

"Corri!" gridò T.K. dall'altro lato del fiume. "Corri, Jintao! Conosci la strada!"

Jintao vomitò un rivolo d'acqua marcia, individuò un sentiero che passava in mezzo alla foresta e, senza smettere di sputare acqua di fiume, si lanciò verso il valico tra le montagne. In un attimo era sparito.

Capitolo 36

L'esecuzione era programmata per l'alba, ma la porta di metallo si aprì sferragliando un'ora abbondante prima che le luci iniziassero a filtrare dalla finestra alta e stretta. La cella era pulita, grande a malapena per contenere una struttura di letto in bambù e una turca, con pochi metri quadrati per muoversi dall'uno all'altra. Sulle pareti di cemento armato era stato passato un leggerissimo strato di argilla ocra; una lampadina fluorescente compatta, appesa a un breve cavo, era rimasta accesa tutta la notte. Le gocce di pioggia picchiettavano sul tetto di metallo come sassolini. Una mosca, ingiustamente incarcerata, girava in cerchio sul buco della latrina. La pioggia e il ronzio della mosca, non c'era altro da sentire. L'unico odore era quello di merda, e l'unica sensazione era di pesantezza.

"Ciao Teddy."

George Chambers entrò nella cella. Lo stivale lucido di una guardia comparve davanti allo stipite, poi la porta si chiuse con un tonfo. "Posso sedermi?"

T.K., con addosso una tuta da carcerato monouso bianca e pulita, era seduto sul bordo del sottile materasso di paglia, la schiena dritta e i piedi sul pavimento di cemento, gli occhi fissi sul muro di fronte a sé. Aveva la testa rasata. Fece cenno di avvicinarsi a George senza guardarlo negli occhi, e il suo vecchio amico si sedette accanto a lui e si tolse il fedora di paglia. "Dov'è Jintao?" chiese T.K. con tono piatto.

"È all'ambasciata americana di Hanoi" rispose George, studiando con gli occhi gli angoli della cella. "È al sicuro. Stanno prendendo accordi per il ricongiungimento con la madre a New York. Meg è stata di grande aiuto nel sistemare la situazione."

T.K. fece un respiro profondo. *Meg.* Alla fine ci era riuscita. Dopo tutte le bugie, gli inganni e l'infedeltà, ciò che restava era la Meg che lui pensava di conoscere. Era sempre stata lì. O forse era come un nastro che ricominciava costantemente da capo e tornava al punto in cui Meg era una brava persona, ma inevitabilmente avrebbe riprodotto anche la parte in cui lei mentiva e tradiva. Ora però non importava più.

"Teddy mi dispiace. Abbiamo fatto tutto il possibile."

"Questo è vero."

George si accigliò, pentendosi per quella scelta di parole. "Purtroppo è emerso che l'ispettore Dazhu era scivolato su una bacchetta prima che tu lo trafiggessi, e questo in un certo modo ha complicato l'invocazione della legittima difesa. Abbiamo lavorato duro anche sul tema del giornalista straniero. Il Segretario di Stato è venuto a Pechino. Insieme a Jimmy Carter. Quando si è reso conto che avevate la stessa agente letteraria, non ci ha pensato due volte. Ma se si riduce tutto all'essenziale, uccidere un ispettore di polizia indifeso davanti a dei testimoni lascia molto poco spazio alle trattative. Cazzo, avresti preso la pena di morte in metà degli Stati Uniti. Temo che non ci siano più discussioni. Né tempo."

T.K. rise. "*Discussioni?* Non c'è stata alcuna discussione durante il processo. C'è stata una sentenza, che potevano anche leggere il primo giorno, risparmiando un sacco di tempo."

"La giustizia è piuttosto affrettata in questo Paese" disse George.

"Mi ricorda una vecchia storia yiddish. In un villaggio viene ucciso un bambino. Danno la colpa a un anziano ebreo, dicono che è stato morso da un pipistrello e ha preso la rabbia, quindi è impazzito. Lo chiudono in prigione, e lui chiede di vedere un medico ebreo. Il medico arriva con una fiaschetta e dice: 'Riesci a mandare giù questo vino?'"

" 'Certo che sì' risponde lui, e manda giù metà del vino.

" 'Se puoi mandarlo giù non hai la rabbia' commenta il rabbino.

" 'Ma non mi crederanno' risponde il vecchio ebreo.

" 'Manda giù e sarai salvo.'

"Così l'uomo va davanti al tribunale illegale e il giudice dice: 'Visto che sei un uomo di fede, darò a Yahweh la possibilità di salvarti. Ho scritto *colpevole* e *innocente* su due pezzi di carta. Se scegli quello giusto, sarai libero per intercessione di Yahweh.'

"Ovviamente l'anziano ebreo sa che il giudice, cristiano, ha scritto *colpevole* su entrambi i pezzi di carta. Così ne afferra uno, lo appallottola e lo ingoia. Il tribunale esplode. 'E ora come faremo a sapere quale hai scelto?'

"L'anziano ebreo risponde: 'Vi basterà guardare il pezzo di carta rimasto e saprete che ho mandato giù l'altro.' "

George sorrise e si spostò sul materasso. "Sono contento che tu non abbia perso il senso dell'umorismo nemmeno davanti alla forca."

"*Davanti al plotone*, vorrai dire. Sarò fucilato all'alba."

George controllò il suo Rolex. "Ti rimangono circa quarantacinque minuti."

"Ho sempre pensato che fosse un cliché. *Giustiziato all'alba*. Non sapevo che accadesse davvero."

"In Cina perlomeno sì. Ha a che fare con tutte quelle scemenze sul *fēng shui*. Un nuovo inizio per lo spirito, qualsiasi cosa signifìchi."

"A proposito di spirito! Ho bisogno di bere."

George estrasse una fiaschetta d'ottone dalla tasca della giacca e aprì il tappo. *"Un po' di veleno di tanto in tanto: ciò fa fare sogni piacevoli."*

"E molto veleno alla fine, per un piacevole morire" disse T.K. "Sapevo di poter contare su di te. Sei un buon amico, George."

"A questo servono gli amici."

T.K. portò alle labbra la fiaschetta di *báijiŭ* e mandò giù come se bevesse da un torrente di montagna. "Grazie, George." In pochi secondi, la sensazione di beatitudine montò come sciroppo d'acero in ebollizione e raggiunse il suo cervello, poi gli mandò spasmi di felicità lungo le braccia e le gambe, fino alle dita dei piedi. T. K. sorrise, chiuse gli occhi e ondeggiò.

"George. La prossima volta che vai al club, chiedi a Yiqian di cercare nella sua cantina un Pétrus dell'ottantadue. Ordinalo per me. Bevilo con Kathleen."

"Lo farò, Teddy. Lo farò."

T.K. bevve un altro lungo sorso. "Lasciane un po' anche a me" disse George, intercettando la fiaschetta e bevendone un sorso.

"Ho qualcosa che devi dare a Ming" disse T.K. Riprese la fiaschetta, poi diede le spalle a George e rovistò tra le poche cose che le guardie gli avevano lasciato tenere. "È il mio orologio. Il Presidente." In mano aveva l'orologio con l'effigie di Mao. "So che le farebbe piacere averlo."

"Farò in modo che le arrivi" rispose George.

"Avanti, indossalo. Vorrei che lo portassi tu, per il momento."

"Ma ho già un orologio" disse George guardando il suo Rolex.

"Allora mettilo all'altro polso. Così non perderai tempo a guardare il polso sbagliato."

George rise e si mise l'orologio. T.K. gli passò la fiaschetta. Lui fece un brindisi e bevve.

"Perché ti importa tanto di una diga?"

George alzò lo sguardo sulla lampadina. "Energia pulita" rispose, bevendo un altro sorso. "Il mondo ne ha disperatamente bisogno."

"*Energia pulita?* E quando hai iniziato ad abbracciare gli alberi? Scusa George, ma la cosa mi puzza."

George sospirò. "*Mining* di bitcoin."

"*Mining* di bitcoin? Nel senso di scavare per trovarli? Pensavo fossero una criptovaluta."

"Lo sono, ma devono comunque venire da qualche parte. I bitcoin vengono creati – estratti, se vogliamo – risolvendo complessi problemi matematici che richiedono un'enorme potenza di calcolo. Dipende tutto dagli algoritmi."

"Che cazzo di senso ha?"

"Onestamente, nessuno per me o per te, o per molta gente. Mi viene il mal di testa solo a pensarci. È per questo che si tratta di un affare così buono. In qualsiasi momento ci sono circa diecimila sviluppatori in giro per il mondo che creano algoritmi per bitcoin, ma nessuno presta loro la minima attenzione." Si fermò per processare quello che vedevano i suoi occhi, ancora impegnati a muoversi freneticamente per la cella. "Capisci dove voglio arrivare?"

"È un vuoto."

"Esattamente. Un vuoto che aspetta solo il capitale, e una gestione sicura. Ma per crescere ha bisogno di gigawatt di elettricità, sufficienti a dare energia a un Paese africano. Metà dell'energia viene utilizzata dai supercomputer, l'altra metà serve a raffreddarli."

"La diga."

"La diga! Il modo più economico per raffreddare una miniera di bitcoin è con l'acqua fredda, acqua che viene usata anche per ottenere l'energia. Al momento le miniere più grandi sono in Islanda, ma lì stanno finendo i ghiacciai e hanno ancora questa concezione pittoresca secondo cui le aziende e i governi esteri non possano fare pressioni sui legislatori. Ci auguravamo che l'ultima recessione e tutti i fallimenti delle banche cambiassero le cose, ma gli islandesi si aggrappano alle loro deboli fantasie illuministiche di democrazia."

"Il che ci porta alla Cina."

"Il che ci porta alla Cina. Il Lijiang riceve le acque di alte fonti di montagna ed è sorprendentemente freddo."

"Come ricorderai, ci ho nuotato dentro."

"È vero."

"Però scommetto che c'è dell'altro, oltre all'acqua fredda."

"Ci sono fiumi più freddi nel mondo. Ma i cinesi comprendono davvero l'importanza delle partnership pubblico-privato. Le valute sono troppo importanti per essere lasciate in mano a un gruppo di programmatori open-source ed emuli di Edward Snowden. In men che non si dica, i russi si ruberebbero tutto. L'unico modo per renderle sicure è utilizzare le tecnologie di tracciamento web sviluppate dalla DARPA per l'esercito. La gente pensa che la fisica quantistica sia una roba per accademici che si fanno i pompini a vicenda; non hanno idea della verità. Abbiamo app in Structured Query Language che si basano sulla meccanica subatomica e che ti farebbero andare fuori di testa. Lo sapevi che l'esercito è in grado di prevedere con sei settimane d'anticipo il meteo in qualsiasi punto della Terra, con una precisione estrema? Abbiamo motori di ricerca che fanno sembrare Google una pianola. Possiamo rintracciare nomi e luoghi nel Dark Web, anche nel Deep Web. È per questo che abbiamo trovato te e Jintao così rapidamente."

George si fermò, fece un sospiro e proseguì. "Sapevo molte cose, ma non che avessi ucciso un agente di polizia. Non li avrei aiutati a trovarti, se avessi saputo che saremmo arrivati a questo punto."

T.K. scosse la testa incredulo, anche se credeva a tutto. "Se al governo americano importava tanto di controllare le valute, perché non hanno nazionalizzato il settore delle carte di credito?"

George fu sollevato di sentire che T.K. cambiava argomento rispetto alla sua cattura. "Una deplorevole mancanza di lungimiranza, che non si ripeterà nel passaggio alle valute virtuali."

"Sembra proprio l'incubo peggiore di qualsiasi libertario."

"Ricordi quando Rand Paul si è ritirato dalla corsa alla presidenza?"

"*Motivi personali,* ha detto."

"Possiamo chiamarli così. Gente importante si è messa in contatto con sua moglie, facendo intendere che una campagna presidenziale sarebbe stata molto negativa per la salute del marito. Lo stesso vale per Elizabeth Warren."

"Ha una moglie anche lei?"

George alzò lo sguardo al soffitto. "È un fuori menu."

"Fuori menu?"

"Le scelte ufficiali sono il menu. La democrazia funziona bene fino a quando nessuno cerca di ordinare i fuori menu."

"Se votare cambiasse qualcosa, sarebbe illegale."

"Emma Goldman" rispose George. "Gli anarchici di solito hanno ragione."

La pioggia smise di tamburellare sul tetto, e sulla cella scese un silenzio che li mise a disagio. "Dovrebbe venire sereno più tardi" disse George.

Teddy sorrise. "Dov'è il server?"

"Quale server?"

"Quando mi avete rintracciato a Nongchao. Insomma, sono stato piuttosto attento a nascondere le mie tracce informatiche fino a quando Jintao ha dimenticato il cellulare acceso. Doveva esserci un server da qualche parte, no?"

George ridacchiò. "Teddy, sei tu il server."

***

La porta scorrevole si aprì e comparve il viso di pietra di una guardia.

"È ubriaco" disse in un mandarino incerto George, che ora indossava il cappello. "Dovrete fare qualcosa per sorreggerlo." La guardia fissò sospettosamente T.K., che era accasciato sul materasso con gli occhi rovesciati.

George si alzò e si mise le mani nelle tasche del vestito. I suoi occhi avevano smesso di roteare in giro per la stanza, e aveva lo sguardo fisso sul pavimento. Una sola lacrima gli scendeva lungo la guancia sinistra. "Addio, vecchio amico."

Nel cortile del carcere, cinque soldati armati di Bullpup QBZ erano disposti in fila di fronte a un gruppo di balle di paglia. Il pavimento crepato era costellato di buche, ora riempite dall'acqua piovana. Il cielo dell'alba era di un grigio piatto. Evitando le pozzanghere, due guardie trascinarono il prigioniero fino a un punto davanti alle balle, poi lo fecero accasciare su una sedia da giardino di plastica. Aveva le mani legate dietro la schiena con una fascetta. Una guardia avanzò e gli mise un cappuccio nero sulla testa afflosciata, stringendogli una cinghia intorno al collo. Non vedeva niente per via dell'ubriacatura e del cappuccio e nell'oscurità e nella nebbia dei suoi ultimi minuti, il suono viaggiava come sull'acqua. Sentì vagamente i fucili che venivano imbracciati. Il comandante abbaiò un ordine. Sentiva l'orologio che gli ticchettava al polso. Il Presidente Mao sorrideva e salutava con la mano. Erano le 6:18.

***

T.K. Dean controllò il Rolex e guardò che ore erano: le 6:18. Era a bordo della sua Mercedes Classe S, o meglio, di quella di George, a meno di cinque chilometri dal carcere, quando sentì gli spari. Cercò di non pensare al suo migliore amico, di non immaginare la cinghia che gli stringeva il collo e il cappuccio che doveva puzzare di foglie marce, e si ritrovò di nuovo nell'aceraia a bordo della sua bicicletta in un'alba di novembre, in cerca di suo padre. Risaliva l'ultima collinetta verso l'albero grande e vecchio, quello talmente enorme e pieno di linfa che si prendeva quattro rubinetti ogni primavera. E alla fine si era preso anche suo padre, che penzolava rigido da una corda su un ramo basso.

Se si riduceva tutto all'essenziale, era stato piuttosto semplice. La scatolina di plastica dei tappi per le orecchie con le pasticche di Rohypnol era una supposta passabile, nel senso che non faceva troppo male nel passaggio, in entrambe le direzioni. Stava proprio per prenderle lui, le pillole, quando era entrato George. Infilargliele nella fiaschetta dopo aver bevuto lui stesso una sorsata era l'unica possibilità che aveva, no? A quel punto, scambiare i vestiti e prendere il suo Rolex e il passaporto diplomatico non era stato difficile. La parte più dura era stata rasare la testa al povero George; il rasoio di T.K. era stato ovviamente confiscato, ma sapeva che George portava sempre con sé un coltellino svizzero dai tempi degli scavi a Psalmodi. Non era lo strumento ideale per rasarlo e aveva dovuto lubrificare la testa dell'amico con l'acqua sporca della latrina, ma George non era nelle condizioni di fare caso a qualche taglio e graffio, e il rischio di infezione era, nel quadro generale dei suoi problemi attuali, piuttosto localizzato. Alla fine dell'operazione somigliava sufficientemente al prigioniero Dean da soddisfare un plotone d'esecuzione cinese. I Gemelli poco brillanti. Ci assomigliamo tutti per loro, giusto? C'era un motivo se T.K. non aveva mai frequentato la scuola di giornalismo ed era questo: non insegnavano le basi.

T.K. aveva fatto saltare il fusibile del sistema integrato di navigazione dell'auto, che quasi certamente poteva essere tracciato. Mentre guidava in direzione sud-sud ovest, aprì il passaporto di George e controllò la foto, poi si guardò nello specchietto retrovisore. *Abbastanza simili,* pensò. Abbastanza simili per i vietnamiti al confine. *Abbastanza vale soltanto per i ferri di cavallo e i lavori governativi!* La frase era di suo padre, infastidito ogni volta che Teddy faceva qualcosa in modo approssimativo. Be', era perfetto, no? Non stava forse lavorando per il governo, anzi, era in viaggio d'affari ufficiale per il governo degli Stati Uniti? *Abbastanza simili.*

Il cielo piatto si aprì mentre la strada saliva in alto verso l'orizzonte blu. In lontananza, una nebbia ostinata copriva la valle del fiume Guichin. Oltre la foschia, nella luce ambrata dell'alba, le verdi piantagioni terrazzate di tè del Vietnam si ergevano come templi aztechi, e T.K. Dean non aveva alcuna preoccupazione. Pensava a Ming e tutto era luminoso.

Epilogo

"Come un torrente in primavera, dopo un inverno lungo e freddo, gli Stati Uniti si sono mossi con forza crescente durante gli ultimi anni per portare assistenza alla popolazione e pianificazione familiare in tutti i Paesi in via di sviluppo." — Reimert Ravenholt, direttore dell'Office of Population dell'USAID, 1973

Dopo la sua fuga, T.K. era *preoccupato* per la possibilità di venire accusato in America di aver contribuito alla morte di un funzionario consolare degli Stati Uniti, per quanto in un tragico caso di scambio di identità. Fortunatamente il governo cinese, sempre ansioso di salvare la faccia, dichiarò di non poter verificare la posizione di George Chambers. La sua auto fu ritrovata abbandonata a Hanoi; di certo quella scomparsa era un problema che riguardava le autorità vietnamite. Per salvare la faccia, la Cina aveva completato la storia affermando che T.K. era stato graziato all'ultimo minuto e rilasciato al confine con il Vietnam. I documenti che testimoniavano la grazia erano ovviamente in perfetto ordine e firmati da Nong Ning.

T.K., Jintao e Ming si riunirono a New York. Dopo qualche settimana trascorsa ad ambientarsi, i novelli sposi lasciarono Jintao con Meg e andarono in luna di miele ad Amsterdam (un'idea di Ming, che aveva a che fare con la chiusura di un cerchio), dove affittarono delle bici e bevvero birra, che non contava. La prima tappa del primo giorno fu alla biblioteca centrale, dove T.K. recuperò il suo libro e gli appunti dal server su cui li aveva caricati mesi prima. Poi andarono dalla polizia e, grazie alla testimonianza di Ming, fecero arrestare Vasily Blokov con l'accusa di traffico di esseri umani.

Il libro fu pubblicato e ricevette molte lodi, diventando un best-seller negli Stati Uniti e in Europa. L'unica recensione negativa comparve sulla rivista *Crown*, dove Garamond Rockwell definì l'autore "un trito imitatore di Orwell che ha ottenuto risultati mediocri alla scuola per corrispondenti stranieri beoni di Hemingway." Il libro suscitò indignazione in tutto il mondo verso le pratiche cinesi di controllo delle nascite, ma nessuno riuscì a leggerlo in Cina.

Questo fino a quando Richard Cerf non si ricordò di avere il numero di telefono del suo vecchio compagno di confraternita Hu Tianhua. Con l'aiuto di Kathleen, che era tornata a vivere in Australia, T.K. riuscì a hackerare le e-mail di Tianhua. Così scoprirono che l'uomo aveva corrotto un laboratorio di analisi delle acque per nascondere le prove che la contaminazione del Lijiang era causata da un versamento di nicotina tossica dal suo stabilimento, come evidenziato dagli esami di laboratorio effettuati sul fegato congelato di un maiale, conservato dagli abitanti del fiume. Queste accuse di corruzione avrebbero potuto far finire l'uomo d'affari davanti a un plotone d'esecuzione. Di fronte a tutte queste prove, Tianhua, pragmatico come sempre, si rese conto che la pubblicazione del libro in Cina poteva essere molto favorevole per la sua salute. E così fece. Pechino si infuriò e cancellò tutti i suoi contratti di edizione statali, ma il mondo dei libri era una goccia nel vasto mare di interessi di Tianhua, e rispetto a un'esecuzione si trattava di un piccolo prezzo da pagare.

Come premio per aver gestito con prontezza la protesta popolare in città e per aver impedito violenze più gravi, Nong Ning fu promosso commissario distrettuale del partito. Due settimane dopo venne stroncato da un infarto mentre cercava di uscire dalla sua Audi nel parcheggio del laboratorio di intaglio dell'avorio. Era una giornata calda, e la biancheria intima di seta gli dava fastidio. La sua vedova Sun Ju rinunciò a tutti i beni materiali, compresa l'inestimabile collezione d'avorio del marito, e si unì all'ordine delle monache buddiste Bikkhuni.

La moglie del vicecomandante Fang Dazhu fu così sollevata per la morte del marito (aveva programmato di accoltellarlo con le forbici durante il taglio di capelli successivo) e così felice per la sua pensione da procurarsi un visto per Macao, dove aprì un salone di bellezza in una ex caserma militare portoghese che era stata convertita in un hotel di lusso.

L'agente addetto al traffico Yun Jian si dimise dalle forze di polizia e divenne una guida turistica. Portava i gruppi di turisti giapponesi a vedere le grotte del Guangxi. I giapponesi davano buone mance, per essere asiatici. Dopotutto non erano così male, decise.

La diga non fu mai costruita.

Jintao ottenne risultati eccellenti in un liceo privato di Manhattan. La sua materia preferita era la chimica.

La versione in mandarino del libro di T.K. causò scalpore in Cina, ma ormai il Paese aveva interrotto la pratica degli aborti forzati. In ogni caso le donne cinesi facevano meno figli. Forse perché in tanti si erano trasferiti in città e non avevano bisogno di bambini per occuparsi delle fattorie; forse c'era qualcosa nell'aria, o nell'acqua.

Informazioni sull'autore

Max Alexander è l'autore di *Bright Lights, No City*, un memoir sull'attività avviata con il fratello in Africa, che il *Wall Street Journal* ha definito uno dei libri d'affari più divertenti mai scritti. Il memoir in cui racconta il suo trasferimento da New York al Maine, *Man Bites Log,* è stato giudicato uno dei migliori libri dell'anno sulla natura da *USA Today*. È anche il coautore di *Call Me American* insieme al migrante somalo Abdi Nor Iftin; questo libro, che si basa su un segmento di un'ora di *This American Life*, ha ricevuto il plauso del *New York Times* e del *New Yorker*. Alexander, ex caporedattore di *People* e direttore esecutivo di *Variety*, vive a Roma. Nel 2020 ha partecipato a *MasterChef Italia* ed è stato definito "l'americano più famoso in Italia" dal quotidiano milanese *Corriere della Sera*. Questo è il suo primo romanzo.

www.ingramcontent.com/pod-product-compliance
Lightning Source LLC
Chambersburg PA
CBHW031824310726
48972CB00005B/1153